# 戒魔之旅

赵德发/著

新世界出版社
NEW WORLD PRESS

**图书在版编目（CIP）数据**

魔戒之旅 / 赵德发著. -- 北京 : 新世界出版社, 2016.7

ISBN 978-7-5104-5859-0

Ⅰ. ①魔… Ⅱ. ①赵… Ⅲ. ①长篇小说－中国－当代 Ⅳ. ①I247.5

中国版本图书馆CIP数据核字(2016)第147002号

**魔戒之旅**

作　　者：赵德发
责任编辑：黄　倩
责任印制：李一鸣　黄厚清
出版发行：新世界出版社
社　　址：北京西城区百万庄大街24号(100037)
发 行 部：(010)6899 5968　(010)6899 8705（传真）
总 编 室：(010)6899 5424　(010)6832 6679（传真）
http://www.nwp.cn
http://www.nwp.com.cn
版 权 部：+8610 6899 6306
版权部电子信箱：nwpcd@sina.com
印　　刷：北京中印联印务有限公司
经　　销：新华书店
开　　本：880mm×1230mm　1/32
字　　数：240千字　印张：10
版　　次：2016年7月第1版　2016年7月第1次印刷
书　　号：ISBN 978-7-5104-5859-0
定　　价：38.80元

# 目 录 | CONTENTS

# 下一波潮水

## 一



在罢工的这个船期里，乔燕和李知义一直住在离港口不远的“海韵旅馆”里。

旅馆很小很破，一共十来个房间。房内只有一床一桌，桌上放一台破电视机，床头立一架破电扇。房间里没有卫生间，二人如果需要冲洗或排泄了，只好穿衣出门，去走廊尽头的公用卫生间。尽管这样，二人却觉得是双双进了天堂。平时他们以“凤凰号”为栖身之处，多数时间漂在海上，虽然天天见面，但由于分别住在男舱、女舱，极少有亲热的机会。

这次罢工，给了他们充裕的时间。住进旅馆的第一天晚上，李知义服下伟哥，展现出了与他那瘦骨嶙峋的身体极不相称的雄风，让乔燕在幸福的眩晕中幻化成一只燕子，蹈空凌虚飘飘欲仙。

待药力达到极限，李知义瘫软之后，伏在乔燕耳边说道：“萨朗黑呦……”

这是用韩语说的“我爱你”。李知义说这话时很有特点：他将最后的那个“呦”用颤音拖长，似乎是用一根丝线去牵拽女人的心。乔燕那颗心刚被拽得忽忽悠悠，他却滑下乔燕的身体，四仰八叉躺到一边，很快打起了响亮的呼噜。乔燕打量着这个五十六岁的韩国老男人，心想，这句“萨朗黑呦”，他向我说过无数遍了，到底是不是出于真心？

乔燕以前经历的几个男人，都曾向她说过“我爱你”，但最后没有一个人真正爱她。当年在省城读书时，那个小男生习惯于用英语向她说，经常是吻一下说一声，让她有了做人流的后果也无怨无悔。然而她第二次怀孕时，小男生却生气了：怎么会这样呢？上次你做人流，我借同学的钱至今还没还上，你让我怎么办？乔燕恨恨地说道：“好办，你等我把孩子生下来，卖掉了还债！”小男生觉得这个办法不可取，嘟嘟囔囔又去借了钱，带乔燕去了医院。从医院回来，乔燕就再也不理他了。

第二个男人，是她的前夫董忠。那年董忠到叠翠山旅游，认识了正做导游的乔燕，从此紧追不放。那时还没有手机，董忠就整天用BP机给她发传呼，发的最多的话就是“我爱你”，让她芳心大乱，没过半年就嫁给了这个经营水暖器材的小老板。婚后，董忠却再没说过这话，说得最多的就是让她辞掉工作，在家待着，免得招蜂引蝶。恰好乔燕那时已经怀孕，就听从董忠的意见回家做了专职主妇，洗衣做饭带孩子。本以为日子就这么平平稳稳地过下去了，谁曾想到，前年的一天，乔燕却在董忠的手机里发现了一条短信，有个自称“黑妹”的人极力表扬董忠在床上的表现。乔燕与董忠大吵大闹，董忠却嫌她小题大做，说自己不过是逢场作戏。乔燕气愤不过，去网上向人倾诉，一个叫“护花大虾”的男人成了她最忠实的倾听者。乔燕并不知道，她向网友的所有倾诉，都被破解了她QQ密码的董忠读到。“护花大虾”怜香惜玉，要当面为乔燕“揩去悲伤的泪水”，不远千里跑到乔燕所在的县城。人家既然来了，乔燕没有不见的道理，就借上街买菜的机会去了网友入住的宾馆。让网友揩泪的感觉果然很好，听网友在床上说“我爱你”的感觉更好。就在这时，董忠破门而入，将他俩赤裸裸地拍了下来，并拿出了事先写好的离婚协议书。无奈，她只好痛哭流涕地签了字。签过字回头看看，“护花大虾”早已跑得无影无踪。离过婚，她再打他的电话，却无论如何也打不通了……

这个韩国老李，似乎真的爱她。相识后的一年多时间里，无论是在船上还是在船下，他对乔燕都是嘘寒问暖，尽心照顾。他还说，如果乔燕能怀上他的孩子，他就去和名义上的妻子离婚，和她结婚。李知义当年在韩国东海岸的江陵市开公司当老板，雇了几十个工人加工海产品，生意做得红红火火。可是2008年金融危机来了，欧洲客户撕毁订单，让他一夜间破产。此后，他天天被妻子和儿女埋怨，一气之下离家出走，到平泽港当起了带工，一直往返于平泽和石城之间的“凤凰号”上。老李说，儿女们瞧不起他，把父亲当年对他们付出的爱全都忘记，让他肝肠寸断。等到乔燕生下孩子，不管是男是女，他都要好好抚养，尽心呵护，将来收获来自后辈的孝敬。他还向乔燕描绘他们的婚后生活：在平泽港附近租一处房子，开一家杂货店，让乔燕一边带孩子一边当老板娘，他则继续到船上做带工。每隔一天，他就能在“凤凰号”靠岸的几个小时里回家一趟；在“凤凰号”按惯例在平泽停船过周末的时候，他便回家住上一夜。这些对于未来的憧憬与描述，让乔燕心动不已。她知道，凭自己这个年龄，在中国很难再找到合适的男人，十有八九要嫁个老头。与其嫁个中国老头，还不如嫁个外国老头呢。当年她的同学、如今她的老板曾平平，不就是找了个韩国老头才发达起来的吗？当然，李知义比不上曾平平的老公，他是破产者，没有资格再当老板了，但是这人不坏，嫁给他还算放心。再说，嫁给韩国人，好歹也是跨国婚姻，让家乡人知道了也好听一些。

但是，这桩跨国婚姻的前提是怀孕。乔燕本来以为自己没有问题，当年在省城读书，小男生放的第一炮就让她珠胎暗结，嫁给董忠，第二个月就怀上了孩子。现在自己刚刚四十出头，应该还是一块良田。俗话说，女人四十五，还生个抓腚虎，我离四十五还差三四年呢。李知义也应该没有问题，虽然他上阵要靠伟哥，但每次都要撒下种子的。所以，李知义做出那个承诺之后的大半年里，乔燕从不避孕，一心等待李知义的种子能在她的肚里生根发芽。然而事与愿违，她的例假一次次如期而至，让她对“老朋友”生出了平生从未有过的厌恶之心。厌恶心生出，“老朋友”竟然疏远了她，从今年春天开始出现延迟现象，或三五天，或七八天。上次来过之后，至今一个半月没再露面。起先她以为是怀上了，自己悄悄买来试纸验尿，结果显示她的子宫里空空如也。后来又验过两次，浸了尿的试纸还是一头红一头白，没有任何消息。她想，难道自己到了更年期，要闭经啦？想到这点，乔燕心中的焦虑就像潮水一样暗暗涌起。她安慰自己：“不至于，不至于，我才四十二，离‘天癸竭’的大限还差整整七年呢。”

乔燕努力着让自己忘记这件事情，打了个哈欠，躺在李知义身边昏昏睡去。第二天早晨，李知义醒后蠢蠢欲动，她又热烈地响应了他。

第三天中午，一声低沉而有力的汽笛声把迷迷糊糊的他俩惊醒。他们胡乱穿上衣服，走到窗前，一人撩起窗帘的一角向外观看。他们看到了吊车林立的码头，看到了波光粼粼的海面，看到了像白色大楼似的“凤凰号”正在缓缓靠岸。乔燕想，不知我的铺位有没有人住？那个榻榻米铺位虽然很差，但毕竟是我一直住着的，每次买票都是指定要它，前天下船时，有些东西还放在铺位边上没带下来。要是别人住上，那可让人受不了。

“哎西吧凯赛个一呀！”李知义望着码头，咬牙骂道。

乔燕将这句话用汉语说出，以表达她心中的愤怒：“×你个狗崽子！”

他们骂的是船方和海关。就是他们，让带工的日子越来越不好过了。

本来，带工是让一部分低收入的中国人非常羡慕的职业。中韩建交后两国通航，带工这个行当应运而生，中国的农产品，韩国的工业产品，都被装进带工们的行囊跨越了黄海。这其实是利用乘客带行李的机会而进行的走私。前些年，把中国的芝麻、辣椒、大蒜、绿豆、黑豆等货物带到韩国，价格能翻几倍，甚至十几倍。把韩国的布匹、领带、壁纸等工业品带过来，也深受中国人欢迎。在威海、烟台、青岛，带工们支撑起一条条航线，甚至还支撑起一座座韩国货批发城。最早的那批带工，一年都能挣到二三十万人民币呢。六年前，石城开通去平泽的航班，两国带工也迅速聚集到这艘“凤凰号”号上。石城政府与港口对带工是欢迎的，因为带工占到乘客的三分之二以上，没有他们，这条船就会赔掉了裤子。石城海关对这一点心知肚明，有意成全，就对带工不那么苛刻，通关时睁一只眼闭一只眼。虽然规定行李重量为五十公斤，有人多带几十公斤也可能被放行。韩国那边，因为带工是一个贫困人群，有意给他们一个谋生的机会，管得也不太严。有些老带工，至今对当年受到的礼遇津津乐道，说是过关的时候大摇大摆，跟官员出国访问没什么两样。曾平平就是那时候挣了钱，找了个韩国老公，然后开了商行当老板的。然而，这两年带工却不行了，先是韩国那边严了起来，这不让带那不让带，带工工会组织了几次罢工也不见效。中国这边，海关也越来越严，尤其是从2012年夏天开始，向韩国带的货物哪怕超重一公斤也要追究，或是没收或是罚款，来自韩国的工业品则一律不准入境。这样，带工们由双程带变成了单程带，工钱自然大大减少，许多韩国带工只好离开船只另谋生路。剩下的一些，有的是干不了别的，有的是不图挣钱只图旅行观光。李知义之所以留下，用他的话说，是“为了陪伴中国的燕子”。乔燕十分感动，无论是在船上还是在船下，都和李知义黏到一块，不避人耳目。同为带工的池大姐和季大姐经常和乔燕开玩笑，说她和老李做成一缸泡菜了。乔燕想，泡菜就泡菜，男女相好，不就是整天泡在一起嘛。我和老李还要泡出孩子来，贴上韩国标签呢。

想不到的是，“凤凰号”也对带工变了面孔。船方原来把带工们当作上帝，毕恭毕敬竭诚服务，现在却明显地冷淡起来。这些带工的铺位，过去是要首先保证的，即使某一个航次游客增加，船票紧张，那也不会将带工的铺位卖给他们。最近却不，船方改变了政策，优先保证旅行团出行。上周二那个航班，竟然有五十多个带工没买上票，眼睁睁地上不了船。两国带工非常愤怒，商量了一下，并且取得各位商行老板的默许，决定从本周开始罢工。他们向船方递交了一封抗议书，统统不买票，不上船，让他们看看损害带工利益的严重后果。

现在，没有带工乘坐的“凤凰号”回来了。这样的船期，还将持续几次？也就是说，罢工要罢到何时？

乔燕把这个疑问用英语结结巴巴地传达给李知义。李知义想了想说：“我心里也没有底，约工友们去酒馆商量商量吧。”

## 二

李知义这一群韩国带工，将聚会地点选在了候船厅对面的木槿花酒馆。

这是个两层楼的小饭店，底层是吧台和一面大炕，炕上安了四张桌子，坐了二十来人。除了乔燕，别的都是韩国带工。乔燕知道，在石城市，这些年来开公司办厂的韩国人越来越多。韩国料理开了十几家，有韩国人开的，有朝鲜族中国人开的。木槿花酒馆属于档次最低的一家，主要面对韩国带工这个群体，老板是从延吉来的朝鲜族人，姓朴。

乔燕听说，朴老板曾经坐过牢，因为偷渡。前些年，许多东北朝鲜族人辗转来到山东沿海，伺机偷渡去韩国。老朴那年随一群人来到石城，和蛇头取得了联系，在一天深夜悄悄坐渔船出发，结果没到公海就有中国边防巡逻船追来。蛇头一看形势不好，带头跳海，偷渡客也像青蛙一样“扑通、扑通”往水里跳。在水里没过多久，他们被边防军一一捞起，押回岸上送进了监狱。老朴半年后出来，不愿再回东北老家，就在石城开了这家饭店。有的老乡知道他这段经历，编了一个段子，说他在跳海之后仗着水性好，决心泅渡黄海，就躲开边防军人的追捕，拼命地游啊游啊，终于在第二天看到了海岸线，拼上吃奶的力气游了过去。他见海滩上一个老太太在挖蛤蜊，就从水中站起身，踉踉跄跄向她走去，一边走一边喊：“阿妈妮！阿妈妮！这是仁川还是平泽？”老太太看着他笑了：“你个嘲巴，这是南山头！”——南山头在石城南面十公里，是个渔村，石城人称傻子为嘲巴。

这个段子被韩国带工知道了，问他是不是真的，老朴竟然笑眯眯地默认。这样一来，带工们来喝酒时经常重复这个笑话，让木槿花酒馆里的气氛倍加活跃。

今天却没人讲这个笑话，只讲罢工的事情。带工们一边讲，一边往肚里猛灌韩国那种360克一瓶、21度的“真露”清酒。他们要的菜本来就不多，而且清淡，很快就被吃光了，但他们喝酒的劲头却丝毫不减。喝到两点来钟，二十来个韩国带工，包括几个女的，大多喝醉了。喝醉了还是喝，他们不再使用杯子，而是挥舞着酒瓶，噼里啪啦地与别人相碰，咕嘟咕嘟地往嘴里猛灌。样式小巧的酒瓶喝完就扔，叽哩咕噜地在炕上地上乱滚。他们一边喝一边声讨海关与船方，话语中夹带着脏话，“西吧！”“西吧！”骂声不绝于耳，饭店里一片喧嚣一片狼藉。

大炕上只有乔燕一个中国人。她坐在李知义身边，谁让她喝酒她也谢绝，一直默默地用同病相怜的眼神打量着眼前的这群韩国老头老太太。她想，韩国以木槿花为国花，但木槿花下也有狗尾巴花。这些人就是狗尾巴花。他们各自经历了人生的种种失败，然后沦落到社会最底层，成为中国人所说的“弱势群体”。他们当中的一些人甚至连房子也没有，无家可归。本来，他们可以凭借带工这个行当安身立命，可是这一行现在也是穷途末路了。

不知是谁带头，大家用筷子敲着被吃光了菜肴的盘子唱了起来。

乔燕一听曲调，便知道他们在唱《桔梗谣》，就用中文随声附和：

道拉基，道拉基，道拉基，
白白的桔梗哟长满山野，
只要挖出一两棵，
就可以装满我的小菜筐。
嘿嘿嘿唷，嘿嘿嘿唷，嘿嘿唷，
你呀叫我多难过，
因为你长的地方叫我太难挖！
……

唱着唱着，乔燕与韩国带工们一样，泪水涟涟泣不成声。

一位长着大方脸的老头擦擦眼泪，举着双拳大喊大嚷，众人听了纷纷鼓掌。乔燕问李知义他在喊什么。李知义用汉语向她大声说：“示威！示威！”

众人已经站起身，准备行动了。他们将木槿花饭馆的白色餐巾叠成布条，系在头上，一种悲壮的气氛立即在人群中沛然升腾。乔燕知道，在韩国，游行示威是家常便饭，人们一有诉求就会上街。她想，我是中国人，要不要参加这场示威呢？正在犹豫，李知义已经找了一条餐巾缠到了她的头上。她没有拒绝，任其摆布，心想，去就去，这也是为我自己争取活路。

方脸老头脱下了身上的白汗衫，一边做写字状一边嚷嚷。李知义去问朴老板有没有毛笔和墨水，朴老板说没有。李知义想了想，跑向厨房，再回来时手里拿了一条乌贼鱼。他拿过一个盘子，将乌贼的肚子掐破，收获了一大摊墨汁。方脸老头连声说好，马上用手指蘸着墨汁，在汗衫上写了四个大大的汉字：“带工抗议！”李知义和大家连声高呼：“抗议！抗议！抗议！”

这时，朴老板从吧台后面走出来，提醒他们结账。他一报数目，带工们哇哇大叫。乔燕到吧台问汉族姑娘小孟，一共花了多少钱。小孟说，两千七百一。乔燕算了算，二十三个人，一人平均接近一百二，也觉得太多。小孟说：“怎么会多呢，看看你们喝了多少酒吧。”那边，李知义等人已经开始数酒瓶了。数罢，再看看账单，带工们不再吭声，纷纷掏钱。这是他们聚餐喝酒的老规矩，AA 制，平摊。乔燕掏钱的时候想，我没喝酒，凭什么也掏一百二呀？李知义忽然到她跟前，帮她将钱塞回钱包，说已经替她付了。乔燕看了一眼李知义，心中涌出一股热流，心想，这个老李名没起错，很仗义的嘛。

朴老板收齐了钱，数个清楚，说多出了五十，应该退给谁？一个韩国女带工说，退给中国燕子吧，她没喝酒。大家鼓掌赞成。于是，那张五十元的人民币就到了李知义的手上。李知义和乔燕双双向大家鞠躬道谢。

结完账出门，带工们看着马路对面的候船厅，情绪高涨，挥动拳头呼起了口号。方脸老头将写了汉字的汗衫交给两位韩国女带工，让她们扯起。

带工们一边呼喊一边过马路。他们把速度故意放慢，阻断了交通，南来北往的车辆纷纷停下，许多人跑过来围观。

很快，一群边防战士从候船厅那边跑过来，连推带搡地将他们赶回木槿花饭店门口。随着警笛声的由远而近，两辆警车也停在路边，从上面跳下来一些警察。一看这个阵势，带工们将拳头抡得更加有力，将口号喊得更加响亮。

乔燕从来没有见过这种场面，不由得心惊肉跳，一个人溜进了饭店。朴老板和两个服务员都站到门口看热闹，她却扯下头上的布条，往炕边一坐，抱着膀子全身发抖。她万分恐惧地想，警察会不会打人呀？会不会抓人呀？要是把李知义抓进监狱，我可怎么办呀？要是把我也抓进去，我这辈子就彻底完啦！

此刻，她突然想起了儿子。强强，强强……她在心里呼唤着儿子的小名，强烈的思念化作泪水夺眶而出。

外面闹腾了一会儿，朴老板和服务员忽然退步向后。一位穿西装的中年男人出现在门口，回身打着手势说："请各位到里边来！咱们好好商量商量！"旁边一位姑娘给他做翻译，将这意思讲给带工们听。于是，大方脸领头，一群韩国人绷着脸走到店里，脱鞋上炕，默默坐着。乔燕不想让中国领导看到她加入了外国人的队伍，就到吧台旁边与两个服务员站在了一起。

那个西装男人给大家讲话，说"凤凰号"开航八年来，各位给予大力支持，我代表公司深表感谢。说到这里，他向带工们深鞠一躬。带工们没有鼓掌，报他以冷眼。西装男人又说："最近一段时间，从中国去韩国的游客大量增加，公司压力很大，所以没能满足大家的购票需求，我向大家诚恳地道歉。"说着，又鞠了一躬。

门口有人进来，乔燕抬头看看，原来是几位商行老板来了，其中包括她的老板曾平平。曾平平看到了乔燕，走到她身边小声说："棒子们干得好。×她妈的，这就叫官逼民反！"因为呼吸急促，她胸脯上让特制乳罩挤出来的那条"事业线"时宽时窄，变化剧烈。

乔燕点点头，没有吭声。她知道，"凤凰号"不卖票给带工，曾平平的公司就等于歇业，她当然会着急上火。

西装男人看了看曾平平说："你们几位老板也来了。我刚才查了查，今天这个航班还有一部分票，可以满足各位，请各位马上买票上船，时间还来得及。”

一位韩国老板笑着向他点点头，叽哩咕噜说了一通，带工们立即大声呼应。听罢翻译，乔燕才知道那老板的意思是，想让刘总做个承诺，不只今天这个航班，今后的任何一个航班，都要保证带工们的船票。刘总想了想说：“OK!”

老板和带工们一齐欢呼。曾平平大声说：“谢谢刘总！我现在就去买票发货!”

## 三



乔燕和李知义气喘吁吁地跑到候船厅，检票已经开始，外面广场上的带工所剩无几。曾平平已经等得不耐烦了，将船票和扉子往乔燕手里一塞，盯着她说道：“又干了一炮才来，是不是?”乔燕面红耳赤地应道：“没有没有！老李打了个电话，耽误了时间。”说罢，拿着船票和扉子就往候船厅里跑去。

其实，曾平平没有猜错。示威成功后，带工们到各自的住处收拾东西，李知义和乔燕回到旅馆，看看表，离开船还有一个小时，心照不宣地又一起登床。因为仓促上阵，李知义来不及吃药，便让乔燕帮他发动。然而乔燕动用了多种手段，那活儿却闹起了罢工，拒不配合。李知义不甘心，跳下床去自己的包里找药，乔燕指着手表连声说“No”。李知义明白，已经没有多少时间了，遂摇头叹气返回床上。乔燕抱着他，抚慰他，不知不觉就快到了开船时间。

二人跑进候船厅，径直奔向检票口前的队伍。池大姐排在末尾，她回头看了一眼李知义，小声问乔燕：“这回你俩带了什么饭？累了两天两夜，不带点好的补一补？”

乔燕这才想起，他和李知义忙着贪欢，忘了买饭。“凤凰号”上当然有餐厅，但是每顿要花三四十块钱，带工们很少去吃，多是从下面买了带到船上。韩国带工带面包带米饭带泡菜，中国带工更喜欢带煎饼。一人带上一包，再带上一点咸菜，一个航次的六顿饭就全解决了。她跟李知义说了这事，李知义立即跑到大厅角落的商店里买回来一些面包和几包泡菜。池大姐看了看那包食品，向乔燕鄙夷地撇撇嘴角：“连一根火腿肠都不舍得买，真是个吃秤砣拉铁丝的货！”

前面有个旅行团正在检票，乔燕一听口音就知道那些游客来自她的家乡。这两年，旅行社推出了坐船去韩国旅游的项目，一人团费不到两千，吸引了鲁南、河南一带的游客。现在正值暑假，带孩子出游的特别多。乔燕看着那些高高兴兴乱蹿乱蹦的孩子，心想，我要是能带儿子去韩国看看该有多好。去年，李知义带我去过首尔，看过景福宫、民俗馆、奥林匹克公园、仁寺洞等许多地方，我要是带着强强去，一定再把那些地方全都玩遍。对了，我还要让他看看，韩国女孩有多么漂亮。儿子已经十八岁，应该会欣赏女孩儿了……

乔燕将近两年没见儿子了。她在旅馆被抓了现行，董忠在离婚协议书上写明儿子归男方抚养，她也只好同意。净身出户之后，她觉得没脸见人，连娘家也不回，直接来到石城，投奔老同学干起了带工。然而，人在船上来回漂泊，儿子却是她心灵的永久锚地。她经常因为想念儿子而通宵失眠，暗暗流泪，但她觉得没有脸面再见儿子，所以从来不敢起意去看望他。她后悔自己一时纵情，失去了家庭和孩子，更痛恨董忠只许自己放火不许老婆点灯，自己搞了不知多少女人，却对为他生养了儿子付出了十几年心血的老婆使出特务手段。乔燕无数次地想，董忠是置我于死地呀，他让一个母亲失去了儿子，还有比这更加残酷的惩罚吗？唉……后来，她结识了李知义，感情有了一份新的归宿，但对儿子的思念却丝毫不减。今年春节，李知义在韩国过年，她一个人住在石城小旅馆里。除夕之夜，她听着外面的鞭炮声心如刀割，忍不住拨通董忠手机，想和强强说几句话。董忠却说："你个骚货，还有脸跟强强说话？滚！"说罢就挂了电话。乔燕气得跳脚，想痛骂董忠，可是董忠再也不接她的电话。走出旅馆，冒着刺骨的寒风走到海边，想跳下去一了百了，可她思忖，虽然不能通话，但强强应该是记着母亲的，总有一天还会与母亲见面的。又想，李知义对我有情有义，而且表示了要和我结婚的意愿，这不能不让人心生留恋。于是，她又回到旅馆，苦熬七天七夜，一直等到李知义随凤凰号的第一个航班来到石城，才稍稍高兴了一点。

轮到她检票了。带工们过检票口很简单，因为所带的中国农产品早就由老板安排人办好托运，他们只需要拿着船票带着随身物品上船就行了。乔燕觉得，今天无论检票人员还是海关人员，对带工的态度都不好。本来，他们与带工们很熟悉，检票、通关时和和气气，说说笑笑，今天却是一本正经，冷若冰霜。池大姐特别爱和他们开玩笑，每次见了海关的帅哥都说要给人家带个韩国美女回来，可是这次刚要说，人家却挥着手不耐烦地让她快走，弄得她老脸发紫，十分尴尬。

登上"凤凰号"舷梯，带工们轻车熟路去了 B 层，直奔自己常住的船舱。李知义与乔燕分手时约定，开船之后到老地方吃饭。

走进 B43 房，女带工已经来了多半。这个以榻榻米铺地、有日时候可聪明了，在幼儿园里当班长，把同班几十个小朋友管得服服帖帖。现在，我儿子上高中了还当班长，还是出类拔萃。可是，我现在见不上儿子了，我想死他啦！

乔燕忍住泪水，将照片还给季大姐，掏出手机走出了船舱。她想趁着船没离港，手机还有信号，给儿子打个电话。

她走到走廊尽头，拨通了董忠的手机。董忠早就把家里的固定电话撤了，乔燕只能打他的手机。铃声响到第七下，董忠用傲慢的语气问道："有事吗？"

乔燕说："董忠，我想跟强强说几句话。"

董忠说："他不在家。"

乔燕说："他去了哪里？"

董忠说："旅游去了。"

乔燕急忙问："旅游？他去哪里旅游？"

董忠说："你管他去哪里干啥？我正有事，不说了。"

握着断了通话的手机，乔燕自言自语地说道："旅游去了？旅游去了？"她想，强强会不会去韩国旅游？会不会就在这条船上？她一转身跑向了甲板。

甲板上有好多游客，都在观景、拍照。乔燕看见一个十七八岁的男孩儿在栏杆边打电话，急忙上前辨认，到了跟前才发现不是儿子。走到船尾，她见一个男孩儿在看海浪，兴奋地大喊大叫，样子很像儿子，索性喊了一声："强强！"见人家没有反应，才悻悻离开。

寻遍 B 甲板，她又登到 A 甲板上。这里虽然人多，但还是没有儿子。正要进舱去找，"哞"的一声，汽笛长鸣，她被惊醒了。

她走到无人处，手扶栏杆泪流满面。哭过一阵，她给董忠发了一条短信："无论如何，我还是强强的母亲，你不能这样长期阻断我和他的联系。我每日每刻都在想强强，不管强强在哪里，你让他给我打个电话吧！求求你啦！"

擦一把眼泪，乔燕看着那轮通红通红的夕阳，想象着夕阳下的那个县城里，董忠看完短信回心转意，立即吩咐儿子给他妈打电话……然而，这一切都是想象，她的手机安安静静地卧在她的掌上，一直不响。

"凤凰号"离开港口，在霭霭暮色中向黄海深处开去。这时，甲板上的游客更多了，他们看看这儿看看那儿，频频拍照，每个人都是兴致勃勃。看着他们，乔燕又在心中追悼她当年的理想。

二十年前，她还在济南旅游学校读书，对出境游特别向往。她的理想是，毕业后到一家大牌旅行社工作，经常带团出国。所以，她努力操练英语，认真学习世界地理和涉外旅游业务。想不到，她最终还是回到家乡当起了导游。她工作的地方是县城附近的一座山，没有名气，景致一般，旅游局就找来几个本地文人，绞尽脑汁编故事，说秦始皇、孔子、刘邦等等都在这里办过大事，留下了遗迹。每当给游客讲这些谎话的时候，她脸红心虚，甚至恶心欲吐。所以，董忠把她追到手后让她辞职，对她来说也是个解脱。后来在家相夫教子，她却始终羡慕外国风光，总盼着早日把儿子养大，能够出国玩个痛快。万万没有料到，她第一次出国竟然不是旅游，而是做带工。

其实，做带工也不错。人家曾平平毕业回到家乡石城，干了几年幼儿教师，就到威海当带工，时间不长嫁给了一个韩国船员。十年前，夫妻双方各开一家公司，曾平平在石城，老公在平泽，雇了带工做起了生意，很快发了大财。去年乔燕在落魄之际投奔这位老同学的时候，一见面就被她的宝马车深深震撼。然而，曾平平说的

第一句话又让她心寒："乔燕，你来晚了。"她告诉乔燕，因为两国对水客的打压，也因为两国之间物流业的发展，用带工带货的赚钱空间越来越小，她已经做好了改行的打算。乔燕问，现在做带工一月能挣多少钱，曾平平说也就是两三千。乔燕说："行，能养活我自己，我干。"

船尾一阵喧笑。原来是一群小姑娘在投面包渣喂海鸥。乔燕第一次坐这船的时候，也像她们那样兴奋，也曾投面包喂海鸥。那时在她看来，海鸥随着轮船展翅飞翔，不离不弃，仿佛与人相识相爱，多么富有诗意。可是后来才明白，海鸥之所以紧跟轮船，无非是为了捡一口食儿，可怜巴巴的。

带工就是海鸥，乔燕就是海鸥。乔燕看着那些鸟儿，眼眶又湿湿的了。

李知义提着一包食品匆匆走来。他走到乔燕跟前说："我在老地方等了半天，你怎么到这里来啦？走，咱们下去吃吧。"

乔燕摇摇头："我不想吃。"

她指着那些海鸥，向李知义讲了自己的感想。李知义听了点点头："你说对了，我们做带工的，现在就是一群可怜的海鸥。"

他看着已经变得黑沉沉的大海，沉默了一会儿，转脸向乔燕说："我是一只老海鸥了，三十年前就是。"

乔燕诧异地看着他："你原来不是开会社当老板吗？"

李知义说："那是后来的事情，更早的时候我就是个带工。这几年，是重操旧业。"

他吁一口长气，告诉乔燕，他当年干带工，是在釜山去日本下关港的船上。那时的韩日，就像近年来的中韩，两国经济水平悬殊，收入差距很大，所以就有了带工这个行当。那时跑日本的韩国带工，是挣钱好多的，他有了积累，才下船开了会社，为日本和欧美搞水产品来料加工，一直干到2008年破产。

乔燕听罢他的讲述，心想，老李心里真能藏事儿，这么重要的一段经历，他竟然从来没有讲给我听。他是不愿让我知道早年的寒酸吧？

李知义又说，带工这个行当，最早是在英国与欧洲大陆之间出现的。那时的欧洲大陆，发展水平与英国是不可比的。随着时间推移，在英吉利海峡来来回回的带工，在日韩之间来来回回的带工，都像乘着海潮欢快跳跃的鱼虾一样，潮水退了就消失得无影无踪，只留在了一些人的记忆之中。现在，在黄海、渤海上来来回回的带工，也在重蹈前辈的命运，苟延残喘，等待消亡啦。

这番话，让乔燕目瞪口呆。她没想到，原来自己只是一根来自沂蒙山区的枯草，自投大海，随波沉浮。这一波沉下去，很难再有浮上来的机会。乔燕看着黑黝黝的海浪，感觉到一股寒风袭来，直抵骨头深处。

离他们不远，一对年轻男女因为船头封锁，无法过去，就在船舷边学起了《泰坦尼克号》里的经典动作：男的搂住女的腰肢，女的展臂作飞翔状。那位胖墩墩的女孩学着罗丝高喊：“杰克，我在飞！”这样的演出，在每个船次都会发生。

乔燕当年和董忠一起看过《泰坦尼克号》，前些天和李知义又在石城看过3D版的。乔燕想，人生也像潮水，一波一波，缘生缘灭。过去了的，就像电影中那颗沉入海底的“海洋之心”钻石，再也找不回来。唉！

李知义拉了一下她的手：“咱们去老地方吧。”

乔燕就跟着他走向了舱门。

# 四

他俩说的“老地方”，在B舱中部，离服务台不远的一个休闲区。几张小圆桌，十来把椅子，经常有乘客在这里聊天、喝水、吃东西。乔燕和李知义每到吃饭时间，都提着食物从各自的房间走来，到这里聚首会餐。吃罢，还长时间地坐在这里，久久不愿离去。

之所以这样，是为了纪念他俩的初识和初夜。

当带工的第一次，乔燕在甲板上站了一会儿，觉得冷，就到这里坐着隔窗看海。正看着，忽听身后有人打招呼：“你好。”她回头一看，原来是个穿蓝色夹克衫的瘦老头站在那里，笑眯眯地看着她。乔燕点点头说：“你好。”瘦老头就在她对面的椅子上坐下，说了一句英语，乔燕听懂了他的意思，是说外面的风好大，她就点点头：“Yes。”老头从兜里掏出一张名片，双手捧着递给乔燕，脸上堆满笑纹。乔燕看看，见上面用中文写着：“大韩民国平泽市阜丰商行李知义”，不由得肃然起敬，叫他“李老板”。李知义却摆手笑道：“No，No，带工。”乔燕想，原来他和我一样，都是做带工的。一个带工还正儿八经印了名片，这人有点可笑。但她心中好奇，想了解韩国带工的情况，就问他一年挣多少钱。见他听不懂，她便说出了“工资”的英语单词。李知义从身上掏出一个电子计算器，在上面按出了一串数字：10000000。乔燕杏眼圆睁：能挣一千万？李知义一笑，又打出了另一个数字：60000，并且笨拙地说出“人民币”这个汉语单词。乔燕便明白了，他一年挣六万，一千万是韩元。她想，原来韩国带工也挣得不多，不禁有了同是天涯沦落人的感觉。

二人一直谈到夜深。他们或用汉语，或用英语，结结巴巴，疙疙瘩瘩，却也能把对方的意思领会个五六分。乔燕发现，这个韩国老头很风趣，很会讨女人喜欢。譬如说，聊到后来，李知义知道了她的名字，就叫她燕子妹妹。并且说："燕子妹妹，你长得很像大长今。"这话让乔燕听了十分受用，因为她看过韩剧《大长今》，非常喜欢那个女主人公。

乔燕至今记得，那天夜间聊着聊着，她往舷窗外看了一眼，发现外面夜黑如漆，却闪烁着许多灯光，就问李知义，那是不是海岛。李知义说，是仙境，神仙住的地方。乔燕想，上学的时候听老师讲，古人认为海上有仙山，上面住着神仙，难道这是真的？正这么想着，她听见李知义说："燕子妹妹，这个世界太苦，咱们到那里去吧。"与此同时，她还感觉到自己的一只手被李知义握住。她想，原来这是个老流氓，急忙将手抽回，气哼哼地回了舱。

第二天，她没再去甲板，一直在舱里躺着。下船时碰到李知义，见他过来笑着搭讪，也没有理睬。

乔燕第二次上船，是一个月之后了。因为带工不是轻易就能当上的，要有韩国的五次商务考察签证，才有资格再拿到多次往返签证。曾平平一次次跑青岛，到韩国领事馆办理手续，回来后向乔燕嘟哝，说这事太麻烦太累人，交给人家的保证金，还影响了公司的资金运转。乔燕听了非常难受，她想，我来给你打工，也是为你赚钱呵，你怎么对我这么不耐烦呢？再说了，二十年前咱们是好同学，你在学校里做过三次人流，比我还多一次，我从不向别人讲，有空就去照顾你，难道你都忘得一干二净？她心中郁闷，却不得不向曾平平赔笑脸，并且几次请她吃饭。唉，真应了那句老话：人在矮檐下，不得不低头。

这期间，她多次想起了那个韩国老李，想起了他说的那句话：“这个世界太苦，咱们到那里去吧。”乔燕想，如果真有海上仙山，我愿意跟他去。这个狗日的世界，我真是受够啦！

所以，第二次上船又见到李知义，乔燕主动向他莞尔一笑。这一笑，让李知义大为感动。他到船上小超市买来两罐可口可乐和一包开心果，又约乔燕到那个休闲区坐着，与他热烈交谈。李知义说，这些天他一直想念燕子，一直在为自己的唐突而自责。说到这里，他还向乔燕展示了手腕上的一个紫瘢，说是自己惩罚自己，用烟头烫出的。乔燕伸手摸着那个紫瘢，感动地说：“其实，你不用自责，是我不识抬举。”李知义听不懂最后这个中国成语，一再询问，乔燕无法向他讲清楚，就连说了几个“Sorry”。李知义将她的手紧紧握住，瞅着她小声说了一句：“萨朗黑呦……”乔燕因为刚刚突击学习了一段时间的韩语，听懂了这话，只觉得自己的那颗心忽悠一下，让李知义给拽走了。

随后，李知义向乔燕讲了他的破产、他的离家出走。乔燕听得眼泪汪汪，心想这个老李真不容易，真叫人同情。二人谈到夜深，李知义起身去了服务台，回来时手里拿着一张卡。他向乔燕晃晃那卡，表情诡秘地说：“走吧。”乔燕问：“要去哪里。”李知义向她挤一挤眼：“仙境。”乔燕大为惊奇，就起身跟他走。进了走廊，走过一个个客房门口，李知义在 B21 门前站住，用卡往上一贴，接着推门进去。

乔燕立刻明白了老李的图谋，同时想起了去年春天和网友开房那梦魇般的经历。她回身就走，走到外面的甲板上，趴在栏杆上心烦意乱。这时天气已经转暖，春风到了海上也还是温煦宜人。她感受着春风的吹拂，抬手撩着飞扬的长发想：怎么办？我该怎么办？

海上灯光依旧。那真是仙境吗？如果是的话，神仙在哪里？他们为何不来搭救一下受苦受难的乔燕？

两位中年男人从舱里走出来，站在一边说话。她过去问，有灯光的地方是哪里。他们答，那是一些夜间作业的渔船。

乔燕回到了现实之中。回到现实之中的她，还是保持着对仙境的向往。她咬着嘴唇，回身返舱，敲响了 B21 的房门。

对于那一夜，李知义以后何时向乔燕说起，何时都是一脸自豪。他说，他不靠伟哥，能和燕子三次飞到仙山顶峰，真是一个奇迹。当然，乔燕以后也经常回忆那一夜，因为久旱逢甘霖的感觉烙印到了她的生命深处。

自从乔燕办理了多次往来韩国的签证，干上了长期带工，就和李知义经常到老地方吃饭，闲坐。在那个时候，二人转脸看看走廊里的 B21，而后相视一笑，心照不宣。

然而，在“凤凰号”上开房的经历也只有一次，因为房费实在太贵，那样的豪华房间要一千二呢。以后，他们多是在下船后去小旅馆，要个钟点房春风一度，如果是不开船的周末，便去小旅馆里泡上一夜。不过，在这些时候，李知义的雄起大多要靠药力了。

李知义今天在老地方打开手提袋，拿出了他在石城港买的面包和泡菜，另外又拿出了他放在自己铺位上的半瓶韩国产的“初饮初乐”烧酒。现在海关管得非常严，乘客上船只能带一瓶酒，一两盒烟，供他们在船上自用。所以，李知义在海上跑一个来回，也只能喝这一瓶。他将水杯的盖儿拧下来，临时充当酒杯，倒上一些，又将一包泡菜打开。

乔燕看着他这样子，心中酸痛，就一声不吭地起身去超市，花五千韩元买了一小袋李知义最爱吃的肉。李知义看了，感动得眼圈发红，瞅着乔燕用汉语叫了一声“老婆”。

这一声“老婆”，让乔燕心中热浪滚滚。她索性用手撕一块肉，直接送到了李知义嘴里。在旁边坐着打牌的几位韩国男性带工看见了，一齐向他俩起哄，用乔燕不懂的话语大嚷大叫。李知义向他们做个鬼脸，夸张地伸脖子张嘴，向乔燕索要第二块肉，乔燕只好面带羞笑，又撕了一块塞到他嘴里。

像往常一样，二人在老地方坐到很晚很晚，迟迟不愿回舱。李知义住的男舱，晚上都有人喝酒打牌，闹得乌烟瘴气。乔燕住的女舱，中韩老女人往往扎堆说话，说的多是儿女孙辈、老年保健、低俗笑话，她实在不愿加入进去。另外一个不愿回舱的原因，就是担心受老女人的影响，真的早早闭经。当然，这个担心，她是不好意思向李知义讲的。

今晚坐在这儿，李知义晃动着他那张带了几分酒容的老脸，向乔燕讲了好多当年干带工的经历。他说釜山离日本的下关只有120海里，六个小时就可到达，一个来回是两天。在这条航线上，好多事情让他至今记忆犹新。譬如说，日本人瞧不起韩国人，尤其是韩国带工。有一回一个日本人骂带工是一群驮东西的牲口，带工们就一起揍他，把他揍得跪地求饶。还有，韩国男带工到了下关，有的人会去找妓女，回来吹嘘，把日本女人干得多么狼狈。讲到这里，乔燕问他干过没有，李知义急忙摆手道：“没有没有，我那时怎么会干那种事情。”乔燕说：“那可是为你大韩民国争气呵，无上光荣呵，为什么不干?”李知义说：“那时，我和妻子感情很好。”乔燕听后沉默片刻，望着窗外黑沉沉的大海，幽幽地叹气道：“唉，这世上什么东西都在变，都靠不住。”

接下来，李知义又讲了当年的一些奇遇。他说，有一个工友，在日本买了一架相机，上了船兴致勃勃地照相。他让李知义给他拍，李知义想给他来一个特殊视角，就伸出胳膊将相机放在栏杆之外，结果，相机突然掉进了海里。他觉得对不起工友，要赔他钱，可是工友不要。万万没有想到，两个月之后，釜山一家报纸登出了一条新闻，说有人在巨济岛海边捡到一架相机，相机里还有照片。报上登的两帧照片，正是李知义为工友拍的。工友与报社取得联系，拿回了相机，发现里面还有一些在水里的照片，其中有一个海龟看着镜头。李知义和工友猜测，相机掉入水中，很可能让一个海龟抢到了手上。它认为是食物，想吃，却无意间摁了快门，就充当了一回水下摄影师。这个发现，又成为一条新闻登上了报纸。

乔燕听到这里，忍不住说："这条新闻我前年在网上看了，不过丢相机的不是你，而是荷兰皇家海军的一位军官。"李知义被她揭穿，并不尴尬，哈哈一笑又接着讲，说他当年在船上亲眼见过一对男女殉情自杀。这事绝对是真的。那天风大雨大，有一对青年男女在甲板上拥抱在一起，哭了好久好久。然后，就一起跨过栏杆跳到了海里，到了海里还是紧紧抱在一起。有人说，女的是韩国人，男的是日本人，女方父母不同意他们相爱。

听到这里，乔燕问李知义："你怎么看待殉情自杀的那一对情人?"李知义立即摇头道："莫则里，莫则里。"

乔燕懂得，韩语里的"莫则里"是傻子的意思。她了解了李知义的爱情观，心中惘然若失。但她又想，别强求老李了，拿我自己来说，我能有勇气去殉情吗？别说我不想死，即便真有那个念头，也放心不下儿子呀。

唉……乔燕无奈地叹了一口气。李知义察觉到她的情绪，抓起她的手握了两下，沉默片刻，又讲起了别的故事。讲着讲着，乔燕被他的幽默话语感染，开颜笑了起来。

直说到11点半，乔燕才与李知义分手，回到自己住处。她轻轻开门，借天花板上那盏夜灯的微弱光亮，蹑手蹑脚去了自己的铺位。旁边的池大姐动了一下，“哧”地一笑：“在旅馆泡了两天两夜，还没有够？”乔燕早已习惯了这样的讥讽，就说：“嗯，没够。”说罢躺下。池大姐蠕动着身子向她靠近，小声问：“老李还行？”乔燕说：“还行。”池大姐仰面躺平，恨恨地道：“人比人，气死人。我家老头比他还小三岁，怎么就是一条死蚕了呢？”

乔燕听见，对面有几个韩国老女人在悄声说话。她凭着和李知义长期在一起练出的听力，听出那些人是在议论她和老李。女人甲说：“李知义和燕子这会儿才回来，肯定是到底舱的汽车里去了。”女人乙说：“不可能，咱们这条船，和泰坦尼克号不一样，客舱和货舱之间是锁死的，去不了的”女人丙说：“爱情的力量是无穷大的，老李就不会把锁撬开？”女人甲说：“有可能，明天咱们下去看看，燕子在汽车玻璃上留没留下手印。”

听到这里，乔燕咬着毛巾被悄悄笑了。

睡着之后，她做了一个梦：她和老李牵着手在船上跑呀跑呀，最后跑进了一个面积广大的货舱。来到一辆小汽车旁边，老李拉开车门进去，然后伸手拉她。她进去一看，里面的男人却不是老李，而是赤身裸体、健壮无比的帅哥杰克。杰克拥她入怀，粗暴地要她，汗珠子滴滴答答，棕色的长发在她脸上甩来甩去……她兴奋地抬起一只手，“啪”地一下拍在了车窗玻璃上。然而，玻璃碎了，梦醒了……

# 五

每个早晨，乔燕都会用一段时间认真地洗脸化妆。她认为，不认真就对不起老李，就辜负了他的一片心意。

去年，乔燕与李知义第三次同船，得到了他的礼物：一套 LANEIGE 化妆品。她知道，兰芝是韩国的化妆品名牌，在全世界都有很大市场。老李送她兰芝的时候，老眼含情，说希望他的燕子越来越年轻美丽。此后，乔燕每天都用兰芝，快用完了，老李会再送一盒。乔燕在平泽港免税店里看到，这样的套盒，合人民币六百多块。

她用了兰芝，在船上看电视的时候就会特别留意兰芝广告。韩国著名影星全智贤，做兰芝代言人十分投入，在广告的每个版本里都是风情万种。尤其是那个彩妆广告，她穿牛仔裤、露脐衫，动作与表情极其夸张，再现出的野蛮样子让女人也怦然心动。当然，乔燕不会化她那种过于张扬的彩妆，她每天所做的，就是将洁面乳、精华水、保湿乳液、面霜、眼霜之类一样样用过，再仔细化一个淡妆。

全套做完，乔燕看看镜子里的自己，比刚起床时漂亮多了，甚至有点儿妩媚动人了。她学全智贤在广告里的样子，单独眨一下左眼，再单独眨一下右眼，拎着化妆包回舱。这时，老女人们有的上厕所，有的去洗涮，有的去锻炼，只剩下包括季大姐在内的三五个人继续酣睡。乔燕想，季大姐“万般皆下垂，唯有血压高”，再这么睡下去，高的就不只是血压了。

她放下化妆包，去大包里摸到香烟盒，从中抽出一支，握在掌心，出舱直奔 A 甲板。这是她和老李的约定，每天在这里见第一面。李知义一般是早早在那里跑步——韩国男人大多注意锻炼身体，即使做了带工，也要在甲板上坚持晨练。李知义绕着尾楼来来回回跑马蹄形路线，每次都跑一个多小时。看见乔燕上来了，他会停下来用汉语说一声“早安”，然后接过乔燕递过来的那支 ESSE 牌香烟，打火点上，到栏杆边面向大海，美美地享用。享用完了，接着再跑。他这个习惯是逼出来的。他告诉乔燕，“爱喜”虽然是女烟，但因为是名牌，更因为它的味道可口，他特别喜欢。可惜，以前他几次带这烟上船，一不小心就让工友偷偷抽了，所以和乔燕结识之后，就让乔燕给他保存，每天早晨拿到甲板上抽一支。

现在乔燕到了 A 甲板，却没见到李知义。她想，除了天气不好，老李每天早晨都会上来锻炼的，今天风和日丽，怎么却不见他了？难道他在下面？

下去看看，B 甲板上也是没有。乔燕就转身进舱，去了李知义住的房间。

一到门口，乔燕就被屋里逸出的臭气熏得倒退两步，赶紧捂住鼻子。她想，“臭男人”这个说法真是没错。男人一个就够臭的，十几个男人住在一起，而且都是老男人，更是臭气熏天。她探头向里面看看，八架木质上下床，每个床位都挂着布帘，中间的通道上一个人也没有。她喊：“李先生，李先生。”有一个苍老的声音答道：“嗨。”

从门口往里数，第三个下层布帘在动。乔燕曾经去过那个被李知义视为私人领地的空间，在布帘内和他坐过一会儿。老李当带工的几年中，每个船次都睡这个床位，里面有小电扇、小电视机，还有他的一些私人用品。乔燕看了觉得很不公平：她住的榻榻米铺位，往返船票是720元，一点儿私人空间也没有，而这样的上下床，放下布帘就拥有一个自己的天地，竟然只要790元。可见，船方安排舱位时重男轻女。

李知义也很看重自己的这个空间，多次在乔燕面前夸耀，并邀请乔燕到他的床上看电视。但乔燕没有答应，心想，满屋都是男人，自己一个女人到一个男人的床上，多不像话。所以，她想看电视了，都是到服务台前面看那台壁挂式的公用电视机。

李知义下了床，趿着拖鞋到了门外。乔燕发现，老李眼袋下垂，脸色发灰，仿佛一夜间老了十多岁，进入古稀之年。她问他怎么了，李知义说，夜间失眠了。乔燕不再多问，只将手中的那支烟递给了他。

李知义去了甲板，一声不吭地只顾抽烟。抽完，把烟蒂扔进海里，便端起两只细细的胳膊去跑步。他穿着平时经常穿的一件灰色汗衫，胸前有连笔写的三个英文字母“Lee”。乔燕知道，这是美国的著名品牌，“Lee”的词义为“庇护所、背风处”。有一次，船上风大，李知义站在上风为她遮挡，乔燕感动地指了指老李的胸口，唱起了京剧《沙家浜》里的一句：“这草包，倒是一堵挡风的墙！”唱罢，她翻译给李知义听，李知义将胸脯拍得“啪啪”响：“我就是要做燕子的草包！”

今天早晨，Lee却真的成了草包。老李只跑了两个来回，就打着哈欠说，他没睡醒，浑身没劲，要回舱继续睡觉。乔燕说，吃点东西再睡吧。李知义点点头，回去把面包和泡菜提到老地方，与乔燕共进早餐。

吃完，李知义打着哈欠回舱睡觉，撇下乔燕一个人坐在那里。她看着窗外空空荡荡的海面，心里七上八下。她想，听李知义说过，他睡觉质量很好，很少失眠，这次不知是为了什么？这老头，难道有什么心事瞒着我？

坐到后来，看见海的尽处多了几座山，她知道平泽快要到了。那儿，曾被乔燕视作自己生命中的仙山，经常幻想能在那里永久居留，不知这个幻想能不能变成现实？

“宫虚子寒”。她想起了在一本书上看到的中医术语。她想，我的问题出在这里，我必须解决这个症结。

她使劲搓热两个手掌，伸到袢襟底下捂住肚皮，意在温暖和勉励自己的子宫。

一次次搓手，一次次焐腹。突然，有人从背后过来，用两只手捂上了她的眼睛。乔燕知道是李知义，怕他把她的妆给弄花，急忙掐一下他的手背说：“放开放开。”

李知义把手拿开，说：“快下船了，怎么还坐在这里。”

乔燕说：“这就回去拿包。你把我的脸给弄坏了吧？”

李知义把两只眼睛睁大，顶出层层叠叠的一片抬头纹，做仔细观察状：“没有，没有。”说着，还猛不丁吻了她一下。

乔燕娇嗔地打了他一巴掌，起身去洗涮间照了照镜子，发现妆没变样，这才放心。

汽笛长鸣，“凤凰号”驶入了平泽港。乔燕和李知义回舱拿包，随大家下船。

到了行李大厅，中韩两国的三百多名带工站成黑压压一片。他们手持行李票，也就是他们所说的扉子，等着领取在自己名下带过来的那份货物。

乔燕和二十来位受雇于曾平平的带工站在一起。等到传送带把一件件货物送出来，他们每当见到写有“尚香会社”四个大字的货包，立即把它提下来，放成一堆。有一个人看着货包上的扉子报号，谁听见了自己的扉子号，就将货包提到手边，放到行李车上。乔燕拿到自己名下的货包，摸了一把，便知这次带的是东北大豆。她想，这些大豆从东北运到石城，运费已经够高的了，再由带工运往韩国，到底还有多少利润空间？

货包领齐，一行人推着它们去排队通关。通了关，推着货物来到外面的广场，曾平平的老公早已带着两个韩国小伙等着接货。曾平平的老公姓郑，五十出头，矮矮胖胖，长了两根扫帚眉。乔燕见他的第一面就想，老郑眉毛那么难看，曾平平是怎么看中的。但后来明白，自己是嫉妒人家。老郑的扫帚眉虽然难看，却能扫来大堆的钞票。我乔燕长了一双好看的柳叶眉，却一无所有。

交了货，乔燕这一群带工就没事儿了，只等着六个小时之后上船回去。她去找李知义，发现李知义他们正在广场的左边嚷嚷。走近了发现，他们正和老板吵架，一个个满脸怒气。她走到李知义身边，问他吵什么，李知义晃着手中的三张票子骂了一声“西吧”，说一个船期，两天半时间，就给两万五，老板心太黑了！乔燕想，两万五千韩元，合人民币一百三十多，少得真是离谱。去年，韩国带工每个船次都能领到三百五，今年年初降到两三百，这次只有一百多了。她猜想，回到石城，曾平平给她雇用的带工发工钱，只会比这更少，因为中国带工工资从来不会超过韩国带工。奶奶个腿，这一行真是没法再干了。

李知义的老板面对指责叫骂，连连鞠躬道歉，说：“实在对不起，非常体谅各位的心情，但这批货物实在没有钱赚，只好给你们发这一点点工钱。”

带工们不原谅老板，还在那里争吵，李知义却摇着头离开了人群，对乔燕说，没时间在这里争吵了，他要去朋友张先生那儿。

张先生是李知义的朋友，在平泽开着一家粮店，乔燕去年曾跟着李知义去过那儿。她亲眼看见，李知义送给朋友的礼物竟然是几盒伟哥。她想，那玩意儿自己用就罢了，当作礼物送人就有点龌龊了。更叫人恶心的是，那位张先生把礼物接到手，高兴得两眼放光，还把两束目光频频投向乔燕。回船的路上，乔燕质问李知义怎么会送这种礼物，李知义说，中国药店的伟哥，价钱便宜，药力十足，他给张先生送这件礼物，更显得关系不一般，用中国话说是“铁哥们”。乔燕听李知义讲，许多男性带工都往韩国带过伟哥。为躲避海关检查，最早是放在鞋里，放在裤头的暗兜里，后来这些地方都被检查，他们又用锡纸裹成长条，缝在提包带里躲避 X 光扫描，反正是绞尽了脑汁。后来，李知义又多次给“铁哥们”送过伟哥，乔燕再也不去了，李知义也不带她了。

那个张老板住在平泽市中心，离这里很远。乔燕说：“你快去快回，我在这里等着你。”李知义点点头，从包里掏出他俩吃剩的面包递给乔燕。乔燕指着五十米之外的等车点说：“你看，正好有车。”李知义急忙将包斜挎在身，甩着两只细胳膊跑过去，登上了一辆巴士。

等到巴士开走，乔燕去附近的小店里买了一瓶水，准备吃东西。正在东张西望找地方，忽听有人喊她，原来是池大姐和季大姐坐在一个花坛边向她招手，她便走了过去。

这两位大姐每当上船，都从家里带一包煎饼。此时她俩手握煎饼卷儿吃得正香，面前放了一瓶辣椒酱。池大姐一边嚼煎饼一边呜呜噜噜地问：“燕子你把老李放了单，不怕他去桑拿房找小姐？”

乔燕笑了一笑：“一趟才挣两万五，他还有闲钱找小姐？是有事找朋友去了。”

季大姐说：“嗯，现在挣钱少了，棒子都老实了。”

季大姐说的是实情。乔燕听李知义讲，前些年韩国带工挣钱多，下了船都去找乐子。到了平泽这边，或喝酒，或洗桑拿；到了石城那边，无论男女，多是去洗脚、做按摩。兴致上来，男带工也可能要个“特殊服务”。大家美美地享受五六个小时，再上船度过漫长而寂寞的十八个小时。她曾问李知义，享受过“特殊服务”没有，李知义坦白，有过几回。乔燕曾对这事耿耿于怀，但后来想，那是认识她以前的事情，该翻页就得翻页。以后老李再干，我决不饶他。

乔燕知道，平泽和中国的九个港口之间有班轮，在这些船上做带工的有两三千人。这会儿下船的带工有好多，但很少有人离开广场，他们或是去一些小饭馆吃饭，或是和她一样，找个地方喝凉水啃面包。

她把面包刚拿出来，池大姐却递过来一个煎饼：“燕子，吃这个吧。”

乔燕道一声谢，接过来咬了一口，发现煎饼里包的竟然是她最爱吃的黄鲫鱼，感叹道：“哎呀真香！谢谢大姐！”

季大姐一声不吭，递给她一个熟鸡蛋。乔燕又是连声道谢。她知道，这两位大姐虽然说话有些糙，心地却都善良。她们都是十多年前下岗，干过多种活儿，最后才托关系干上了带工。现在她们两个的目标都一样，就是挣钱帮儿子还房贷。季大姐说，她儿子的房贷是二十年期，她肯定活不到还完房贷的那一天，能帮几年算几年吧。她多次说，她的美好理想是：若干年后，突然在船上因为脑溢血猝死。那样不会拖累儿子，还可能得到船方的一笔赔偿，早一天把儿子的房贷还掉。

池大姐吃着吃着，忽然起身去旁边的木槿树上摘了三朵花，递给季大姐和乔燕各一朵，将自己手里的那朵送进了嘴里。乔燕对她的行为感到惊讶和羞愧，看看没人注意到她们，才小声说："大姐，你怎么可以在这里摘花呢？"

池大姐不以为然："不就是几朵花吗？木槿花就是可以吃的。我小时候，家里栽了一棵，每到夏天，我们姐妹几个都摘花吃。我妈还用木槿花摊煎饼呢。"

季大姐说："对，我小时候也经常吃。"

乔燕从手中那朵花上扯下一个粉色花瓣，放到嘴里嚼一嚼，果然黏黏的，甜甜的，很是可口。她想，不知韩国人吃不吃木槿花？等到李知义回来，问他一问。

李知义却迟迟不回。三个女人坐在花坛边，已经随着树荫的东移挪了好几次屁股了，李知义一直没有露面。二位大姐看着广场上的男男女女，有一搭无一搭地说话。乔燕却一直盯着巴士车站，看李知义会不会从车上下来。然而看过一辆又一辆，下车的人群里就是没有他。

池大姐看看表说："哟，得上船了，老李怎么还不回来？"

乔燕满脸焦虑，起身说道："我打个电话去。"她的手机虽然有国际漫游功能，但因为话费太高，她到了这边从不开机。她从包里找出一张韩国的电话卡，走向了不远处的电话亭。

插卡，拨号，很快听到了李知义那略显苍老的声音："安宁哈希姆尼嘎（你好）！"

乔燕用英语问他，为什么还不回来。

李知义听出是乔燕，沉默片刻说："燕子，我不上船了，我不再去中国了。"

乔燕一听急了："啊？为什么？"

李知义说："带工没法干了，我要另找工作去。"

乔燕说："你到哪里工作？"

李知义说："我本来想，朋友能让我在他公司做事的，可是，他没答应，我白送他伟哥了，西吧！我准备去首尔，找一下别的朋友……"

乔燕气愤地说："你不再上船，另找工作，这样的大事怎么不告诉我？"

李知义说："我是刚刚做出的决定。我想告诉你，可是你的手机不通。想等你回到中国再打，没想到你现在打来了……"

乔燕想，你哪里是刚刚做出的决定。你昨夜严重失眠，肯定是在考虑这事。你早已做出了决定，却不告诉我，下船之后像个兔子似的溜走了。

乔燕流着眼泪问："老李，你是不是从此不再见我了？"

李知义说："不，我们还会见面的。等我找到了工作，生活稳定下来，就和你联系。咱们最好能在首尔见面，我陪你好好玩玩。对了，咱们再享用一回参鸡汤。上次，你不是说很好吃吗？"

参鸡汤当然很好吃。那是首尔著名的美食，每一份都是一只整鸡，用一只大瓷碗装着。乔燕至今记得，那鸡汤里浓郁的人参味儿，以及鸡肚子里那团糯米的黏稠与香滑。

乔燕听见，池大姐和季大姐在那边喊她。扭头看看，她俩指着候船厅向她示意，便对电话里的李知义说："谢谢你的参鸡汤。我该上船了。"

李知义说："燕子，你上船以后，去收拾一下我的东西。电视机等等，你都可以用的。"

乔燕满腹哀怨："我不要。我是你的什么人?"

李知义在电话里直叹气："唉，唉……"

乔燕哽咽着追问："你告诉我，我是你的……你的什么人?"

李知义说："你是……你是……"他支支吾吾，没有了下文。

乔燕心中一片悲凉。她将电话"啪"地一声挂上，站在那里"呜呜"地哭了起来。

## 六

上船后，乔燕一直在舱里躺着。她怕上老地方，怕上甲板，怕去一切可能让她想起李知义的处所。然而，李知义却藏在她的脑壳里。李知义在说说笑笑，李知义在喝酒抽烟，李知义在跑步锻炼，李知义在奋力做爱。纷纷杂杂的记忆，此刻汹涌澎湃，沉渣泛起，让她的脑海涨起了大潮。潮水一波一波，乱冲乱撞，让她的脑袋疼痛不堪。她只好用毛巾被蒙住头，在榻榻米上滚来滚去。

池大姐拍拍她的肩膀道："燕子，该吃饭啦。"

乔燕停止滚动说："我不吃。"

季大姐说："老李瘦成那样，浑身的肉撕干净，也喂不饱一条狗。你还用这么伤心?"

乔燕不吭声，只是摇头。二位大姐见劝不动她，坐到一边吃东西去了。

乔燕用牙齿咬住毛巾被的一角，仿佛咬住的是李知义的皮肉。她心里叫着："咬死你！咬死你！你这个狗东西，你凭什么叫李知义？你一点儿义也不知。我跟你好了这么长时间，你说走就走，你算个什么东西!”

她怕藏在她脑壳里的李知义听不懂，又用韩语补上一句：“你喔妈，西吧膏呀!”

“莫则里，莫则里。”乔燕听见，对面的韩国老女人在骂谁“傻子”。她屏住呼吸听了片刻，原来是在说她。一个韩国女人说：“中国女人都是傻子。”另一个女人说：“说得对，男人只是和她玩一玩，她就动了真情，好可笑呦。”

乔燕脑海里的大潮更加狂暴。她悄悄擦一把泪水，爬起身走出房间。她不愿去老地方，便去了舱外，到船尾站着。

此刻“凤凰号”已经驶离平泽港，港口上空的那些云朵让夕阳照耀出黄金一般的颜色。她想，老李可能还在平泽，他这会儿在干什么呢？是在街头闲逛，还是去了桑拿房，准备在那里混上一夜？

以往的周末，“凤凰号”在平泽停航一夜，许多带工都选择到桑拿房过夜，因为那里便宜，住一夜只要六七千韩元。当然，在那里过夜很不舒服，在水里泡久了皮肤起皱，在桑拿室里坐久了又热得难受，只好在水池边、更衣室里或坐或躺，熬过那漫漫长夜。乔燕和李知义多次在那儿住过，分别去男室、女室，一夜不见。第二天早晨从桑拿房里出来，二人去街边大排档吃东西。乔燕很想吃一点好东西补补身体，李知义却往往点一些很便宜的饭食。有一回，乔燕从李知义手里接过一碗少油缺盐的冷面，想起了她前些年读过的一则古代笑话：有个人晚年很穷，但还是娶了一个小老婆。新人来了，他没有好东西给人家吃，“晨夕设食，惟粗粝而已”，他的正妻便讥讽丈夫道：“古闻糟糠之妻，今乃有糟糠之妾。”乔燕一边吃着冷面一边说：“老李，我就是你的糟糠之妾。”李知义听不懂，问他是什么意思，乔燕也不解释，只管埋头喝汤。

可是，我现在连他的糟糠之妾也做不成了。乔燕呀乔燕，你说你有多么可悲！

乔燕泪如泉涌。她抬手抹下一把，猛地甩到了海里。船尾下面，那道长长的浪带接住了她的泪水，浪花似乎更多更白了。

天渐渐变黑，海渐渐变黑，只有南天的上弦月越来越亮。她站得腿疼，又不愿回舱，就到通往A甲板的梯子上坐着。因为只隔了一层裤子，她的屁股能清清楚楚地感觉到轮机传达上来的微微震动。

不时有人经过梯子或上或下。每当有人来了，她就歪一歪身子为其让路。没人在意她，更没人和她说话，她流着泪想，今后的每一个航次，我都是一只孤独的燕子啦。

“看，钻井平台！”甲板上有人叫喊。

乔燕往那边看看，海上果然立着一架钻井平台，像一个跳棋子儿，上面有灯光闪烁。这个平台离“凤凰号”的航线不远，乔燕以前经常见到，但不知它属于哪个国家。有一回，李知义指着平台向她说，地球的肚皮下面真是内涵丰富呵，随便一钻，就能钻出油来。说着，他摸一把乔燕的肚皮，色迷迷地说道：“你也这样。”乔燕佯作恼怒，使劲掐了一下李知义的瘦屁股，掐得他“嗷嗷”大叫。

现在想起那个情景，乔燕感到极其恶心，扭过头去不再看了。

过了一会儿，她打了几个呵欠，感觉脑海里的大潮由强变弱，渐趋平息。她想，今夜不太冷，我就在这里坐到天亮吧。她往栏杆上一歪，打算睡一会儿。船突然一晃。乔燕身体往前一冲，差点栽了跟头。她站起身想，这是怎么了？却听见轮机发出一种沉重的声音，船体也剧烈抖动起来。两层甲板上都有人大叫：“怎么啦？出事啦？”

乔燕跑到甲板最后边，手扶栏杆往下一看，本来在月光下泛白的长长浪带，现在竟然变成紊乱的一片。与此同时，她听见“凤凰号”像垂死挣扎的巨兽一样浑身颤抖，发出一阵绝望的低吼，而后突然沉默下来。

船体不再抖动，乔燕却打起了寒颤。他倒吸一口凉气想：坏了，凤凰号要学泰坦尼克号了。

舱里有许多人跑出来，用汉语，用韩语，惊恐地问出了什么事情，可是没有人回答。有人跑向船边观察，有人跑向 A 甲板登高瞭望，两层甲板上人越聚越多，众声喧哗。

船上的广播响了，一个女孩用普通话说：“各位乘客，现在我们的船发生了故障，需要排除，请大家不要惊慌，请大家不要惊慌。”她用普通话讲完，又用韩语讲。

听了广播，更多的人从舱中跑出，几乎站满了两层甲板。有人大叫：“救生艇呢？还不快准备救生艇！”于是，许多人跑向船两边绑有救生艇的地方。

有人大喊：“让妇女和孩子先走！让妇女和孩子先走！”

但多数人不听他的，都向救生艇那儿挤，哭叫声响成一片。乔燕看见，池大姐和季大姐在拼尽全力靠近救生艇，季大姐还高举着一张照片哭喊：“俺想回家抱孙子！俺想回家抱孙子！”

乔燕泪如雨下。她想，我也要见儿子，我不能死！于是，她也拼尽全力向救生艇挤去。

“要穿救生衣！不穿救生衣，上了救生艇也有危险！”不知是谁这样大喊。经他提醒，人们又一窝蜂地往舱里跑。乔燕跑回她住的房间，从墙边的橱子里拽出一件，跑回甲板，学别人的样子穿到身上。几百件橘红色的救生衣，很快构成甲板上的主色调。船舷两侧的救生艇旁边，更是橘红成堆。

有一位穿船员服装的人出现在A甲板边缘，拿着电喇叭喊：“请大家安静，不要去挤救生艇！我们的船没有危险！我们的船没有危险！”

有人问他：“没有危险，为什么不走了？”

船员回答：“原因还在查，请大家耐心等待！”

船上的广播又响了，这次是一个男声：“乘客朋友，我是‘凤凰号’船长。我现在向大家郑重道歉，刚才我们的船为了躲避一群鲸鱼，偏离了航线，导致搁浅……”

躲避鲸鱼？真会编呀！骂声、质疑声立刻响成一片。

船员用电喇叭讲：“这不是编。去年韩国有一条船，还让鲸鱼撞坏了呢！不信你们上网查查！”

船长接着讲：“各位乘客，请大家不要担心，这片海域是泥底，对船体没有造成任何损坏。现在是低潮时刻，只要等到下一波潮水，我们的船就会浮起来继续航行……”

船长讲完，一个女孩用韩语翻译了一遍。

听了船长的话，人群停止拥挤，七嘴八舌地问拿电喇叭的船员，要等多少时间。船员说，大约十个小时左右。有人说：“不会是哄我们吧？”船员说：“哄你们干什么？我们也不想死呀！我上有八十老母，下有八岁孩子呢。”

船长又在广播里讲，他已经向平泽海洋警察署报告了险情，警方马上派救援船只过来，以保证我们的安全。大家放心，我们离平泽港只有五十海里，现在海上风平浪静，万一出现意外，各位都会被安全转移的。请大家离开甲板，回舱休息。

听了这话，人群安静了许多，但还是留在甲板上不走。人们或在船边观察情况，或聚成一堆议论。有一些情侣紧紧搂抱在一起，做出生死与共的样子。

乔燕想，如果李知义此刻也在这里，他会怎么样？也会把我抱在怀里吗？万一这船真的毁了，他会不会像杰克一样，把生的希望留给我，自己从从容容沉入海底？此时，她真想打电话给李知义，告诉他“凤凰号”搁浅的事，问他会不会学习杰克。但是，她打开手机，手机屏幕上像往常在海上一样，一点儿信号也没有。

乔燕又暗暗骂起自己。老李已经跑了，已经无情无义了，你还做这种猜想，你还想打电话问他，你真是个莫则里，真是个傻子，真是个嘲巴！乔燕软弱无力地倚靠在尾楼壁上，涕泗交流。

过了一会儿，她听见人群中爆发了呼喊，有人还脱下救生衣举在手上直甩。她到栏杆边看看，原来是一艘大船亮着灯光从平泽方向开来。那船到了右边停下，有一群穿救生衣戴大盖帽的韩国警察站在船舷，向这边频频招手。

“凤凰号”船长在广播里讲：“海洋警察署的救援船已经到了，他们将一直陪伴着我们，直到我们再次起航。请各位放心，请各位回舱休息。”人们陆续回舱，只有少数人滞留甲板。乔燕也没回去，她决定，就在甲板上等着，一直等到下一波潮水的到来。

她转到船的左边，这边的人寥寥无几。抬头看看，天上万里无云，只有半边月亮挂在空中。乔燕望着她想，这个月亮，她有多么大的威力呀，竟然能把地球上的所有海洋吸得起起落落。今天，“凤凰号”能不能再走，也要靠它的引力了。

乔燕又想到，月亮的引力还对女人起作用，让她们的体内也有潮涨潮退，月亮——月经。这种天人合一，是宇宙间的一大奇迹，一大神秘。

可是，我可能要与这个天人系统没有瓜葛了。我在等待身体内的下一波潮水，望眼欲穿，可它一直不来。

乔燕忽然意识到，她面临的是另一种潮起潮落——从初潮到闭经，其实是一个女人生命的高潮，大约有五个七年，从十四岁到四十九岁。可是，我如果从现在就没有了，比正常人少了整整七年！这年头，早早闭经的女人越来越多，有人甚至提前到三十来岁，这是怎么回事？问题出在人的身上，还是在月亮的身上？

月亮呀月亮，你开开恩，多使把劲儿，给我力量，别让我早早干涸，好不好呀？求求你啦！

乔燕将双手伸到褂襟之下，隔着肚皮，小心翼翼地捧着她的子宫与卵巢，向月亮流泪祈祷。黄海之上的月亮，此刻像一尊女神露出的半边脸，在冷冷地打量着她。



## 七

次日清晨，太阳升起的那一刻，在海底淤泥中躺了一夜的“凤凰号”像睡醒了似的，船身出现了微微的摇晃。几分钟后，底舱的轮机轰轰作响，船尾随即拉出了一条浪带。甲板上一片欢呼，跳跃着一片橘红。随后，乘客们纷纷解下身上的救生衣，喜气洋洋地走回舱中。

到达石城港是晚上十点。同室的女带工都提着包去了走廊，准备下船，乔燕却留在房内打开了手机。

短信提示音响起，她只看了一眼，就屏住呼吸瞪大了眼睛：

> 妈：我是强强，我去云南旅游刚刚回来。我摆弄我爸的手机，看到了你的短信。妈，我也非常非常想你，几次想给你打

电话，但不知你现在的手机号。妈，你在哪里？你过得好吗？不管你在哪里，你还是我的妈妈，永远都是。妈你放心，等我考上大学，毕业之后，我要好好孝敬你，让你有一个幸福的晚年！

乔燕两手紧握手机，将它贴在胸口，“哇”地一声大哭起来。

池大姐和季大姐从门外跑进来，问她怎么了，乔燕努力止住哭，哽咽着说道：“我等来了……等来了我的……下一波潮水……”

# 挠挠你的手心你什么感觉



薄元是晚上十点半回到家的。省厅来了两个处长检查工作，这工作又恰恰是他分管，他便陪了他们整整一天。本来吃过晚饭他就想回家的，可那两个处长又要去喝茶，他只好又陪二人去了海边的听涛楼。把一壶碧螺春喝淡了，把一肚子话也说淡了，时间便过了十点。好不容易等到客人打呵欠了，薄元把他们送回宾馆，便急急忙忙坐车回家。

薄元急着回家，是想赶快知道老婆去查病的结果。刚才喝茶时，他曾到茶室外面打了个电话，苏连红说："你先陪客人，回来再说吧。"苏连红用这种口气，让薄元心里不由得忐忑起来。半月前的一个晚上，他陪客人喝多了酒，回家后他想和老婆亲热亲热，手刚摸索到她的颈窝，突然觉得那儿有几个鹌鹑蛋一样的硬疙瘩。他问："怎么啦?"苏连红说："这疙瘩一个月前就有了。"薄元说："你应该去查查。"苏连红说："不疼不痒的，查啥。"薄元说："淋巴结肿大，总要有个原因的。"苏连红说："可能是牙的问题，我这一段时间老害牙疼。"薄元想想也有道理，就把这事放下了。想不到，今天早晨吃饭时他向苏连红瞅了一眼，发现她左边颈窝那儿的疙瘩已经凸了起来，清晰可见。他问：“连红，你牙还疼?”苏连红说：“不疼了。”薄元将筷子一放：“那就不对了，你快到医院查查!”苏连红这才点头答应。薄元要请假陪她去，苏连红说：“你该干啥干啥去，我又不是走不动。”

薄元回到家，苏连红正踡坐在客厅的沙发上，对面的电视机屏幕黑着。薄元想，这就不对了，苏连红在银行办了内退手续之后，一天到晚坐在家里跟电视拼命，今天晚上怎么不看了？他瞅着她的脸小心翼翼地问：“连红，没事吧?”苏连红抬起头来，向薄元艰难地一笑：“恭贺你呀!”薄元问：“恭贺我什么?”苏连红说：“又一件大喜事砸你头上啦!”薄元皱眉道：“你什么意思嘛?”苏连红说：“人家都讲，中年男人有三喜：升官发财死老婆。去年你考上了副局长，这是一喜，今年又来另一喜啦。”薄元知道苏连红的性格，开朗爽直，似乎什么事都不在乎，听了这话心便一沉。他瞪她一眼说：“别胡说八道了，快把病历单拿来。”苏连红便从茶几的底层搁板上将一个小本本递给他。薄元翻开看看，医生那龙飞凤舞的笔迹他多数看不明白，但最后的结论他认出来了：非何杰金氏淋巴瘤。虽然他对前四个字的含义不懂，但后三个字让他不由得冷汗涔涔。他说：“这不可能，一定是误诊了!”苏连红冷笑着说：“怎么不可能，X光，B超，镓67同位素都使上了，连切片都做了，你还有什么话讲。”薄元说：“那就赶快动手术，把那几个毒疙瘩剜了去!”苏连红说：“不是那么简单，医生说，内脏上可能也有了。”薄元听到这里，便往苏连红身边一坐，紧紧地抱住她，好半天没有说话，只是发抖。后来说：“怎么会这样呢，怎么会这样呢，都怪我太不上心，去医院去晚了。”苏连红不说话，也是抽嗒着鼻子流泪。过了一会儿她擤一把鼻涕说：“这都是命。该着我不能陪你白头到老。”薄元说：“连红你别说这话，癌症也有许多治好了的，咱们明天就去住院。”苏连红说：“住院也白搭，是站着进去躺着出来。”薄元说：“不，一定要住，一定要想办法治！”苏连红沉默片刻，点点头说：“住就住吧，反正我有医疗保险。”

薄元这时注意到，茶几上还放着一本女儿专用的相册，硬壳封面上泪痕斑斑。他哽着嗓音说：“叫娅娅回来一趟吧。”苏连红摇摇头：“算了，不能影响她学习。”娅娅本来是在市教育局直属的二中读高中的，因为学习成绩一般，薄元便和妻子商量让女儿搞一回“上山下乡”，转到升学率奇高的孟原县一中。这几年城里许多家长都这么做，效果十分明显。跟女儿谈了这事，女儿也同意，于是就在今年暑假后办了转学手续，去了八十公里之外的孟原。娅娅去那里之后，一个月才能过一次星期天。想着女儿下一次回来只能到医院见她妈了，薄元心里一阵阵难受。

在沙发上闷坐了一会儿，薄元看看表已经十一点多了，便说：“睡吧，明天还要早点起来准备准备。”苏连红便跟他去了卧室。脱衣上床后，薄元又伸手去摸苏连红的颈窝。他一边摸一边想，这几个疙瘩是上了弦的定时炸弹，不知什么时候就会炸飞苏连红的性命。想想与自己相伴了十九年的妻子可能会永远离开，薄元既悲恸又恐惧，便把苏连红紧紧地抱在了怀里。苏连红伸出手来，上上下下抚摸了他一会儿，说：“老薄，明天我一走，很可能就不回来了，你不来一回告别演出？”薄元将怀中的妻子一晃：“你胡说什么呀！”苏连红说：“来吧，反正我想。”说着就把身体躺平。薄元也想用那种方式抚慰苏连红一下，便翻身上去。然而他不行，努力了一大会儿也不行。苏连红说：“你下来，我帮帮你。”于是就把薄元推下身来，用许多办法去帮他，但还是不行。苏连红忙活一会儿，只好放弃了，长叹一声躺了回去。薄元说：“对不起，我脑子太乱，等你好了咱再做，行吧？”苏连红说：“但愿还能有那一天。”

两口子睡不着，就躺在那里说话。薄元问：“连红，要不要打电话到景县，让娅娅她姥姥知道？”苏连红说：“我娘身体不好，先不要告诉他们，等我实在不行了再说。”苏连红又说：“我本来想，等到我娘把我弟弟的孩子看大了，把她接到咱家来，好好孝敬她几年，没想到这事落了空。她养我这个闺女，算是白养了！”说着说着，苏连红大哭，哭得身体剧烈抽搐。薄元安慰她：“连红你别往坏处想，等你好了，咱立马把她接来！”

过了一会儿，苏连红终于平静了一点。她擦擦眼泪说：“不过，我娘总还有我弟弟照应，我最放心不下的就是娅娅，我多想亲眼看着她考上大学呀。”薄元说：“你会看到的，她现在成绩上升得很快，考上大学应该是没有问题的。”苏连红侧过身子，手搭在薄元的肩头说：“老薄，我求你个事。”薄元说：“什么事？”苏连红说：“这是件重要的事，你可要答应我。”薄元说：“我答应你，你说吧。”苏连红说：“等娅娅考上大学走了，你再找个女人结婚吧。”薄元猛地欠起身体说：“连红你说到哪里去了？”苏连红不管不顾地继续说：“现在是十月份，离后年高考还有一年半多一点儿，你怎么着也忍一忍，别分散了娅娅的精力，好不好？等她考上大学走了，你就是找上十个八个，找上百儿八十，也不要紧。”薄元让这话气得咻咻直喘，用指头戳着苏连红的额头说：“你你你，你把我看成什么人啦？”苏连红扯扯薄元的胳膊，让他躺下，将头枕在他的胸脯上说：“老薄，什么话也别说了，反正你已经答应了。我也是念过几天书的人，有些道理不是不明白。这夫妻吧，凑在一起是缘份，半道上分手也是缘份，谁也没有资格霸着对方一生一世。我不在了，自会有人顶上，前客让后客嘛，对不对？就像今天晚上，我还能枕着你的胸脯说话，过一段时间，还不知是谁枕在这儿……”这时候，苏连红的眼泪就像发洪水一样泻到了薄元的胸脯上，薄元的胸脯则大起大伏颤动不止，像惊涛骇浪中的甲板。

第二天早晨，薄元打电话向一把手方局长请了假，便同苏连红去了市肿瘤医院。交上一万块钱押金，办好住院手续，两口子便被安排到了病房楼205室1号床。进去看看，里面是两张床，1号床紧靠着窗户。他们把东西放下，回头打量了一下2号床的病人，发现枕头上是一个光光的脑袋瓜儿。苏连红对薄元小声说：“怎么把我跟男的搁在一屋？弄错了吧？”那边陪床的中年女人显然听到了这话，苦笑着说：“没弄错，这是个女的，放疗放的，头发掉光了。”苏连红听了这话，再打量几眼病人，抓起包就往外走。薄元说：“你去哪里？”苏连红说：“回家！我就是立马死了，也不愿弄成这个样子！”薄元拉住她说：“连红你不能走，病在身上，不治怎么行？再说，你跟她的病不一样，也不一定都用放疗。”但苏连红还是要走。薄元说：“连红，我求求你行不行？我代表娅娅求求你行不行？”苏连红听了这话，才摇摇头回到了自己的病床。

这时，一个男大夫来了。他让苏连红在床上躺下，又问又摸。苏连红问：“大夫，你看我还能活多长时间？”薄元听了这话，立即向她瞪眼。苏连红说：“老薄你别瞪眼，我是想把事情问明白了，心中有数。大夫，你告诉我好吧？”那大夫笑了笑说道：“你这种性格好，有利于康复。我告诉你，你这种病很常见，治愈率很高。”苏连红说：“我呢？”大夫说：“你也有可能治好呀。”苏连红扭头对薄元挤了挤眼：“对不起老薄，那样的话，你就没希望娶二房啦！”薄元让她说得哭笑不得。

大夫走后，一个护士拿来了吊瓶给苏连红挂上。苏连红躺了一会儿，便和坐在2号床旁边的女人搭上了话。她问："你与病人是什么关系？"中年女人说："我和病人无亲无故，我是陪床的护工。"薄元两口子点点头，一齐去打量睡在那里的病人。不料，这时那个秃葫芦摇动了两下，发出了一声叹息："唉，养儿养女不中用哇！"苏连红问："大姐，你的儿女呢？"病人说："上班呗，挣钱呗，谁也顾不上我。"说罢，病人转过身子，睁开了眼睛。原来这是个高颧骨凹眼眶的老女人，皮肤透露着一层骇人的青灰色。她用十分虚弱的声音向薄元两口子介绍，她姓左，是市纺织厂的退休工人，她的丈夫五年前走了，现在又折回头叫她去了。她有两女一男，都成了家，都有工作。她得的是肺癌，已经在这里住了两个月了。刚住进来那会儿，儿女还轮流过来陪床，可是没过几天就找了护工，他们只在晚上过来看看。苏连红说："左大姐，这样就对啦，他们都有工作，不可能天天在这里陪你。"左大姐点点头说："工作忙是不假，可他们就不想想，他娘还能活几天？他们就是不能一块儿来陪我，轮流请假行不行？唉！"

苏连红见劝不动她，便又和护工说话。一来二去，便了解了一些这个护工的情况。原来她是个下岗职工，叫苗青青，到这医院做护工已经两年了。她的儿子正上初中，现在她唯一的念头就是攒一点钱，日后能供儿子上大学。苏连红问："你丈夫干啥呢？"苗青青说："他总算还没下岗，可是单位半死不活，有时候拖上三五个月不发工资。"苗青青说这些的时候，老带着苦笑，嘴角一歪一歪的。苏连红看她脸上有许多皱纹和暗斑，问她有多大年龄，她说她37岁，并自嘲道："都怪我爹妈给瞎起名，什么苗青青，小时候还算是，现在我都成一棵快要枯死的老苗啦！"薄元听了这话，心里很不是滋味，便问她怎么向病人收费，她说：“24 小时全陪是一天 30，只陪白天，早上 7 点到晚上 7 点，便只收 20。”苗青青说到这里又苦笑了一下：“不过，这些钱也不能都拿回家，人家给你介绍了活儿，总得孝敬孝敬人家吧?”苏连红问：“你说的‘人家’是谁?”左大姐说话了：“护士长呗。真是阎王爷不嫌鬼瘦，护工挣那么点钱还要扒一层皮。”苗青青急忙向门外看看，回头说：“其实这事也完全应该。你想，这个城市里有多少下岗女工，许多人想到这里干还找不着门路呢，我该知足了，该知足了。”说罢，提了个暖瓶便出去了。她走后，左大姐说：“这小苗不错，心眼儿善，比我闺女强。”苏连红对薄元说：“哎，给我也找一个吧。”薄元摇头道：“不用，我在这里陪你。”苏连红说：“你还有工作。”薄元说：“工作?工作算老几？我现在最重要的是老婆!”苏连红听了这话，抓过薄元的手紧紧地攥着，闭眼抿嘴，一副感动的样子。

到了中午，苏连红的吊针拔了，薄元刚要去买饭，手机响了。他看看号码，对苏连红说：“娅娅来的。”苏连红立即说“给我，快给我!”薄元便把手机给了她。娅娅在电话里说：“妈，昨晚我做了个梦，梦见你病了，病得好厉害好厉害，你没事吧?”苏连红泪水哗哗地流，嘴里却说：“娅娅，你妈没事，你只管安心学习。”娅娅说：“你和爸怎么都不在家？你们干什么去啦?”苏连红说：“我们在和朋友吃饭。”娅娅兴奋了，问都有什么好菜，苏连红擦擦眼泪，便向女儿报起了菜名：“有红烧猪蹄，有清蒸鲈鱼，有凉拌海蜇，有干煸里脊……”每报出一样，娅娅便在那边“哇”一声，还说：“你们真幸福，这些菜我在食堂里想买也买不到哇，等我回去，你们可要领我下饭店饕餮一顿!”苏连红说：“好好好，咱们全家人一块儿饕餮!”

娅娅在那边把电话挂了，苏连红将手机抱在胸口，趴在床上大哭起来："娅娅梦见我病了！她梦见我病了！这是心灵感应呀，亲人之间才有的心灵感应呀！娅娅，娅娅，我的娅娅……"薄元一边拍着苏连红的肩膀劝慰，一边也红了眼圈。

下午，薄元向苗青青打听到，主管这个病区的主任姓孟，便去找到了他。孟主任挺客气，说："你爱人在这里住院，你就放心好了，我们一定尽心。"薄元感激不尽，连连称谢。他提出，晚上能不能请他和护士长到外边吃顿饭，孟主任也答应了。回到病房，薄元把这事和苏连红一说，苏连红也很高兴，说："该请该请，你可要选一个好一点的饭店。"

傍晚，薄元去医院食堂买了一份饭菜，让苏连红吃下，向单位要的车也来了。他来到病区办公室，对孟主任说："咱们走吧?"孟主任便招呼另外一男两女，脱了白大褂，随薄元一起下了楼。

到了酒店，一行人落座，孟主任向他的同事介绍了薄元，又向薄元介绍了他的同事。薄元便弄清楚了，那一位男的是病区副主任，姓陈；两位女性是正副护士长，一个姓孙，一个姓单。这时，服务员问喝什么酒，薄元说："孟主任咱们喝茅台还是喝五粮液?"孟主任说："五粮液吧。"薄元又问护士长要点什么，两位女士便一齐抿嘴笑道："我们吃醋!"孟主任指着她们道："看看看，我们还没拈花惹草，你们就吃醋啦!"薄元让他们搞得莫名其妙，服务员却明白了，说："二位女士是不是想要贵妃醋?"护士长点头道："对，就要贵妃醋!"孟主任说："吃醋好，吃醋美容呵。"等到服务员拿来，薄元看看果然是一种包装精美专供饮用的高级醋。他心想，我在外面吃饭不少，还从来没听说过这种醋，可见这些人是识多见广了。

酒过三巡，薄元便向他们问起苏连红的病来。孟主任说：“按常规来说要做手术，而且越快越好。不过，这之前要观察几天，看病人的身体状况是否允许。”薄元举起酒杯说：“孟主任、陈主任、孙护士长、单护士长，我就拜托你们了，请你们无论如何也要救救我家老苏！”说罢和他们一一碰杯，然后一饮而尽。几位病区领导边喝边说道：“好说好说。”

接下来，大家边吃边喝边聊，话题自然转成了别的。等一瓶五粮液和一瓶贵妃醋喝光，孟主任便带头讲起了荤段子，引得几位同事哈哈大笑。薄元刚笑过两声，心里却有一股强烈的厌恶感涌了上来：“笑什么？有什么好笑？我老婆正病入膏肓危在旦夕呢！”他借口去卫生间，到走廊里站了一会儿。然而，隔着门，他还能听见孟主任他们的笑声。

这一顿饭，花掉了薄元 1080 块钱。回到医院，苏连红问：“饭吃得好吗？”薄元努力掩饰住自己的情绪说：“好。”苏连红又问：“他们打算怎么给我治？”薄元说：“过两天就动手术。”苏连红说：“我害怕。”薄元握住她的手说：“连红，别怕，他们说了，手术万无一失。”

这时，薄元看见苗青青在墙边支起了一张小钢丝床，便问她到哪里弄这种床去。苗青青告诉他，可以向医院里租，用一天没多少。薄元说：“我也租一张。”苗青青说：“我带你去，我知道地方。”二人刚要往外走，苏连红却说：“别去了，回来吧！”薄元站住脚问：“为什么？”苏连红说：“有了床也没有铺盖，你怎么睡？你回家去吧，叫苗青青夜里照应我。左大姐，你同意吧？”左大姐说：“行呵，反正小苗也不出这屋。”苗青青说：“你们放心，我一块儿照应你们两个，保证出不了差错的。”薄元说：“不行，还是我在这里陪你，我租来床再回家拿被子。”苏连红说：“算了，算了，我们几个都是女人，和你一个大老爷们同住有伤风化。”这话让苗青青和左大姐都笑了。苏连红说：“左大姐，我家老薄工作忙，不可能天天在这里陪我，就叫小苗做咱们两个人的护工好吧？”左大姐犹豫了一下说：“也行，不过这样她干一天活，是挣双份工资了。”苗青青立即说：“我减一减行吧，一人收你们二十。”左大姐与苏连红对视一眼，一齐点头。

正说着话，一对衣着光鲜的中年男女推门进来。那女的提了几个桔子，凑到左大姐床边问：“今天怎么样？”左大姐用冷冰冰的语气说：“还行，又赖活了一天。”那男的听了这话一声不吭，下意识地把头摇了一摇。那女的这时剥了几瓣桔子往左大姐嘴里送。左大姐把嘴张得大大的接着，然后甜甜地嚼着，平时呆滞的眼睛也变得灵活起来。她向薄元两口子介绍，这是她的闺女和女婿。接下来，左大姐又问外甥怎么样，学习好吧，吃饭好吧，胖了是瘦了，絮絮叨叨。薄元一边看着一边在心里生出许多感叹。

左大姐的女儿女婿坐了一会儿，便起身走了。苏连红对薄元说：“时间不早了，你也回去吧。”薄元说：“我还是住在这里吧。”苏连红说：“叫你走你就走，痛快一点儿好不好？”薄元只好走了。走时他把手机留下，让苏连红有事打电话给他。苏连红说：“我不拿你的手机，人家找你，我怎么跟人说话？你明天给我买个‘小灵通’吧。”薄元说：“好，明天我去买。”

回到家，薄元往沙发上一坐，一种从未体验过的孤独感突然袭来。他看看客厅里挂着的一家三口的合影，心想这是世界上多么美妙的一种组合呀，老天，我求求你，你可千万别把他们拆开！想到这里，薄元将脑袋耷到膝盖上，流起泪来。过了好一会儿，才上床躺下，长嘘短叹直到夜深。

第二天早晨起来，薄元草草洗了把脸便去了医院。走进病房，看见苏连红正躺在那里擦眼抹泪。他问她怎么了，苏连红说："想娅娅。"薄元说："那就叫她回来一趟。"苏连红摇头说："不，别让她回来。"

薄元去买了点饭和苏连红一起吃下，他的手机便响了。是他分管的三科科长马连峰打来的，说他准备来看一看，问住在哪间病房。薄元道一声谢，告诉了他病房号。过了一会儿，马科长便和科里的邢明涛、崔蕙来了，抱了个花篮，还拎了些补品。那崔蕙是个姑娘，一放下花篮就拉着苏连红的手热热乎乎地叫嫂子，并说要留下来伺候她。苏连红说："谢谢，我已经找了护工了。"说着就将苗青青指给她。崔蕙扭头看看，板起脸对她说："你可要尽心伺候我们局长夫人，出了差错我们找你算账！"苗青青带着羞容点头道："是，我一定尽心。"说了一会儿话，薄元说："班上事挺多的，你们回去吧。"马科长他们便起身告辞。薄元把他们送到楼梯口，再回到病房，苏连红看看苗青青，欲言又止。等苗青青知趣地提了暖瓶出去，她才说："听说小崔还没找上对象？"薄元说："好像还没有，二十七八了，也真是个问题。"苏连红若有所思地点点头，而后笑道："真想叫她伺候我几天。"薄元说："叫单位的人来伺候家属，多不像话？"苏连红说："看，不舍得了吧？"薄元着急地说道："连红，你怎么这么说话？"苏连红朝他轻击一掌："哥们儿，我说着玩的，别生气。"

苗青青再提着暖瓶回来，一进门就说："薄局长，又有人来啦！"话音刚落，二科科长石立军和科员小吴来了，他们也是抱了花篮，拎了补品。二人把东西放下，说了一些热乎话儿，那小吴也要留下来伺候苏连红。苏连红笑道："你一个小伙子，伺候我多不方便，我已经找了护工了。"小吴回头看看，问苗青青道："你就是吧？"苗青青点点头。小吴用一个指头点着她说："你可要全心全意为我们苏大姐服务，出了差错你要负责！"苗青青把两手握在小腹上，羞涩地答道："是，我负责，我负责。"

把二科的人送走，方局长给薄元打来电话，问苏连红情况怎样，有什么困难，要不要局里帮忙，薄元说："不用不用，我在这里已经请了护工，一切都安排好了。"方局长说："那好。这样的话，你能不能现在回局里一趟，省厅刚发来个传真电报，有件事情挺急，我想和你研究研究。"薄元说："好，我马上回去。"关上电话，他对苏连红说："我回去看看，事一完就回来。"苏连红说："不用，往后你就和往常一样上班就行了，反正这里有小苗。"薄元说："那我中午过来。"苏连红说："不用，你还是回家弄点饭吃，午后休息一下，下午上班好有精神。记住，做饭时可别忘了关煤气。"

薄元回到局里，便到方局长办公室和他研究事情。研究得差不多了，手机响起，他看看是个陌生的号码，便问："谁呀？"电话里一个女人说："我是苗青青。薄局长，医生叫你过来一下，商量给苏姐动手术的事儿。"薄元说："好，我马上过去。"他和方局长说了一声，接着赶到了医院。

到了病区办公室，孟主任正等着他。孟主任给他讲了苏连红的病情，说这个时期癌细胞正迅速转移并扩散，必须赶快做手术。今天上午给她做了检查，觉得她目前的身体状况尚好，打算明天就做。薄元说："一切听孟主任你的，你说怎么办就怎么办。"孟主任说："那就这么定了。"这时，薄元忽然问："明天主刀的大夫是谁？"孟主任说："由我来做，怎么样？"薄元说："求之不得呀，这太好了！”

到了病房，薄元便向苏连红说了手术的事。苏连红却大声嚷道：“我不做！我不做！我不去挨刀子！”薄元说：“连红你冷静一点儿，不做手术病怎么能好呢？”苏连红说：“我这病，做了手术也不会好的，还不如就这么慢慢等死，落个囫囵身子！”薄元说了好一会儿，苏连红就是不答应，他只好去叫来了孟主任。孟主任过来给她讲了一大通必须做手术的道理，苏连红才渐渐不吭声了。

看到苗青青在一边扫地，薄元便问她刚才那电话在哪儿打的，苗青青说在一楼的卡式电话上。薄元说，我现在就买小灵通去。说罢就去了街上。他来到一家银行，从提款机上提了3000块钱，先去电信局花850元买了一个小灵通，办了入网手续，而后把兜里的钱点出2000元，回到医院送给了孟主任。孟主任正一个人坐在办公室里看病历，对薄元掖到他兜里的钱连摸都没摸，只笑着说了两句：“你这是干啥嘛，你这是干啥嘛。”

第二天，苏连红的手术做了整整三个小时。看到她被转移到观察室里了，薄元便向孟主任打听情况，孟主任说：“手术一共做了五个地方：左颈窝，左腋窝，再加内脏上三处。”薄元说：“你估计效果怎样?”孟主任说：“能够看到的都切了，下步再跟上放疗，把残存的癌细胞杀灭，应该没有问题了。”

苏连红在观察室躺了半天加一夜，第二天上午便回到了病房。她颈部腹部都裹着纱布，躺在病床上吸了一会儿氧，喘息着说：“老薄，你说怪不怪，我在手术台上见到我父亲了。”薄元说：“你那是做梦吧?”苏连红说：“不是，打上麻醉药之后，我父亲出现了。他走到我身边，一边笑，一边伸手摸我的额头，就像我小时候一模一样。他死后这十年，我做梦都很少梦见他，没想到在那个时候见到他了。”薄元说：“你是在做梦。”苏连红说：“不是，我清清楚楚地看见，医生护士都在旁边忙着，弄得一些刀子钳子叮当响。”薄元说：“那就怪了，后来呢？”苏连红说：“他拍拍我，我觉得很舒服，很快就睡着了，等到醒来，我就躺在观察室里了。”薄元说：“你那是幻觉，别想它了。哎，你想吃什么？我给你回家熬鸡汤去吧？”苗青青在旁边说：“鸡汤不如黑鱼汤，我听人家说，喝黑鱼汤能加快刀口愈合。”薄元说：“那我就去市场上买黑鱼。”

在市场上买了两条黑鱼，回家洗净切好，就放到高压锅里煮起来。正在等待，薄元的手机突然响了一声，是接收短信的那种。他打开看看，屏幕上跳出这么一些字：“你好！冒昧打扰，请原谅，但我真诚地祝你有好心情。”他看看来电号码很陌生，心想这肯定是谁发短信输错了号码。等到鱼汤煮好，他用饭盒提到医院，亲手喂给了苏连红。苏连红一口口喝着，喝得有滋有味，后来脸上竟泛出难得一见的红润。

晚上，薄元在医院陪到十点多钟，苏连红说：“我没事，你回家睡吧。”薄元便坐公交车回到了家里。洗了个澡，刚上床躺下，手机又收到了一条短信：“有一种花你没有看见，却笃实存在；有一种声音你没有听见，却希望你了解。你感受到了吗？最远的你是我最近的祝福。”他看看号码，又是中午的那个。他想，这是哪个马大哈在谈恋爱？于是就回复了一句：“请你把眼睛睁大，别输错号码。”没想到，片刻之后那边又发来了：“号码没错，就是你，薄大局长，晚安！”薄元想，这是谁呢？干脆拨电话过去问一问。但他把电话打过去，那边却已经把电话关了。他心想，这人真不像话，我老婆正住着院，他还有心跟我开玩笑。

第二天，薄元又去医院陪了一天，苏连红看他不时接到单位电话，这事那事的，就说："老薄，你甭陪我了，快上班去吧。"薄元说："你自己在这里行吗？"苏连红说："怎么不行，有事我就打电话找你。"薄元说："好吧。"

这天晚上回到家里，他又接到了一个短信，那是一句古词："欲将心事付瑶琴，弦断有谁听。"读完这个句子，薄元心里突然咚地一跳：发短信的这人，还挺有文化水平呢。她为什么给我发？她到底是谁？薄元回想一下与他相识的一个个女性，似乎没有哪个人可能发这种短信。这是一种含情脉脉的短信，信中透露出的意味薄元久违了。其实，薄元活到四十开外，恋爱的滋味只尝过一回，那是当年在省城上学时和苏连红。不过，那时没有手机短信，他们只能靠递纸条传达爱意或约定出去玩的时间。结婚之后，他上了班忙工作，下了班帮苏连红做做家务，后来孩子上学了又忙着给她辅导功课，日子过得平淡而充实。这几年，社会上的花花事越来越多，他们夫妻间的房事越来越少，就连苏连红也多次跟他开玩笑，不行了，我老了，你快找个小蜜去吧！薄元虽像正人君子一般训斥苏连红胡说八道，但心里也有一种不安分的东西蠢蠢欲动。前年他到南方一个城市开会，晚上和几个外地同行去歌厅唱歌，找了几个小姐伴舞，她们一上场就贴得死紧，搞得他们都很亢奋。舞曲间隙，一个同行说："咱们去开几间房，把她们收拾一顿好不好？另一个说，别沾她们，脏死啦。再说，一点儿感情也没有，上床有个什么劲儿。"还有一个说："对，这事嘛，还是跟情人做感觉好。"当时，薄元坐在那里一声没吭。他既没有嫖过娼，也没有找过情人，实在没有发言权。但事后，他总把这几个人的对话记在心里，也曾有过找情人的念头。但每当这个念头一闪，他心里便也迅速闪出苏连红的脸影，心想，不行不行，可不能做这种事伤她的心。有了这种犹豫，加上始终没有让他碰到机会，所以这些年来他一直清清白白。

然而，现在他却接连收到了含情量颇高的手机短信。这短信虽然让他有了片刻的心旌摇动，但他很快就冷静了，因为它来得过于蹊跷：早没有晚没有，偏偏是苏连红得癌症住院之后。他忽然想起，苏连红平时爱开玩笑，这短信会不会是她发的？不，她手里的小灵通没有短信功能，再说，这短信在买来小灵通之前就接到一回。那么，会不会是她让别人发来，试探我的？她如果在查出病情之后，在入院之前，和一个要好的女友密谋策划，用这种办法来考验我的忠诚与否……薄元想到这里就冷汗直冒，心想多亏我没有什么表示，不然可就出大丑、惹大祸啦！

他喝了几口水，抄起电话便拨苏连红的小灵通。苏连红在那边开口说："老薄，怎么还不睡？"薄元说："睡不着。"苏连红说："是不是在考虑接班人的问题？"薄元一惊："接班人？什么接班人？"苏连红说："我的接班人呀，有目标了没有？"薄元心想："准了，一定是她搞的。"就说："有了，已经开始向我表示了。"苏连红说："真的？哪里的？长得什么样儿？"薄元说："连红你别这样好不好？咱们是快二十年的夫妻了，你怎么还不相信我！"薄元想再多说苏连红几句，但考虑到她刚动了手术，不能受刺激，就又忍住了，说："连红你放心，我知道该怎么做！晚安！"说罢就挂了电话。

这时，又一条短信出现在手机屏幕上："很多时候，缘分就在我们指间流窜，轻轻抓住它，让缘分在你输入号码的那一刻启动。"薄元想，这是让我打电话给她呢。打就打，我还怕你不成？于是就抄起家里的固定电话，拨了那个手机号码。

通了，那边传来一个甜甜的女声："薄局长，谢谢你打来电话。”薄元说：“你是谁？你为什么给我发那种短信？”那女人轻声一笑：“为什么，我用琴声和你说吧。”薄元听见，那边咕咚一响，可能是手机搁在了哪儿。接着，他便听到了琴的声音。薄元不大懂音乐，但能听得出那是古琴。他听不出那女人弹的是什么曲子，但他能够感觉到她弹得非常之好。琴声叮叮咚咚，幽咽婉转，像潺潺流水一样，直灌人的心田。薄元想，这女人真是浪漫，她竟用琴声跟我说话。她在跟我说什么呢？乍一想不懂，但仔细听听又懂了，因为，那是一种从心底发出的倾诉。

这时，他忽然断定：这女人的出现不是苏连红安排的。第一，苏连红毕业后一直在银行干会计，她的熟人也都和数字打交道，决没有这种会弹琴的女友；第二，这女人如果是苏连红安排的，她的琴声肯定会显得轻佻，从中能听出弹琴者的窃笑，而决不会有现在这样的效果。

曲子终了，意犹未尽，后边留下一段长长的静寂。薄元手握话筒，心跳得咚咚直响。他刚想开口说话，那边却把手机关了。

薄元放下电话，心中涨满了被这琴声撩起的一种难以言说的情绪。他想，这真是一个别致的女人。苏连红的性格直爽开朗，让人一览无余；而这个女人虽然热烈大胆，却又半遮面庞，给人雾中看花的感觉。另外，看她的短信，听她的琴声，能清楚得感觉出她的素养与品位。而这，也是苏连红所不及的。

混账，怎么把她和苏连红比起来了？薄元捶着脑袋，狠狠地骂起自己。苏连红是你的妻子，此刻重症在身正躺在医院里，可你却对一个来历不明、目的可疑的女人萌生好感，你他妈的还是人吗？

但他不想把这事情立刻告诉苏连红。他想，等我把这女人的身份和目的搞清楚再说吧。于是，第二天早晨他去医院后，苏连红问：

"哎，是谁向你表示了?"他咧一咧嘴："跟你开玩笑的。"苏连红又说："你说我不相信你，我怎么不相信你啦?"薄元又咧一咧嘴："我说着玩的。"

八点钟医生来查房，说苏连红的情况正常，刀口没有发炎。苏连红说："听见了吧老薄? 我没事，你今天上班吧。"薄元说："那好，我上班去，有事你就打电话给我。"

到了单位，去和方局长说了一声，然后又到自己分管的两个科走了走，问他们有什么急需研究的事情。两个科都分别报告了几条，薄元一一做出指示，让他们办去。处理完了这些，他便回到自己的办公室，开始翻阅这几天的文件和报纸。

看了一会儿，三科的崔蕙敲门进来了。她手里拿了一份报表，说是这几天下面报上来的。薄元说："好，放这里我看看。"崔蕙放下报表却没走，站在那里问："嫂子怎么样?"薄元抬头看着她说："情况还不错，谢谢你的关心。"这时，崔蕙脸上泛上一抹羞红，说："你也要保重自己，不要累坏了。"薄元说："没事。"崔蕙这时脸更红了，她说："你有什么事需要我帮忙的，尽管吩咐，这是我的信箱。"说罢她就将手里的一张纸条放在桌子上，转身走了。薄元看着她走出门外，便伸手拿起了那张纸条。那是一个 E－mail 地址，注册网名是 youlan。薄元琢磨了片刻，猜出这是"幽兰"二字。他想，这个名字倒也雅致。不过，我如果需要找她帮忙，完全可以直接到二科找她，她不在单位的时候也可以打电话，怎么会用很不方便的电子信件呢?

薄元感觉出来，崔蕙的这个举动有些反常，有些暧昧。她突然想起，那天她去医院看望苏连红，苏连红在她走后说，真想叫崔蕙伺候几天，他说那像什么话，苏连红便讥笑他不舍得。这么一回想，便觉得苏连红话里有话。什么意思？是说她万一不行了，崔蕙会取而代之？这真是荒唐，真是笑话。人家崔蕙还是个姑娘，比我小十几岁呢。即使真有那一天，人家也不会找我这么个半大老头儿。

可是，崔蕙给我这么个 E－mail 地址，到底是什么意思呢？

唉，管她是什么意思，我不会用这种方式跟她联系的。想到这里，薄元将那纸条揉成一团，扔进了废纸篓。

他抄起报纸，一边漫不经心地看着，一边考虑今天给苏连红加什么补品。他想，前天用了黑鱼，昨天用了老母鸡，今天就用甲鱼吧。于是，他打电话给一个熟悉的饭店老板，让他下午给炖一只。晚上下班后，他去取，提到医院，一口口喂给了苏连红。苏连红吃下一圈“裙边”，喝过几口汤，擦擦嘴说：“老薄你够意思，够意思。”

在病房陪到十点，苏连红让他回家。薄元说：“唉，家里冷冷清清。”苏连红说：“那你上网遛达遛达，说不定搭上个美眉，还能搞一回一夜情。”薄元指着她道：“连红呀连红，你这张嘴，真拿你没办法！好好好，我走了！”

回到家，薄元还想着苏连红让他上网的话，但他没有开电脑。苏连红没病的时候，薄元在晚上是常常上网的，因为苏连红看的那些电视剧他都不感兴趣。他到网上看看当日新闻，再到几个比较活跃的论坛上浏览一下各路英豪发的贴子，不知不觉一个晚上便打发了。但自从苏连红查出病来，他一次也没有上。

刚坐在沙发上点上一支烟，手机接到了短信：“操劳了一天，累吧？让我用琴声为你驱赶疲惫好吧？”他想，这个女人，还真是善解人意。可是，她这么天天追我，我却搞不清她是何许人也，这算咋回事？这里面会不会包藏着危险？但是，昨晚已经刻录在心底的琴声又分明响起来了，让他心旌摇动不能自已。他犹豫了一会儿，忍不住又拨通了那个女人的手机。

那边一句话没说又弹起了琴。与昨晚相比，这一次弹出的曲子多了些热烈，多了些缠绵。那旋律舞蹈着，摆动着，从一个他不知晓的地方御风而来，将他包围，将他裹紧。薄元闭着眼睛躺在沙发上，真切地感受到了一个女人情意绵绵的抚慰。

曲终，照旧是一段长长的空寂。薄元开口说道："喂，能说话吗?"那边说："可以，说吧。"薄元说："你的琴声真是美妙极了，谢谢。不过，你能告诉我你是谁吗?"那边说，"我是谁，我是一个孤独的女人，一个在寻梦的女人。"薄元问："你寻梦怎么寻到我这儿来了?"那边说："你就是我的梦。"薄元警觉起来："这话从何说起？你认识我吗?"那边轻轻一笑："认识，但你不认识我。"薄元说："是吗？你叫什么名字？在哪儿工作?"那边又是轻轻一笑："等我慢慢告诉你吧，再见，晚安。"

薄元放下电话心想，真是遭遇现代版《聊斋》了。这个会发短信会弹琴的狐仙，她还真会逗人。你愿逗就逗吧，我倒是要看看你有多少能耐。

第二天是星期六，他一大早起来，到市场买了几个苏连红爱吃的肉夹馍，坐公交车去了医院。苏连红一边吃一边问："老薄，昨晚找没找着美眉?"薄元说："找是找了，可她们一听我是苏连红的丈夫，都吓跑了。"苏连红笑起来："好好好！我苏连红还是有威慑力的嘛！不过你别灰心，你告诉她们，苏连红患了绝症，将不久于人世，这样她们就都跑回来了，肯定的。"薄元气急败坏地说："你这人，就没个正经话!"

吃完，苏连红擦擦嘴说道："跟你说正经的，下午娅娅回来，你打算怎么办?”薄元这才想起，明天正是女儿一月才有一次的休息日。薄元说：“让她过来看看你呗，你不是挺想她的嘛。”苏连红红着眼圈说：“想归想，可是我不愿让她知道我的病，那会影响她学习的。”薄元说：“她早晚要知道的呀。”苏连红说：“能拖一天是一天。下午你回家等着她，告诉她我旅游去了。”薄元想了想说：“好吧。”

下午四点多钟，薄元在家里果然等到了娅娅。像往常回家时一样，娅娅扔下包直奔冰箱，将里面好吃的好喝的抱出一堆，再打开电视机，一边享用一边看。薄元心酸地想，你看看这孩子，回来见不着她妈也不问问。正想着，娅娅将一个果汁空盒向垃圾筒里一扔，说：“我妈呢？买菜去啦?”薄元努力让自己的表情自然一些，说：“你妈跟单位同事一块旅游去了。”娅娅说：“哇，我妈真幸福！她去哪里啦?”薄元说：“云南。”娅娅说：“一定是香格里拉！哎哟，我能跟她一块去有多好!”薄元说：“等你考上大学，我带你去。”娅娅说：“谁稀罕你带。到时候我一个人去，找个藏族男孩做向导，爬雪山，过草地，玩着玩着他就成了我的男朋友！好不好?”娅娅继承了她妈的爽直性格，说起话来口无遮拦。薄元苦笑着说：“好好好，然后，你把那藏族男孩儿领回家里，让你妈天天给他晒大皮袄!”

晚上，薄元带娅娅去街上饭馆嘬了一顿。正吃着，薄元的手机响了，他看看号码是苏连红的小灵通，就走到店外去接，小声说：“我和娅娅正在外面吃饭呢。”苏连红哭哭唧唧地说：“我想娅娅，真想!”薄元说：“那你和她说说话吧。”苏连红说：“我不，她要是问我在云南见了什么，吃了什么，我哪里说得上来？算了，不跟你说了，你好好陪她，让她高高兴兴在家过个星期天。”说罢就把电话关了。薄元回到店里，女儿瞪大两眼指着他说道："有情况有情况！你接个电话还怕人，是不是趁我妈不在家，搞上婚外恋啦？赶快交代！"薄元迅速地调整一下情绪说："我交代我交代，我跟我们局长搞上了，他和我讲了一件秘密事儿。"娅娅"噗"地一声笑了："局长？那个姓方的老头子？哈哈！"

回到家里，娅娅说要过一回电视瘾，一气之下看到了下半夜。第二天上午睡到十点，上街买了几样东西，吃过午饭便回了孟原县。女儿在家的这段时间里，薄元一直担心那个寻梦的女人会发短信过来，然而他一条也没有收到。

送走女儿，薄元去了医院。苏连红不歇气地问他，娅娅是胖了还是瘦了，是黑了还是白了，在家吃得怎样，睡得怎样，玩得怎样，等等等等，薄元一一作答。苏连红说："下个月我要见她。"薄元说："可以，下个月你就差不多出院了。"

晚上回到家里，薄元想，那女人说不定会来短信。刚这么想罢，手机便响了。不过，这次发来的只有一个字："我"。薄元心想，她肯定是短信没写完，不小心按了发送键，过一会儿一封完整的短信会发过来的。然而等了几分钟，手机一直静悄悄的；等了半个小时，也还是没有动静。他有些纳闷，决定打电话问问，可是拨完号码，却被告知对方关机。薄元心想，这女人，搞的是什么名堂。他调出短信，对那个"我"字看了半天，心里老是纠结着一个疑团。与这疑团共生的，还有着一篷乱乱纷纷包含了遗憾、失落、怅惘、期待等诸多成分的情绪。直到上床躺下，他还在心里念叨：我，我，我什么？

第二天早晨去医院，苏连红告诉他："大夫说，今天拆线。"薄元便向方局长请了半天假，一直在那里陪着。拆完线，苏连红被推回病房，薄元找孟主任问情况怎样，孟主任说："还可以，下一步就开始放疗。"他明确地告诉薄元，放疗的目的是杀死苏连红体内残存的癌细胞，但正常细胞也会被杀死许多，所以这种医疗方法对病人机体会有损害，建议他多给病人加些营养。薄元忧心忡忡，到街上买了阿胶口服液、核桃粉、乌鸡精等好几种滋补品回来。苏连红看了说："挺贵的，买这些东西干啥？"薄元说："你早把身体养好早出院。"他嘱咐苗青青，以后再买饭要捡好的买，苏连红想吃啥就去弄啥，苗青青点头答应着。

下午薄元又去上班。因为有份给市政府的报告要抓紧修改，他早去了一刻钟。穿过一楼大厅，刚踏上楼梯，只听身后噔噔噔一阵急促的高跟鞋声，接着就是一声清脆的招呼："薄局长！"他扭头一看，是崔蕙撵上来了。这姑娘，上楼时将腰杆挺得笔直，那胸脯便格外地突出。薄元点头道："小崔来得也挺早哇。"崔蕙莞尔一笑："薄局长，我天天上网，怎么等不到你的信？"薄元搪塞道："我这些日子忙，没上网。"崔蕙说："等你不忙了，一定给我发哦。"薄元点头笑道："好，发，一定发。"上到二楼，崔蕙在向自己的办公室走去时，歪着小脸向薄元一笑。薄元这时看出，崔蕙的这一笑，含意还真是有点儿复杂。

走进自己的办公室，眼前还晃动着崔蕙的笑脸。其实，他对崔蕙一直是有好感的，因为他俩来到这个令许多人羡慕的单位，走得是同一条路子：报考。薄元原来在市统计局当科长，工作兢兢业业却一直提不起来，前年市里公开招考十名副处级干部，他欣然报名，而后战胜上百名竞争对手脱颖而出，成为全市街谈巷议的知名人物。他上任不久，市直机关又公开招考公务员，他所在的局招录一名，身为具体组织者的他便从报考人员登记表上看到了崔蕙的名字和照片，也了解到她的简历是省建筑工程学院毕业，已经在市建筑公司干了两年。这姑娘虽说相貌平平，可是才分不同凡响。笔试时她第一个交卷，成绩却拿了第一。面试时，她从容应对，反应机敏，又理所当然地拔得头筹。到单位正式报到的第一天，薄元夸她聪明，她歪着头向他笑道："对，我是聪明，我的聪明就在于把你当成了榜样。"这话，让薄元啥时想起啥时暗暗得意。进机关一年多来，崔蕙的聪明继续得到发挥，业务能力是相当棒的。但薄元慢慢发现，崔蕙的聪明有时候又太过分：她无论对领导还是同事，都是察言观色，遇什么人说什么话，而且多是投其所好。薄元想，这又何苦，本色一点儿多好。所以，崔蕙有时瞅机会对他恭维，套近乎，他都一边听一边在心里发笑。

然而，现在崔蕙不再向他说恭维话，而是让他给她发 E－mail。薄元想，这其中的味道就变了，因为 E－mail 有它特殊的私密性。她真是要向我发起进攻？这不可能嘛。这城市里有多少优秀的小伙子，她能偏偏看上我这半老徐爹？听说这几年她也谈了好几个对象，难道就没有一个中意的？

无论怎样，我都不能对崔蕙有任何回应。这不合适。一千个不合适，一万个不合适。

没把崔蕙往心里放，薄元对那个弹琴的女人还是在乎的。在办公室处理罢公务闲下来的时候，他忍不住把手机里的短信调出来，一条一条地去读。读着读着，耳边就响起了那荡人魂魄的琴声。这个女人到底是谁呢，她长了个什么模样？他想知道，很想知道。

他同时也明白，这种念头是罪恶的：老婆正躺在医院里生死难料，自己却被另一个女人所诱惑，这不是罪恶是什么？

不行，不能再和那女人发展关系。她再怎么主动，再怎么施加诱惑，我也必须守住自己。薄元决定，从今天开始，无论那女人发短信还是打电话，他统统不理。

然而，晚上一个人在家时，他还是期冀着手机的响起。十点半，一条短信发来，薄元急忙打开去看，屏幕上还是只有一个字："本"。昨天发来一个字，今天又发来了一个字，这女人是什么意思？他想打电话问问，但记起白天给自己立下的规矩，又摇头作罢。

想不到的是，此后薄元每天晚上接到的短信都是一个字。

第三天是"凤"。

第四天是"城"。

第五天是"一"。

第六天是"瑶"。

第七天是"琴"。

薄元把这些字联起来念了一遍，突然若有所悟：这女人一天发一个字，七天发来了一个句子。"我本凤城一瑶琴"，像诗，并且在说她自己。那么，她往后会告诉我什么？

第八天是"嫁"。

第九天是"与"。

第十天是"莽"。

第十一天是"汉"。

第十二天是："误"。

第十三天是"终"。

第十四天是："身"。

薄元明白了，这是两句自况诗："我本凤城一瑶琴，嫁与莽汉误终身。"唉，可怜的女人，正所谓红颜薄命。她和那莽汉还生活在一起吗？现在离婚了没有？薄元迫切地想知道。他猜，这女人发来的既然是诗，那就不只是两句。再说，看这两句的意思也是意犹未尽。这女人也真有耐心，竟然在两周时间只发来两句话。当然，这也显示出了那女人不同寻常的情趣与格调。好，我就一天天地等着看吧。

第三周发来的一句是：“孽缘斩断影茕茕”。薄元松了一口气：“哦，终于解脱了。好，好。”

这期间，苏连红的放疗一直在进行。她一天比一天消瘦，头发一天比一天稀疏。终于，她连饭也吃不下了，这天喘息着对薄元说：“老薄，再这样下去，我死得更快，你快让大夫给我停了。”薄元看着她的样子也是着急，便找到孟主任去问。孟主任说：“化疗是常规方法，不这样就杀不干净癌细胞。”薄元说：“她实在是撑不住了。”孟主任笑了笑说：“治病吧，哪有不痛苦的。”薄元只好回到病房，苦口婆心地劝说苏连红再坚持一下。

也就在这些日子里，邻床左大姐的病情恶化了。癌细胞在她体内大面积扩散，她疼得白天黑夜呻吟不止。常规的止疼药已经无效，医院只好给她用杜冷丁。开始一天打两针，后来一天三针、四针还不行，药打进去只管一会儿，时间稍长左大姐又疼得受不了。她的儿女有时候过来看看，但都是坐上一会儿就走，对母亲的呻吟听之任之。左大姐的脾气越来越暴躁，骂儿女都是畜生，是冷血动物。这么一骂，儿女来得就更少了，病床边只有苗青青一个人为她忙这忙那。

这天晚上，薄元正在那里陪苏连红，左大姐又疼得厉害，让苗青青赶快叫护士给她打针。护士过来说：“刚打上一个来小时，怎么又打？不行不行。”左大姐喘息着说：“姑娘，我求求你，你再给我打一针，我往后再不麻烦你了。”护士噘着嘴说：“我去请示一下主任。”时间不长，她果然掂着针管过来，给左大姐打上了。左大姐在那里躺了片刻，表情轻松地说：“好了，好了。”接着闭目睡去。想不到，到了晚上苗青青买来饭喊她，却再也喊不醒了。薄元过去试试她的鼻息，已经纹丝没有了。苗青青去找来大夫，大夫看了看说：“不行了，通知她家里人吧。”

儿女们来后哭过一阵，左大姐便被转移到了太平间。苏连红看着对面那张空空的病床，喃喃地说道：“我也快了，我也快了。”薄元强忍住泪水说：“连红，你别往坏处想，你会好起来的。”苏连红说：“我好个屁，你摸摸我！”说着就抓了薄元的手拽进被窝，往她的大腿窝上放。薄元一摸那里，两边竟然都凸起了疙瘩！他手抖，心也抖，便扑到苏连红的身上，将脸紧贴着她的脸无声地流泪。苏连红摸着他的脑袋哭道：“老薄，老薄，我真不想离开你……”薄元哽咽着叫：“连红，连红……”

薄元哭过一会儿，擦擦眼泪去了病房办公室。他对孟主任说：“你们发没发现苏连红身上又出现了新的病灶？”孟主任看了他一眼，点点头说：“已经发现了。”薄元瞪着眼说：“那你们的手术是怎么做的！”孟主任吧嗒一下嘴说：“对不起，手术只能切除看得见的病灶，对那些到处游走的癌细胞就无能为力了。只要有残存的，它们就还会兴风作浪。”薄元问：“你们现在打算怎么办？”孟主任说：“把放疗停掉，因为已经没有意义了。”话说到这里，薄元知道不必再问了。他走出病房，在院子的一个角落里呆坐了很久很久。

这天晚上，薄元的手机收到一个“拒”字。他已经顾不上琢磨短信的内容，他满脑子都是苏连红那两包新凸起的疙瘩。

第二天，病房里又来了一个病号。这是个长乳腺癌的农村妇女，由她男人跟着。那女人从进病房那一刻起，眼窝始终是湿的，而那男的老是耷拉着脑袋唉声叹气。这么一来，病房里的气氛便格外压抑。苏连红对薄元说：“我不住这里了，我回家。”薄元说：“那怎么行，你还要治病呢。”苏连红说：“我到了这一步还治个屁！回家吧，我在家能躺几天是几天。”薄元说：“不行，绝对不行。”苏连红停了停又说：“那我这个周末回家住一天好不好？我要见娅娅。”薄元想起，星期六是女儿回来的日子，便说：“我去跟大夫商量一下。”薄元找孟主任说了这事，孟主任说：“可以，带上药在家吃着，女儿一走就马上回来。”

星期六这天，苏连红的精神好了许多，她早晨喝下一大碗米粥，接着又让苗青青给她洗脸梳头。她拿着镜子照照自己，捋一捋几近掉光的头发，说：“老薄，咱们去商店吧。”薄元说：“你这身体能撑得了？想买什么我自己去。”苏连红却不，坚持要去，薄元只好扶她去了街上。

来到一家大型商场门口，一个化妆很重身上香水味很浓的中年女人见了他们，上下打量一番，疑惑地问道：“是小苏吧？”薄元一看，原来是和苏连红一块在银行内退的高瑛，就说：“高姐也逛商店呀？”高瑛看看他，又看看苏连红说：“哎哟，你怎么变了样子？身体不舒服？”苏连红笑了笑说：“算咱姐妹还有些缘分，今天要是碰不上你，你可能就见不着我了。”高瑛瞪大眼睛问：“你怎么说这话？出了什么事？”薄元急忙掩饰道：“连红跟你开玩笑，她这几天不舒服，很快就好了。”苏连红说：“到什么时候了，还用瞒着高姐？实话实说，我得了癌症了，已经没治了。你跟那些姐妹们说一声，谁愿意的话，下星期就到医院看看我。”见她说出这话，薄元也无法再加阻拦，心想她们愿去就去吧，再怎么说也是同事一场。高瑛看看薄元，见他没做否认，便带着惊惶的神情说：“连红，你放心，我一定告诉她们，一定告诉她们。”说罢就匆匆走了。

苏连红进商场后，先去买了个假发，又去买了一件蜡染布裙。薄元明白，她这是为了糊弄娅娅。看着苏连红戴了假发去镜子前左照右照的模样，他心里一阵阵发酸。

回到家，苏连红躺在沙发上一刻不停地看表，计算着女儿到家还有多长时间。下午三点多一点，门铃终于响了，苏连红像过了电一样立即坐起来，示意薄元快去开门。娅娅进来后猛地怔住：“妈，你怎么变样子啦?”苏连红笑着说：“女大十八变，女老也有十八变呢。两个月没见，能不变嘛。”娅娅扑上来亲了她两口，说：“咦，怎么有医院的味道?”薄元见事情要露馅，就说：“你妈这几天不舒服，今天去医院看了看。”娅娅说：“怪不得呢，妈，没事吧?”苏连红说：“没事，来，你看看妈在云南给你买的裙子。”娅娅拿过去看了看，夸张地说：“哇，真好！可惜天冷了，要到明年才能穿了。”娅娅又说：“妈，你一定去香格里拉了，你快给我讲讲那里!”薄元急忙打断她说：“你妈挺累的，你让她歇一歇吧。我给你买了好几种饮料，都在冰箱里，还不快喝!”

娅娅拿过饮料，便打开了电视机。苏连红在一边不转眼珠地看着女儿，看着看着脸上便现出悲容。薄元怕她控制不住自己，就示意她到卧室里躺着，苏连红点点头答应了。

薄元下厨房做好晚饭，一家三口吃下，娅娅又坐到了电视机前，看到很晚也没罢休。薄元到卧室里躺下，叹着气说：“真该把你的病情告诉她。”苏连红说：“告诉她，只有坏处没有好处，等我实在不行了再说吧。”薄元摇摇头，把苏连红的手紧紧抓住。

晚上薄元早早关了手机，他怕那女人会发来短信。早晨起来，他到客厅里把手机打开，然而没有。他想，这就怪了，难道她知道苏连红今天在家？

第二天，娅娅十点多钟才从卧室里出来，连早饭也不吃又坐在那儿看电视。薄元看见她那副没心没肺的样子，不由得暗暗生气。吃过午饭，薄元为她收拾好东西，说："娅娅你走吧。"娅娅却说："我不，我要在家里陪妈妈。"苏连红在沙发上说："你陪我干吗，还不快回学校。"娅娅突然扑到苏连红怀里大哭："妈，你别瞒我了，我看出你有病，而且病得不轻！我不去学校了，我要陪你，我陪你把病治好！"苏连红一下子哭了，她紧紧抱住娅娅，浑身颤抖。薄元看看她们母女俩，转过身去也忍不住流泪。

然而只过了片刻，苏连红给娅娅擦擦眼泪说："好孩子，妈是病了，可也不是什么大病，过几天就好了。"娅娅转过头问薄元："爸，我妈到底是什么病呀？"薄元说："叫什么内分泌紊乱，你妈可能进入更年期了。"娅娅说："我不信，妈刚过四十哪能到更年期。"苏连红说："怎么不能，医生说，还有三十七八就到的呢。"娅娅还是摇头："我不信，我不信。如果是那样，你不会瘦成这样，不会连头发都掉光！"薄元与苏连红四目相对惊诧不已。薄元想了想说："娅娅，既然这样，我们也不瞒你了，你妈得的是淋巴瘤，不过已经做了手术，医生说没事，过一段时间会好的。"娅娅问："真会好？"苏连红说："怎么不会，我还要健健康康地活下去，等你上大学，等你结婚，等着给你看孩子呢！"娅娅脸上有了笑容："好，我给你生个双胞胎，把你累个贼死！"说罢，她在苏连红腮上吻了一下，背起包就出门了。

等薄元送娅娅回来，苏连红在沙发上哭成了泪人。薄元坐到她身边想劝她两句，苏连红却把头拱到他怀里说："娅娅要给我生个双胞胎！娅娅要给我生个双胞胎！"薄元什么话也说不出来，只是搂着她流泪。

下午，薄元又把苏连红送到了医院。苗青青早已在那里等着。薄元问："小苗，你没回家看看？"苗青青说："昨晚回去了。"苏连红问："家里人好吧？"苗青青神色戚然道："不好，儿子在班里名次下降了，原先是十来名，现在是二十来名。他爸回家就知道喝酒，也不管他。"薄元安慰她："没事的，男孩子学习有后劲，努力一把就上去了。"苗青青说："但愿能这样。"

这时，薄元看看躺在床上的苏连红，对苗青青说："小苗，我跟你说个事儿。左大姐走了，你现在是伺候一个人，可我还是给你双份工资，一天四十，但你也要加倍照顾好苏连红。"苗青青喜出望外，连连点头："我一定加倍照顾，一定加倍照顾！"等她出去打水时，薄元问苏连红："你看这样合适吧？"苏连红说："行呵，反正我也没有几天了。"薄元拍拍她瘦削的肩膀："你别这样说话好不好？"

晚上十点来钟，薄元回到了家里。刚在沙发上坐下，手机收到了短信。他打开看看，是一个"沉"字。他调出前几天发来的看看，原来这是一句"苦调拒弹意沉沉"。薄元心烦意乱地想，你意沉沉与我何干？我家连红癌症转移，危在旦夕，我还有心思跟你叨叨？

然而，接下来的两周里，他收到这样的句子："时来运转遇薄郎，丝振弦鸣起风雷。"

薄元想，诗分四段，起承转合，这是到转折了。"薄郎"，这称呼倒也古雅。"丝振弦鸣"，这自喻倒也贴切。而"起风雷"三字，特别地耐人寻味：能让一个女人，而且是一个很有格调的女人心中掀动风雷，这很能满足一个男人的虚荣心呢。风雷，风雷，一个女人心中起了风雷会是什么样子？会对她心仪的男人采取什么举动？薄元很想知道。他想，按一般写法，这诗应该还有两句，这两句是会提供答案的。

那么，最后两句会是什么呢？薄元心中装上了一份期待。

这期间，苏连红患绝症的消息不胫而走，来看望的人络绎不绝。先是苏连红单位的领导和老同事，后是平时与薄元两口子有些交情的人，没几天病房里便摆满了鲜花。这天晚上薄元在那里时，苏连红打起精神，学电视播音员的口气说："中国共产党的忠实朋友，中国农业银行的内退职工，中共某副处级干部的糟糠之妻，苏连红同志，现在正安卧在鲜花丛中……"薄元听了，哭也不是笑也不是。

方局长也带着办公室主任来了。他们没带鲜花，带的是一个装有三千元现金的红包。方局长将红包交给苏连红，握着她的手说："我代表局党委向你表示慰问，希望你早日康复，继续当好薄副局长的贤内助！"苏连红说："谢谢局长的关心，只是我这贤内助马上就届满了。"方局长板起脸说："你这小苏，胡说些啥呀！病嘛谁都会有，既来之则安之，你要有战胜病魔的信心和决心！"

方局长看过的几天里，局里各科又相继派代表过来看望。但三科来的是全体人员。薄元看到，那崔蕙虽然还和上次来时那么活跃，抓住苏连红的手说这说那，但表情总有些不自然。

他们走后，苏连红对薄元说："老薄，我看出来了，这小崔想接我的班。"薄元心里一惊，说："连红，你想到哪里去了。"苏连红说："我悄悄摸过她的脉搏，她心跳得厉害。"薄元心中暗暗感叹这女人的手段，嘴里却说："那是她紧张吧。"苏连红说："她紧张什么？病又没在她身上。"苏连红停了停又说，"老薄，这姑娘你想要是可以的，跟她结婚，最大的好处是还可以生个孩子。我没能生出儿子，但愿她能给你生一个……”薄元急忙皱起眉头制止她：“行了行了，你越说越离谱了！”

薄元第二天去上班，十一点多钟，崔蕙打电话给他说：“薄局长，中午我请你吃饭好吧？”薄元警觉地问：“吃饭？还有谁？”崔蕙说：“没谁，我们科其他人都出去了，就剩下我一个。咱们出去找个地方吃吧，反正你回家也没人做。”薄元说：“谢谢，这样不方便，我还是吃食堂吧。”说罢就放了电话。

下班后到食堂打饭，薄元看见了崔蕙。她拿着饭盆，脸红红的，见了他将小嘴一努就过去了。想起苏连红说的可以生儿子的话，薄元忍不住看了一眼她的屁股。他以前虽然与崔蕙整天见面，但从来没有注意过她的屁股，今天瞥了一眼，突然发现它圆圆的，翘翘的，竟是十分好看，让他的心怦然一动。但也仅仅是这“一动”，转瞬间，他便为这种感觉羞愧起来。

又一天正上班，薄元的办公室房门被人敲响，接着是高瑛进来了。这女人还是化着浓妆，一身的香水味儿。她坐下后说：“前几天我去看苏连红了，你当时不在。”薄元说：“谢谢。”高瑛叹了口气说：“人呵，真是没意思，活蹦乱跳的一个人，说不行就不行了。”说着说着她眼圈儿便湿了。薄元想转移她的话题，便问：“你到这里找我，有什么事吗？”高瑛从包里掏出纸巾擦擦眼睛，抬头看着薄元说：“薄局长，我今天是受人之托，给你递个话儿。”薄元问：“受谁之托？递什么话儿？”高瑛说：“她也是农行的一个姐妹，不过比我小多了，人也长得漂亮，今年才三十三，叫刘蒙蒙。她男的去年遇车祸死了，撇下了她和一个七岁的女孩。她托我问问你，如果万一苏连红不行了，你能不能跟她……跟她一起生活？”

薄元听了，半天没有说话。他想，自从苏连红病后，那个发短信的女人和崔蕙都有些意思表示出来，但都还没这么直接了当地提出婚姻要求。让他难以接受的是，今天前来牵线的人竟是与苏连红相处多年的老同事。他生气地说：“高瑛，你这是递的什么话？苏连红正躺在医院里，你又不是不知道！”高瑛尴尬地笑笑：“薄局长，你别生气，我只是受人之托。苏连红是还躺在医院里不假，人家提这话也不是说她没有好的可能了，人家说的是万一，对吧？再说，这个时代就是要讲实事求是面对现实，苏连红的病情到了什么程度你也不是不懂。万一她不行了，你难道就不考虑今后的生活？她苏连红待你再好，可是一旦她不在了，反正你不能独身一个人过，对吧？生活生活，就是属于活着的人的……”薄元打断她的话说：“你不要跟我讲这些道理，我只是觉得，你现在跟我提这事太不合适。”高瑛说：“早一点儿是吧？刘蒙蒙的意思是，早跟你说下，你好早有些考虑。从她那方面想想，也可以理解。你不是不知道，现在中国哪个城市里都是女多男少，大姑娘找对象都有困难，更不用说那些寡妇了。男人就不一样，年龄再大，条件再差，一般也打不了光棍。像你这样的，才四十来岁，又是处级领导，那更是绩优股了，女人们不抢才怪哩。所以，刘蒙蒙想早一点递个话给你，让你优先考虑。你如果有兴趣的话，就先和她交往交往，见见面，说说话，增进增进了解，一回生两回熟嘛，对不对？你看，我这里有她的电话……”说着就拿过小包急急忙忙找。薄元制止她说：“高瑛，你不用找了，我不会和她联系的。”高瑛停住手说：“那以后呢？万一了呢？”薄元说：“真到了那一步再说。”高瑛说：“那好，到时候我再和你联系！”

高瑛走后，薄元坐在那儿感慨万千。他想，这个社会真是越走越快了，一个女人还没死，就有人急吼吼地给他老公提亲了。这是实事求是、面对现实，还是人心越来越功利越来越冷酷？其实不要说别人，就拿自己来说，不也是对那个整天发短信的女人想入非非，对崔蕙怦然心动吗？

不是东西，都不是东西。

薄元摸起了电话："连红，吊针还没打完吧？这会儿感觉怎么样？身上冷吗？血管疼吗？头昏吗？胸闷吗？"

晚上他又去医院，看见苏连红躺在那里流泪。他惴惴不安地问："又想娅娅啦？"苏连红点点头："是，想她，也想我娘。"薄元说："那我给娅娅他舅打电话，让他带着老人家过来。"苏连红犹豫地说道："我怕她受不了。"薄元说："老瞒着也不合适，叫他们来吧。"说着，就掏出了手机。

第二天傍晚，薄元从汽车站接到了岳母和小舅子苏连水。岳母一见薄元的面就问："小红到底得了什么病呀，昨天你在电话里没说明白，现在快告诉我！"薄元便流着泪向她说了实话。老太太一听，一屁股就坐到地上哭开了，薄元和苏连水劝慰了半天，才把她扶了起来。

来到医院，老太太却十分镇静，眼睛干干地走进了病房。苏连红这时嚎啕大哭，紧紧抱住老太太说："娘，我要死了，我要死了。"老太太一边给闺女擦泪一边说："别胡说八道，娘这么大年纪都没死，你就能死了？等我明天上泰山给你烧香去，泰山老母一开恩，你病就好了。"

陪了闺女一天一夜之后，老太太果然让儿子带着走了。第三天苏连水在泰山顶上给薄元打来电话，说老太太硬是步行登上了泰山，到了十八盘，她是一步一叩头上去的。进了碧霞祠，她烧了七七四十九炷香，一直烧到黑天关庙。薄元听后趴到办公桌上，任眼泪在桌面上湿了一大片。

两天后，薄元又接到小舅子的电话，说：“咱妈从山上下来就病倒了，我一时半刻不能去陪我姐了。”薄元说：“我去看看咱妈吧。”苏连水说：“不用，这儿有我，你好好照顾我姐就行了。”

然而泰山老母并没有显灵，苏连红的情况一天比一天糟糕。放疗因为无效已经停掉，她身上凡是有淋巴的地方都吹气一样肿大起来。尤其是她的两个耳朵周围也凸起了一些大包，让她的脸都变了形。不光这些，她还疼了起来。也说不清哪儿疼，一会儿是胸，一会儿是背，一会儿是小腹，一会儿又是头。孟大夫告诉薄元，这是内脏被广泛破坏的症状。想到癌组织正在苏连红的躯体内到处疯长，薄元的心便惊颤不已。

随着病情的加重，苏连红的脾气也一天天变坏。她经常是翻滚着喊一会儿疼，然后就开口骂人，骂大夫，骂护士，骂苗青青。她骂大夫不给她好好治病，骂护士不给她好好打针，骂苗青青白拿了她的工钱，不用心伺候。然而那些大夫、护士和苗青青早已习惯了病人的这种发作，对她的骂置若罔闻，该干啥干啥。

苏连红也骂薄元。每当薄元来了，她哼哼一阵便开始骂他。她说：“薄元，我快死了，你可高兴了。我早就看出来了，你假仁假义，表面上装出难受的样子，实际上心里乐滋滋的。你在盼我死，你盼我赶快死了你好再娶。那么多大闺女小寡妇在等着你，你已经动心了，起性了，恨不得马上跟人家上床，把人家弄到家里。你这个狠心贼，你这个白眼狼，我苏连红嫁给你这么多年，辛辛苦苦伺候你，给你养大了孩子，让你当上了官儿，到头来你没把我放在眼里，把我当成了垃圾当成了臭狗屎……”

薄元明白，这是苏连红病危时的性格扭曲，是一种发泄痛苦的方式。所以他也是努力地忍着，不把这些骂辞往心里放。不过，忍上几天还行，后来苏连红这么一次次骂他，他就感到了委屈，甚至感到了愤怒。他想，苏连红你也真不讲理，你得了病之后我到底怎样待你你也清楚。我怎么假仁假义啦？我怎么心里乐滋滋啦？你说我在盼你死，那可真是冤枉死我了！不错，是有大闺女小寡妇向我表示意思，可我什么也没干呀！你说我是狠心贼，白眼狼，你真让我伤心呀你！

晚上回到家，心情当然还是郁闷。这样，那女人的短信便给了他多多少少的释解。一天虽然只有一个字，但在他看来那便是一块炫目的铺路石。这石头一块块在他眼前铺展，一步步将他向一个迷人的幽处引领。一天，一天，那路终于铺完，他蓦然回顾，竟是这样的一段：

我本凤城一瑶琴，
嫁与莽汉误终身。
孽缘斩断影茕茕，
苦调拒弹意沉沉。
时来运转遇薄郎，
丝振弦鸣起风雷！
月上柳梢羞容似，
问君何时约黄昏？

接到“昏”字的那个晚上，他也恰恰刚在医院被苏连红骂得头脑发昏。苏连红将他骂了一个晚上，把什么刻薄的话语都用上了。

让他最感生气的是，苏连红竟伤害了他的父母，骂他是驴日的，鳖养的。他极力控制住自己，让自己坐到十点半才走，而当他走出病房门外，苏连红的一句话又追了出来："你死去吧，你死在我前头我才高兴哩！"薄元一边流泪一边下楼，直到回家眼泪还是没干。就在这时，他接到了那个字。

最后的意思再明白不过。薄元将手机托在面前，看着那个让人既感晕眩又感惶恐的问号，心也跳，气也喘，不知自己该不该回复。要知道，这首诗 56 个字，用 56 天才发完，他可是从来没回复过一次。面对这女人的韧劲与痴情，他能再无动于衷吗？

苏连红的骂声又响在耳边。薄元想，妈的，我就将错就错，爱怎么的怎么的吧！

好像洞察了他的心思一样，又一条短信发来了：步云小区 3 号楼 2 单元 302 室。

他没再犹豫，立即起身下楼，向一辆出租车扬起了手臂。

按响那个门铃，门立即开了。一个身着绿色中式衣裤约有三十多岁的女人扶门而立，笑吟吟地说道："请进。"薄元走进客厅，一眼就看见了架在那里的一张古琴，它样式纤巧，通体褐黑，在顶灯的照耀下闪动着幽幽的光亮。再转身看那女人，发现她窄肩细颈，身材颀长，一张瓜子脸再配上高绾的发髻，恰似一架站立的琴。

薄元心里暗暗激动，嘴里却说："这么晚过来，太冒昧了。"那女人说："别说这话，坐吧。"薄元坐下，看着女人说："抱歉，我还不知道你的名字呢。"女人说："我叫从雪。"说罢，便去厨房端来了两杯红酒："喝点这个好吗？"薄元说："谢谢。"

端杯喝下一口，薄元笑着问道："从雪，你也没见过我，就不怕引狼入室？"从雪莞尔一笑："我怎么没见过你？我早就认识你的。”薄元吃惊地问道：“是吗？什么时候？”从雪说：“三年之前。那时你女儿正在实验中学读初二是吧？有一天课间，你去找你女儿的班主任申老师，质问他为何屈从某些家长的权势胡乱安排班干部，我正坐一边。”薄元恍然大悟道：“噢，你是那里的老师对吗？”从雪说：“对，可你当时光冲着申老师发火，根本顾不上瞅别人。”薄元说：“不错，我真是对申老师的做法生气。你想，一个整天不知道学习光知道打架的小痞子竟然当了班长，这不是胡来嘛！”从雪笑道：“我清清楚楚地记得，你不光气青了脸，手都发抖。”薄元摆摆手：“咳，意气用事，让你见笑了。”从雪说：“不，你的正直与激愤，给我留下了深刻的印象。那种事各个班级都有，可无论家长还是老师都很少提出批评，但你就敢提。所以，你走了之后，我就向申老师打听你，知道了你的名字和工作单位，从此就记住了。后来，我在报上看到你考上副处级干部的消息，对你就更是心怀钦佩了。你不靠拉拉扯扯，靠自己的本事上去，这才是真正的男人。”说到这里，从雪的目光已经含情脉脉。

薄元心醉神迷。他想，像这般有古典情怀、仕女风韵的女性，能瞧得上自己，这真让人想不到。他不敢回应从雪的目光，便伸手去摸了摸那架琴，说：“真是一把上好的瑶琴呐。”从雪说：“还想听吗？”薄元说：“想听。”从雪便起身去把电视机打开，又把一张光碟放进了旁边的 VCD 播放机，返身回来在薄元的旁边坐下。

很快，画面出来了，是从雪正在舞台上演出。她背后的天幕，有着“凤城市教育系统文艺汇演”的字样。只见她一袭白裙坐于台上，身端意娴，手势翩翩，那些美妙的乐句便如清泉一般潺潺流淌出来。薄元看着，听着，心中便也渐渐被那泉水灌满，甘甜，且荡漾。

曲子接近尾声时，只听从雪在旁边轻叹一声，缓缓地幽幽地吟念起古人诗句：“丝传园客意，曲奏楚妃情。罕有知音者，空劳流水声……”薄元心潮起伏不能抑止，说道：“谁说知音罕有？现在你身边就坐了一个。”说着就转过身去，抓过她的手。那从雪看他一眼，便似雪人儿一样，顷刻之间化在了薄元身上。

后来自然是去了床上。让薄元吃惊的是，从雪一改抚琴时的优雅娴静，从他们结合的那一刻起便进入了一种谵妄状态。她紧紧地抱住他，在他身下一边疯狂地扭动，一边喊着：“丈夫！丈夫！丈夫！丈夫！”薄元有些害怕，便匆匆地结束了。想不到，就在最后的巅峰时刻，他突然觉得心脏忽悠一下像掉下了悬崖，接着便是急跳，便是一阵闷疼。他扬起脖子大口大口地喘息着，而从雪还是紧紧地抱住他呼喊，“丈夫，丈夫。”

过了一会儿，薄元的难受滋味消失了，从雪也似乎清醒了过来。二人对视着笑了一下，接着分开身体并排躺着。薄元问：“你刚才喊谁呢？”从雪说：“喊你。”薄元说：“开玩笑，我哪里是你的丈夫。”从雪说：“暂时不是，以后有可能，对吧？”薄元便明白了这女人的心思。他想起正躺在医院里的苏连红，心中突然充满了罪恶感，就闭上眼睛不再吭声。

从雪也没再追问。她沉默了一会儿，然后侧过身子紧挨着他，将一只手放到了他的身上，上下游走起来。开始时，薄元以为是从雪在抚摸他，心里有些反感，但很快他便觉出了那些指头的灵动。它们这个落下，那个弹起，且轻轻滑动，且作些揉捻。薄元明白了：从雪这是将我当成琴了。他从没想到会有这样新奇的体验，这种体验让他很快甩脱了刚才的恶劣心境。他问：“这是什么曲子？”从雪说：“欧阳修讲过，弹虽在指声在意，听不以耳而以心。你用心听，就能听见了。”薄元便屏住呼吸用心去“听”。然而，他什么也听不到，只是感觉到了那些指头在他皮肤上的舞蹈。这舞蹈将他的身体再度唤醒，让他周身发烧，热血沸腾。也就是这时，他的胸又闷疼起来。他想，坏了，我的心脏出毛病了，我不敢轻易激动了。于是，他将从雪的手抓住说：“停下，谈谈你的事情，好吧?”从雪说：“我的事情不是已经告诉你了吗?”薄元说：“就那首诗？也太简单了吧?”从雪道：“你还想知道什么?”薄元说：“你有孩子吗?”从雪说：“有。但离婚时那人不给我，说要给他家接续香火。”说罢，她的目光下意识地投向了床角的一摞相册。薄元说：“我可以看看他的照片吗?”从雪点点头，便起身摸过一本给他。

那是一个胖胖的男孩。从出生到五六岁时的许多个瞬间。看得出，他的眼睛像母亲，而脸形却方方的，一点不像。薄元仿佛看到了一个陌生的男人，心里生出厌恶，便将相册合上，伸手摸过另一本说：“从雪，我看看。”从雪没反对，她打开相册，一页页翻着一页页讲解：“这是我上小学的时候；这是我上中学的时候；这是我上大学的时候；这是我毕业演出；这是我去北京旅游；这是我下海游泳……”薄元便领略到了一个美丽生命的生长过程和她的种种姿态。

再往后翻，便是从雪和家人的一些合影。薄元说：“这里有那个莽汉吗?”从雪哼了一声：“早叫我清除干净了。请不要再提他，我实在让他给伤透了。”薄元摇摇头不再问，便继续看那相册。看到从雪和另一个女人的合影，他突然觉得眼熟。仔细端详了一下，脱口说道：“哦，这不是苗青青嘛！你和她什么关系?”从雪的眼神里满带着尴尬，说：“是我姨家表姐。”

薄元便明白了，苏连红住院后，从雪为什么给他发出第一个短信，为什么后来穷追不舍。

原来自己是被人算计，遭人摆布！虽然这段时间他对从雪的好感一步步加深，虽然今天晚上二人的肌肤之亲让他终身难忘，但他还是感到了一种尴尬甚至耻辱。

他坐起身来，穿上衣服说："对不起，我得走了。"从雪随他起来，泪汪汪地看着他说："你别生气，这不怪我表姐，怪从雪没出息，心太急。我知道在你夫人病重期间不该这么追你，更不该今晚约你到家里来，可我实在是喜欢你，实在是想抓住这难得的机会，求得下半生的幸福。"薄元没理她，转身走出卧室，打开了房门。

来到楼下，正往小区外面走时，薄元耳边忽然飘来了琴声。他驻足回头看看，从雪的窗子却是黑的。不过仔细听听，琴声又的的确确发自那儿。琴声幽怨，如泣如诉，在这寒冷的冬夜传出好远好远。薄元想，此时一个女人在黑暗而空寂的房间里弹琴，会是一种什么样的心情。于是，他的怒气慢慢平息，他的心渐渐变软。他捶了一下自己的脑袋，让这琴声伴送着一步步走向了大街。

这一夜，薄元始终没有睡好。他一闭眼，在从雪那里的记忆，视觉的，听觉的，触觉的，味觉的，统统地涌了上来，鲜活而生动，让他激动不已。然而，再想想自己是在妻子最危重的时候背叛了她，罪恶感又像巨石一样重重地压在心头。

第二天早晨去医院，苏连红见了他说："哟，幸福的人儿来了。"薄元心中吃惊，装作没听见，坐到床边问："连红，夜里好吗?"苏连红说："很好，我丈夫去寻欢作乐，我高兴得睡不着觉呀!"薄元吓得脸色都变了，旁边扫地的苗青青也放下扫帚走出了病房。薄元压低声音结结巴巴地说："连红，你你你，你说什么呢，我不明白。"苏连红浮肿的脸上没有任何表情："你不明白就算了，反正我明白。”薄元说：“你明白啥?”苏连红说：“我啥都明白。我问你，昨天晚上你不在家，到哪里去了?”薄元说：“噢，你打电话啦? 我心里闷，在街上走了走，你怎么不打我手机?”苏连红说：“我打你手机，怕把你吓得阳萎。”这话更让他大窘，竟僵坐在那里不知如何回答。苏连红用指头点着他道：“看出来了吧，你老婆还是爱护你的！不过你得告诉我，那女人怎么样? 有我好不?”薄元镇定了一下，矢口否认：“连红，你别胡说八道好不好? 我怎么能干那种事?”苏连红扯着嘴角冷笑道：“大丈夫敢做敢当，干了就干了，为什么不承认? 我就瞧不起你这号人。”薄元想，无论你怎么激我，我是决不能承认的。他说：“没有就是没有，我还能瞎编吗?”苏连红气愤了：“什么玩意儿，滚你妈的!”薄元看看事态不好，便起身离开了病房。



苗青青正站在走廊尽头。薄元看见她，想起自己两个多月来一直是她与她表妹合谋算计的对象，便有一种身为猎物的感觉。再想想昨天晚上的事情，他更觉得此时是一丝不挂站在苗青青的视线之内。他想和她谈一谈，对她的做法提出批评，同时也了解一下从雪的详细情况，但他又想到，其实自己不能责怪苗青青，要怪只能怪自己经不住诱惑，如果对从雪的进攻就是置之不理，那也不会有什么事情发生。再说，要是找苗青青了解从雪，那就是明明白白地表示，自己对从雪是在乎的，是想继续和她来往下去的。

薄元从内心里承认，从雪已经成为他生命中抹不去的一道刻痕，而且，他还渴望着让这刻痕加大加深。

然而，再回头看看病房门，想一想苏连红，他又把这渴望赶紧收拾了起来。他想，这一段时间我无论如何也要收住心猿意马，尽心尽力地把苏连红陪好。否则，自己真是一个十恶不赦的坏蛋了。

当天晚上，他收到从雪的短信，看了看，只有一个问号“?”。他看了它好长时间，很想发短信做个回复，但最后又终于放弃了。

这时，客厅里的电话响了。他想，肯定是苏连红查岗，就赶紧接起了电话。然而电话里却传来了崔蕙的声音：“薄局长，打扰了。”薄元说：“小崔，有事吗?”崔蕙说：“我想问一下，嫂子这几天怎么样?”薄元说：“情况不太好，医生说，已经大面积转移了。”崔蕙叹口气：“唉，真想不到她会得这病。不过，薄局长你也要保重自己，别累坏了。”薄元说：“谢谢。”崔蕙沉默了片刻，又说：“薄局长，能告诉我你的电子信箱吗?”薄元说：“有什么事还得写信？在电话里说不行吗?”崔蕙说：“我现在是一名业余闪客，刚做了一副动画，想发给你看看。”薄元说：“哟，做闪客，画动画？你不简单哩。好，发过来我看看，你记下我的地址。”

说完 E－mail 地址，薄元便去把电脑打开了。敲开信箱，里面果然有一封署名“幽兰”的信。信上写道：薄局长，看了一定要回复哦！薄元见信后有附件，便点击了一下。很快，一个新窗口弹出，画面出现了：一条山谷，一块巨石，巨石边生长着一棵兰草。幽雅的乐曲声中，兰草长高了，兰草开花了，遂引来蜂狂蝶舞。然而，那兰草甩动长叶，赶走了蜂，也赶走了蝶，在那里轻轻摇摆，似有所待。这时，咚咚的脚步声由远而近，一个仪表堂堂的中年男子出现了。他发现了这棵空谷幽兰，驻足上前，慢慢蹲下，深情地注视，然后将它拥在胸前，而那兰草更是柔情万端，将一根根长叶缠绕在男子的脖颈上……这时，《婚礼进行曲》隐隐响起，动画结束。

薄元在电脑前呆呆地坐了好长时间。他没有回复崔蕙。他没法回复崔蕙。因为，动画所表达的意思明明白白。

但他还是为崔蕙采取的这种形式而惊奇。他在网络上浏览过

“闪客帝国”等许多专门网站，看过许多动画作品，但从没想到会有一位姑娘制作出一件来向他示爱。这个小崔，也真是聪明绝顶。

你要了小崔，最大的好处是还可以生个孩子。苏连红说过的话又响在耳边。

薄元感到内心深处有一种东西在暗暗涌动。他把那动画再次点开，又欣赏了一遍。看完，《婚礼进行曲》久久地在他心头回响。

但他还是没做回复。

他把电脑关上，去客厅里静坐片刻，然后摸起了电话：“连红，睡了吗？还疼？……”

苏连红的疼痛一天比一天厉害。医生先是给她用普通止疼药，后来便用上了杜冷丁。薄元看她这个样子，便向方局长请了假，一天到晚都在医院陪护，只是在夜深时才回家睡上一会儿。

这期间，从雪又给他发过几个问号。见他还是不做回复，那“？”便变成了“！”。第三个“！”发来时，薄元想，自己这样做，也真是太不对了，人家毕竟对你那么痴情而且还有过那种事情。于是就发了个短信给她：“莫问莫叹，一切随缘，好吗？”从雪回道：“好，一切随缘，我等着。”

此后，他就再没接到从雪的短信。

那些日子里，崔蕙也没再和他联系。薄元曾经几次打开电脑，欣赏她的动画，但他还是不给她回复。

这天他又打开电脑，发现信箱里有一封发自“幽兰”的未读邮件，便立即把它打开了。信上一句话也没有，但后面有一个附件。他想，这姑娘又制作了新的动画？便急切地去看。然而，这不是动画，是用电脑扫描出来的一张带有“凤城市人民医院妇产科”红头的公文纸，上面用钢笔写着：经检查，崔蕙同志系处女，特此证明。

后面，则盖了妇产科的印章。

薄元瞠目结舌。他怎么也想不到，崔蕙会给他发来这么一份证明。要知道，一个未婚姑娘去医院做这种检查，索取这种证明，需要多大的勇气！而促使她采取这一行动的原因，只能是她对我薄元的认真与急切！

可是，慢说我还没有考虑日后再婚这事，就是考虑了，我也不会在乎你是不是处女呀。我一个半老不少的中年男人，即使有可能再婚，也没有资格考虑这一点呀。

薄元既为之感动，又为之悲哀。

苏连红的病情一天比一天险恶。她身体瘦得只剩下一把骨头，但凡有淋巴结的地方统统肿起，而且有好几处已经出现了破溃。其中右耳后的一处，一直向外流脏水，护士给她包上一块纱布，很快便会湿透。最折磨人的还是疼痛。只要疼痛袭来，苏连红便冷汗满身，惨叫不断："唉哟，叫我死了吧，快叫我死了吧，我受不了啦！"薄元看着她那样子心如刀割，急忙去找值班医生要求用杜冷丁。医生不耐烦地说："哪能老用杜冷丁？这是毒品，会成瘾的！"可是回去看看苏连红的样子，他只好又去哀求医生："你们快给她用上吧，她成瘾就成瘾，只要她不疼就行，别的顾不上啦！"医生这才拉长着脸开方，给苏连红打上一针。

几天后，苏连红果然上瘾了。她用上药后，不大一会儿，便闭着眼睛欣悦地说："哦，得着了，得着了。"薄元问她："得着了是什么滋味？"她说："哪儿也不疼，身子轻飘飘的，像神仙驾云。"薄元心酸地想：那你就当神仙吧。

可是，苏连红的神仙生活并不长久，只一会儿就结束了。她不想回到凡间，不想再忍受疼痛，药效一旦消失就嚷嚷着再打再打。

薄元只好再去求医生。他找到孟主任，说了这个情况，孟主任说："想打就打吧，病人到了后期，也只能这么做了。"于是，苏连红便一天到晚靠杜冷丁支持着。

薄元看她这样子撑不了多久，便打电话叫来了岳母和小舅子。这母子俩来后看了看，单独对薄元说，快叫娅娅回来吧，再不回来恐怕见不上了。薄元打电话找到娅娅，说："你妈想你，你回来一趟吧。"娅娅问："我妈是不是不行了?"薄元说："不是，她就是想见你。"

娅娅当天下午回来，到医院见了她妈的模样，抱着她放声大哭。苏连红也泪流满面，不住声地叫着"娅娅、娅娅"。过了一会儿，苏连红说："你们都出去，我要跟娅娅单独说话。"薄元等人便都出去了。

母女俩一说就是半个多小时。等到娅娅擦眼抹泪地出来，她姥姥拉着她问："你妈跟你说了些啥?"娅娅说："叫我以后替她孝敬你老人家，叫我以后尊重后妈，还叫我以后找对象不要草率……"老太太和薄元听了，都是泪水横飞。

哭过一阵，薄元把她们几个送回家去，做好了饭，自己一个人赶回了医院。这时，苏连红又用上了杜冷丁，正躺在那儿睡着。薄元在床边坐了一会儿，苏连红慢慢睁开了眼睛。这时薄元有些紧张，因为苏连红只要一醒，疼痛便会开始，会再要打杜冷丁，如果不打是不会罢休的。然而，苏连红这回却没要，她久久地看着薄元，脸上竟奇怪地现出了红润。薄元问："连红，这会儿不疼?"苏连红说："不疼，我饿，我想吃东西。"薄元问："你想吃什么?"苏连红说："想吃饺子。"薄元便急忙让苗青青买。等把饺子买回来，薄元一个一个喂给她，竟一气喂下了十二个。

苏连红吃完饺子，倚在床头喘息了一会儿，说："小苗，你出去一会儿，我想跟老薄说说话。"苗青青便出去了。薄元心里一个劲地打鼓，却故作镇静地说："连红，你要跟我说啥？"苏连红笑一笑，却什么也没说，只把他的左手抓了过去。

苏连红抓着那只手，握了几握，而后勾起自己的中指，在薄元手心里轻轻挠了几下，带着羞涩的表情问："哎，挠挠你的手心，你什么感觉？"

这一挠一问，让薄元的记忆之门立刻哗地打开了。二十一年前，他俩一个二十，一个十九，都在省城金融专科学校念书。虽然在一个班里共处了将近一年，但他们并没有多少交往。他那时对苏连红的印象是，活泼，爽朗，像一朵明艳的大丽菊。而就在那年的五四青年节，他俩的关系一下子变了。那天全班同学到市郊一个风景区旅游，晚上开起了篝火晚会。大家唱呵，跳呵，尽情挥洒着青春。最后，几十位男女同学手拉手，围着篝火边唱边跳。薄元恰巧与苏连红牵手，他受集体情绪的感染，并没有对身边的苏连红产生什么特别的感觉。而等到一曲终了，大家站住时，苏连红突然勾起一个指头，在他手心里轻轻挠了几下。这个含意暧昧的动作，一下子让他热血沸腾。他还没来得及回应，大家已经都把手放开，退到一边站着。他走到一棵树下，苏连红也跟了过去。二人站定后，薄元看见，苏连红那年轻光嫩的脸蛋正反映着篝火的光亮，显得那样漂亮，那样动人。他正痴痴地看着，苏连红莞尔一笑，悄声问道："哎，挠挠你的手心，你什么感觉？"薄元说："痒。"苏连红问："哪里痒？"薄元说："心痒。"苏连红说："那我再给你挠挠心去。"

她将薄元的衣角一扯，二人就去了树林深处。在那里，二人热烈地拥吻起来。过了一会儿，他们的手便开始颤栗着探索对方。苏连红在他小腹上摸到了异物，说，“呀，你裤子里装了什么东西?”薄元这才明白，原来那么热烈而主动的苏连红对男性是一无所知……

从那个晚上，他们开始了热恋。毕业时，二人双双要求分到一个地方，于是他们来到凤城，工作，结婚，生孩子……直到今天。

薄元的心让悲恸涨满，只是抓住苏连红的手流泪。苏连红没等到他回答，便微笑着闭上眼睛，好似睡了过去。但过了片刻，薄元发现她的呼吸越来越轻，脉搏也越来越弱，便急忙起身去叫医生。等到值班医生赶来，苏连红已经吐出了最后一口气息……

当天晚上，苏连红便被挪到了病房楼后面的太平间里，薄元和女儿、小舅子以及苗青青在那里守了一夜，也哭了一夜。

第二天下午，他们把苏连红送去火化，同时也在殡仪馆搞了个遗体告别仪式。薄元和苏连红的亲朋好友来了一大群，大家哀思如潮，哭声不断。

仪式结束，大部分人都走了，薄元与小舅子等人将苏连红抬到了火化炉前。排了半小时的队之后，苏连红躺到传送机上，慢慢地奔炉门而去。

就在这时，薄元突然清清楚楚地感觉到，自己的手心又被挠了几下!

他这次不是觉得痒了，而是感到了疼。手疼，心更疼。

他眼前一黑，便双手抱胸倒在了地上。

这时，火化炉的烟囱冒出了一股青烟。那烟往空中飞了一段，却又迅速地降下来，在炉边低回盘旋，依依不去。

# 晚　钟

礼梵法师回到寺里，刚把车子泊好，就发现了跪在香樟树下哭泣的那位农妇。

农妇有五十岁上下，苍白的头发像秋日芦花一般在风中瑟瑟抖动。她向大殿的方向跪着，喃喃祷告，泪流满面。看到她，礼梵法师突然想起了自己的母亲。十七年前，母亲正是她这年纪，也经常像她这样祷告。母亲每当遇到困难，实在对付不了，就在院子中间向着普陀山的方向跪下，向观音菩萨哭诉一番，祈求一番。礼梵心中酸楚，走上前去问："施主为什么在这里哭？"农妇抬头看看，将身体转移了角度跪向他说道："师父，我看你是个管事的，你发发慈悲，让我给佛灯加加油，好吧？"礼梵说："好呵，你的油呢？"农妇向大殿一指："在那里。"接着就讲了她来金钟寺的遭遇。

原来，这位农妇住在百里之外的乡下，早就发愿要来金钟寺礼佛。今天她带了一桶上好的茶油，坐了两个小时的汽车，打算来烧香拜佛，给佛灯加油。可没想到，进了大殿刚要给佛灯加油，那里的和尚却呵斥她，不让她加，让她把油桶放在那里就行了。她站到旁边看了一会儿才明白，原来现今的香客都是往功德箱里放钱，没有给佛灯加油的了。她本来想，提了这么一桶好油，给金钟寺的每一盏佛灯都加上，佛祖一定会高高兴兴，保佑她全家，可没想到，她连一盏佛灯也没能给加上油。她想放钱，身上的钱又太少，只够回程路费。她不知怎样向佛表达心愿，只好跪在这里哭着祷告……

听罢农妇诉说，礼梵心中的无明之火腾腾燃起。他拧着眉头问道："谁不让加了？你跟我走！"说罢怒气冲冲走向大殿，农妇爬起身来，一路小跑跟着。礼梵进了殿门，见值殿的是年轻僧人昌莲，快步趋前，"啪啪"打了他两个耳光。昌莲捂着腮惊问："当家师为什么打我？"礼梵说："为什么？因为你欺贫爱富！"他回身向农妇说道："你的油桶在哪里？快加油去！"农妇便跑向佛案的一头，从地上提起一个小塑料桶，拧开盖子，举向了佛前那盏油灯。

礼梵继续训斥昌莲："佛祖大慈大悲，普度众生，我们身为佛子，要善待每一位信众。你倒好，人家辛辛苦苦大老远跑来，你连油都不让加！"昌莲带着满脸的不服，耿着脖子说："我也是为当家的着想——如果信众都这样供佛，你开的奥迪 A6 就加不上油了。"听了这话，礼梵怒不可遏，一脚把他踢倒，指向门外吼道："我的车能不能加上油，不用你操心！你给我迁单，滚！"昌莲爬起身说："迁单就迁单！此处不养爷，自有养爷处！"一溜烟跑出大殿，奔向寮房。

农妇吓得哆哆嗦嗦，把油洒到了佛案上，急忙掏出手绢去擦。礼梵示意她不要紧张，再给另外的佛灯加油。他掏出手机，通知了知客僧让昌莲迁单的事情，让他再派一位值殿的过来。他又叫来僧值，让这位管纪律纠察的和尚带女施主去每一个殿堂加油，谁也不准怠慢。僧值答应一声，带农妇走了。

在农妇走出殿门时，礼梵又看了一眼她手上提的油桶。他记得，母亲当年也在家里珍藏了一桶上好的茶油，打算攒够了路费就去菩陀山，给那里的佛灯加油。可是，直到他那不争气的儿子负案出逃的时候，她也没能攒够路费。十年前，香港一位大富豪在菩陀山的一家寺院做千僧斋大法会，从 H 城请了一些僧人，他也去了。到了那里，他想起母亲未遂的心愿，十分难过，虽然那顿斋饭极其丰盛，他却没吃下一口。法事结束后，他单独去大殿礼佛，将施主给的五百元红包投进功德箱，默默向佛祖祷告：这是我替母亲做的奉献，请佛祖多多保佑她老人家……

又来了一个值殿僧人，礼梵才离开大殿，走向寮房。走到藏经楼前，迎面碰上了昌莲。昌莲拉着箱子，看了他一眼，默不作声，只用目光射出两束恨意。错身走过，只听昌莲响亮地啐了一声："呸!"礼梵的血又往头上涌去。他打算追过去再揍他一顿，但是想到这家伙已经迁单，不属于自己管了，又把念头打消。

礼梵的寮房在藏经楼里。这座楼的二层收藏了《大藏经》等上万册经书，一层正中供了一尊立佛，东首便是监院寮房。礼梵开门进去，觉得乏困，想小憩片刻。上午，分管文化的尉副市长在宗教局长的陪同下视察甘泉寺建设工地，他作为工程负责人、甘泉寺监院，中午自然要请客人们吃饭。按佛门戒律，他是不能饮酒的，可是顶头上司都在那里，不敬酒实在失礼。他就向客人解释，出家人有规矩，不能喝酒，但啤酒不是酒，在西方是一种叫作"比尔"的饮料，他就以比尔代酒，敬各位贵宾。于是，他端起一杯比尔，向领导说一通敬语，一饮而尽。各位贵宾皆大欢喜，也喝起了面前的白酒或者红酒。这个法门是礼梵几年前创造的，效果颇佳，今天中午继续沿用，他喝下了两三瓶比尔。

礼梵打了个呵欠，脱掉大褂，去里间的床上躺下。深秋时节，不冷不热，紧靠后窗的一树桂花，早将浓郁的芳香灌满了屋子。躺下后，他很快睡熟。

然而，睡到后来他梦见了昌莲。昌莲站在他的面前，金刚怒目，连啐唾沫：“呸！呸！”他挥动拳头要去教训，昌莲却从身上掏出一把砍刀，猛地砍向了他的脑袋，让他倒地而死。恍惚间他又发现，倒地而死的人不是自己，而是刘大头。刘大头死不瞑目，瞪大两眼看着他手中那把滴血的砍刀……

礼梵猛地惊醒，心脏“怦怦”急跳。他坐起身来，抱头伏于膝上连声长叹。十七年来，他一直强制自己不再回忆那件事情，然而每当睡熟之后，意识深处的那些场景就会沉渣泛起，让他的灵魂如坠地狱，如遭炮烙。唉，这份恶业，我何时才能把它消掉呢？

“空——”

一记响亮的钟声从前院传来。

晚课时间到了。礼梵拍一下脑门，让自己的心识从地狱返回人间。方丈这几天去北方讲经，早晚课诵由他统领，此事马虎不得。他下床净手，穿上黄色海青，披上大红袈裟，去外间喝了一杯水。等到迎请他的小沙弥过来，便神态庄严地迈出寮房。此时，太阳已经落到西山背后，金钟寺被罩在了山影之中，而东面山下的无数高楼大厦，一齐反映着夕阳，让 H 城有几分金光璀璨的样子了。

“空——”

“空——”

钟声响亮而深沉，震动着空气与人心。礼梵知道，虽然 H 城终日里红尘滚滚，但在这个时刻，肯定会有一些人侧耳倾听从这里传出的钟声，领略“西山晚钟”这一胜境。南宋时，有人为这座城市总结出八项著名景观，“西山晚钟”便是其中之一。上千年来，无数文人墨客以此为题材撰文作诗，更让这钟声遐迩皆闻。

这些作品，连同民间传说，往往提到一个故事：无名僧人舍身铸钟。礼梵出家后曾看过施蛰存的小说《黄心大师》，金钟寺的故事和小说中的有些相似。不同的是，施蛰存写了一个比丘尼，而这个故事讲的是一个比丘。故事说，金钟寺原来不叫此名，另有一个名字。一千年前，有一位方丈发愿铸钟，用八年时间化来了两万斤黄铜，然而请来工匠，先后铸了五次却都不成，不是裂璺就是变形。到第六次上，当黄铜被化成汁时，有一位和尚突然从人群中冲出，跳了进去。转眼间，和尚化成一缕青烟，尸骨无存，那大钟却铸成了，形音俱佳。事后查明，这位和尚是刚来寺里挂单的，仅仅住了两天，连法号都没留下。对他为何舍身铸钟，众说纷纭。有的说，此僧身负命案；有的说，此僧为做功德。但说来说去，人们都对这位和尚怀了深深的敬意。

“闻钟声，烦恼轻。智慧长，菩提生……”

礼梵在小沙弥的引领下走到大殿东头，便听见了钟声间隙里的男声吟唱。抬头看看，见钟头僧昌仪正在钟楼上拽动长长的木杵，一下下撞击着那口巨大的铜钟，边撞边唱《撞钟偈》。

礼梵恍然觉得，撞钟者不是昌仪，而是十五年前的他。那时他正做着金钟寺的钟头，一早一晚，无论酷暑还是严冬，都要去钟楼履行职责。不，不仅是履行职责，而是修行，是赎罪。他觉得，大钟发出的每一响，都是那位舍身铸钟的无名僧人向他现身说法；每一响，都变作无形的木杵反过来撞击他的心壁，让他的心田成为佛魔交战之地。那时他想，快脱下这身僧衣去自首，去领受应得的刑罚吧。可是，一想到监狱，一想到刑场，他又心生恐怖，收起自首的念头得过且过，做一天和尚撞一天钟了。

"离地狱，出火坑。愿成佛，度众生……"

听到昌仪唱出这几句，礼梵的心暗暗颤抖，眼眶也微微发热。他想，我的心时常处在地狱之中，火坑之中，可是，我出不去，我没有勇气出去，更不用说得道成佛去普度众生了。

他叹一口气，打起精神，走上了大雄宝殿的台阶。

殿内，几十位僧人、居士已分作东西两序站好。见监院进来，维那师用木槌敲击一下大磬，庄严起腔。僧俗二众双手合十，随之唱念。

"我昔所造诸恶业，皆由无始贪嗔痴。从身语意之所生，一切我今皆忏悔！"

礼梵念到这里时，向着面前的佛像深深低头。念罢下跪，虔诚礼拜。



晚课结束，僧人们鱼贯而出，去西面的斋堂药石。礼梵却不去，打算从后门返回寮房。出家人过午不食，只在早晨和中午过堂用斋。然而多数寺院都行方便，供应晚饭，取其疗饥之义，称之为"药石"。但礼梵的剃度师从不药石，说只要少了颠倒妄想，饭量自然会少，礼梵便学了他。尽管夜间饿得厉害，不得不用腰带扎紧肚子，但他还是坚持了下去，到金钟寺常住还是如此。凭这一条，身为金钟寺方丈的冶心老和尚就高看他一眼，让他当了一年钟头之后，重用他为僧值。因他做事认真而周全，随后又任命他为知客。三年前，原来的监院圆寂，方丈让礼梵替补，他便成为被僧俗二众恭而敬之的"当家师"。

知客慈意叫一声"当家师"，匆匆走来。礼梵问他有什么事情，慈意递过一张请柬。礼梵打开看看，是江西省奉仁县青云寺举行大佛开光典礼，"敬乞垂照"。他说："让老和尚去吧。"慈意答道：

“老和尚说他没空，让你过去。”礼梵迟疑片刻才说：“好吧。”

但是应了这事，礼梵却在回寮房的路上忐忑不安。那座建在山中的青云寺，他十七年前就已去过。当年他从九江火车站逃过警察追捕，独自狂奔了一夜，只想跑进深山老林躲过警察追捕。天亮时进山，见山中有座寺院，门上挂了个匾，上写“青云寺”三字。他想到，一些书里写，过去有人犯了命案，去寺院落发为僧，保住了身家性命，便决定仿效。然而他刚要进寺，却觉得这儿离家太近，容易被人发现，又转身跑出山外，半路搭上一辆长途客车去了安徽。来到天柱山，他才进入一家寺院住下，半年后拜了师父，正式剃度出家。礼梵顾虑：去家乡参加法事活动，会不会被人认出来呢？

他转念又想：十七年了，我由一个毛头小伙变成了中年汉子，由一个俗人变成了僧人，大概不会被人认出。

去吧，十七年了，我真想回到家乡，看一看村前的小河，听一听久违的乡音。

小沙弥将他送回寮房，泡上一杯铁观音，又在画案上铺好一张宣纸，合十告退。礼梵脱去袈裟，坐在沙发上稍事休息，喝几口茶水，便起身抄写经文。这是他每天晚课后必做的一件事情，几乎天天如此。当年，他的剃度师写得一手好字，他便经常临摹。师父教诲他，写字也是修行，尤其是用楷书抄写经文，边写边诵，会有不可思议之功效。于是，礼梵就将《金刚经》《无量寿经》《心经》等经书认真抄写。到金钟寺之后，他还是有空就抄，练出了一手漂亮的毛笔字。现在，他抄的多是《心经》，因为此经只有二百六十字，在一张纸上就能写完，每天晚上能写一幅。把它装裱起来，送人结缘最是方便。平时，他的车上经常放着几个卷轴，随时派上用场。据一位书法界的朋友说，有人得到他的“墨宝”，拿去画廊出售，一幅《心经》能卖到两千元。所以，有人得到他的字，给他塞红包做供养，他便心安理得地收下。

观自在菩萨行深般若波罗蜜多时照见五蕴皆空度一切苦厄……

礼梵写出《心经》的第一句，搁笔端杯，一边喝茶一边打量自己的作品。他发现，这些字写得不好。楷书笔画，应该左低右高，但今天他写出的这些，斜得有些过分，失却了法度。他心中懊恼，放下茶杯，将纸抓起来撕成碎片，揉作一团，扔进了纸筐中。

再铺一张纸重写，刚写出两个字，手机响了。他住手接听，原来是温州一位佛像雕刻厂老板打来的，明天要来拜访他。礼梵说，你不用拜访我，佛像工程是要统一招标的，你直接到工地报名就可以了。那位姓关的老板说，报名肯定是要报的，但我想向法师当面汇报一下，让你看看小样，你看了肯定满意。礼梵迟疑片刻，说道："明天我要去江西，三天后咱们再联系，好吧?"

放下手机，他拾笔再写。写完一句看看，笔画还是斜得厉害。他扔下笔想，今天真是邪门儿了。

算了，先上上网，等一会儿再写。

他打开电脑，找到"百度"主页，在空格里打上了"金钟寺"三字。这是他担任金钟寺知客时就养成的习惯，经常查一查关于本寺的新闻或者帖子，以便及时掌握情况，妥善应对。网络这玩意儿千万不能忽视，它可以让你成佛，也可以让你成魔；可能让你去天界，也可以让你下地狱。佛说，宇宙有三千大千世界，应该也包括网络虚拟世界。

搜索结果出来，第一条便是市政府副市长尉兰芳视察甘泉寺建设工地的新闻。新闻稿说，尉副市长对甘泉寺的建设速度与质量十分满意，她指出，这座千年古寺的重建，会给 H 城进一步增加文化含量，给游客提供一个一流的旅游景点。新闻稿后面还配发了照片，照片的文字说明为“尉兰芳副市长在听取金钟寺监院兼甘泉寺监院礼梵法师关于甘泉寺建设情况的汇报”。这张照片拍得很好，虽然面前站立的是一位地位与气质都很高贵的女市长，但他的神态不卑不亢，手指建设中的大雄宝殿侃侃而谈。

看过这条新闻，礼梵立即给慈意打电话，让他将这新闻稿在金钟寺网站上转发。而后，他用手指操纵着鼠标的滑轮，让网页上上下下地滚动着，惬意地想，这条新闻太重要了。去年，市里决定重建三百年前在战火中毁掉的甘泉寺，宗教局任命他兼任该寺监院，本市佛教界内外有些人不服气，说，难道别人就不会建庙，非要让一个人在两家寺院当家？可是宗教局马局长力排众议，坚持让礼梵干，说他在大学进修过土木专业，有国家二级建造师资格。的确，礼梵在担任金钟寺监院之后，为了搞好寺院建设，曾到 H 城一所大学进修了一年，系统地学习了土木专业课程。他上任之后，发誓要干出个样子给大家瞧瞧，从设计到施工，都煞费苦心一丝不苟。他请来了工程监理师还不放心，对每一个局部、每一个细节都亲自检查，光是一个大雄宝殿，就检查了不下十遍。礼梵想，今天尉市长去视察，充分肯定了我的工作，说礼梵法师了不起，堪称佛门栋梁。尉市长这样表扬我，那些嫉妒我、非议我的人，应该闭嘴了吧。

礼梵再去看下一条搜索结果，见题目是“金钟寺当家打人成性，简直是阿修罗附身！”不禁暗暗吃惊，急忙点开。

原来，这是下午 3 点 16 分发在“H 城论坛”上的帖子，发帖者署名“除魔金刚”：

今天午后，金钟寺发生了一件骇人听闻的暴力事件——年轻僧人昌莲正在值殿，该寺监院礼梵开车回来，带着满身酒气，蹿至大殿，因一点小事将昌莲痛殴一顿。殴打之后，强行令其迁单（开除），昌莲只好带着满腔悲愤，离开了这个他住了五年、为其付出了无数心血与汗水的寺院。

礼梵打人这不是第一次。他的暴戾，在佛教界是出了名的。除了方丈老和尚，他对全寺僧人几乎是说骂就骂，说打就打。举一个例子来说，有一位师父是金钟寺常住，出家已经近二十年了，可是礼梵看他不顺眼，多次找岔打他，有一次当众将他打得鼻血直流。我怀疑，那位师父是掌握了礼梵不可告人的一些事情，譬如说，他兼任甘泉寺监院，在工程中收受贿赂的问题，他才恼羞成怒的。

总之，像礼梵这样的人，不配作佛门弟子，更不配在寺院当家。他是阿修罗附身，是一条披着袈裟的恶狼！

看罢这个帖子，礼梵直气得眼前发黑，抓起桌上的一个瓷质笔筒，“啪”地一下在地上摔碎。他站起身，在地上一边转圈儿一边想：昌莲这个狗东西，他自己犯了错误，反诬我随便打人，并且说我收受贿赂，坏我声名，真是该杀！他这会儿在哪里？我要是抓住他，不把他的皮给剥掉才怪！

他再看看网上，这条帖子发了多处。除了“H 城论坛”，还有“天涯”等知名网站。

他往沙发上颓然一坐，拿手掌狠狠拍着自己的脑门，深深地悔恨起来。唉，昌莲说我是阿修罗附身，并不是妄语。这是我的习气，藏身佛门十七年了还没有去除。也许是身负命案，我性情暴躁，动辄发火。昌莲在帖子上说我打人成性，虽然有点夸张，但我确实打过几次。每次打过人我都自责，都向佛忏悔，但事后还是管不住自己。就拿今天的事情来说，昌莲不让那个女人给佛灯加油，我让他改正就行了，何必要打他呢？打他已经做得过头，可我还要让他迁单。你看，他前脚走出庙门，后脚就去网吧发贴。唉，这就是因果，我自作自受。

这个帖子引起的后果肯定严重，不能让它继续挂在网上。他摸起手机，打电话给市委的一位熟人，说了这个情况，让他关照一下。那位官员说："好的，我马上安排网管办给你处理一下。不过，有的网站我们无能为力，请你谅解。"

此后，礼梵无心再去写字，只是坐着发呆。过了一会儿，他去电脑上刷新一下"H 城论坛"。发现那条帖子果然没了，但在别的网站，帖子的浏览量已经很高，并且有许多人跟帖评论。那些评论，多是同情"降魔金刚"，谴责礼梵，有人还使用了污秽下流的语言。他实在没有勇气再看下去，索性关掉电脑，去画案前挥毫泼墨，写起了狂草：

拖死尸的是谁
拖死尸的是谁
拖死尸的是谁
拖死尸的是谁
……

"拖死尸的是谁"，是礼梵坐禅时经常参究的一个话头。当年他的剃度师父教他参禅，说参禅要从参话头开始，而话头有"念佛是谁""拖死尸的是谁""何为祖师西来意""狗子有无佛性"等等，让他自己选择。礼梵想了想说：我就参那个"拖死尸的是谁"，师父合掌道："善哉，善哉。"从此，他就把这个话头揣在心间，时时琢磨。

礼梵无数次地想，这个话头，祖师似乎是专门为我创建的。因为我早该死掉，现在只是逃进佛门苟延残喘。我是一具行尸走肉，拖着这具死尸行走坐卧的，是我那罪业累累的阿赖耶识。我怎样才能去除污染，让我的这颗阿赖耶识种子回归清净，避免在轮回的苦海中头出头没，生死疲劳？

礼梵一边写一边参究，写了一张又一张。写着写着，他心中的杀心与戾气渐渐平息，笔下的字也变了模样：先是狂草，继而行书，再是行楷，最后竟然是标准的正楷了。

这时，他新铺一张宣纸，一笔一画、完完整整地写出了《心经》。

写罢，他将最后几句念了出来："竭帝，竭帝，波罗竭帝，波罗僧竭帝，菩提萨婆诃！"

他知道，佛祖在这里说：去吧，去吧！彼岸是归宿，快到彼岸去呵！

那么，我的彼岸在哪里呢？礼梵开始拷问自己。

在家乡，在家乡的看守所里，他给了自己这样一个答案。

这个答案，他其实早就明白。十七年来，他有过无数次这样的念头，但每次都没有勇气付诸行动。现在，不能再犹豫啦。

他决定，明天回到家乡，出席过大佛开光典礼之后，随即去公安局自首。

做出这个决定之后，他坐回电脑前，给方丈写了一封长信。信中坦白了自己原来的身份，发露了杀人的罪恶，表明了自首领刑的决心。信中，还对本寺管理及甘泉寺建设事务做了交代。

写罢，他将这封信置于电脑桌面，以便让人很快发现。

而后，他打开抽屉，将几张银行卡拿到手中。这卡上的钱，有的是他从寺里每月领取的单金，有的是俗家弟子给他的供养，更多的则是建筑承包商送他的红包。他明白，这些钱自己不能要，应该放到公家账上的。可是他又想，还是留在手上以备不时之需为好。譬如说，万一自己在佛门混不下去，可以远走高飞，到一个地方再次隐姓埋名，做别的营生去，所以就一直没有交公。

唉，现在看来，这些想法是多么荒唐可笑。我已经在佛门做了多年的行尸走肉，难道还要去别的地方再做不成？那样的话，自己的罪业就更加深重，会堕入恶道万劫不复。

钱就放在这里，让老和尚处理吧。

他将银行卡装进一个信封，在信封上写了密码，放进抽屉，却不上锁。

做完这些事情，他如释重负，身心轻安，去里屋床上睡下了。

次日凌晨，他去参加早课，虔诚拜佛，由衷忏悔。之后开车出寺，去了城南的高速公路入口。

中午，他在赣北下了高速公路。他没去路边的奉仁县城向活动主办方报到，而是去了自己的家乡。

走了三十来公里，麻石镇到了。他将车子停在大街旁，举目四顾。虽然这个镇子繁华了许多，当年他和结拜兄弟经常出没的录像馆、台球室已经不见，代之而起的是网吧、歌厅之类，但他还是让自己穿越了十七年的时光，往事历历在目。

滚滚长江东逝水，浪花淘尽英雄……那年，电视剧《三国演义》首播，他和几个小兄弟哼唱着那支主题歌，到镇外的山上杀了一只公鸡，喝下血酒结拜为兄弟。电视上是三结义，他们是四结义，因为铁哥们恰巧四个。他脑瓜儿好使，自比诸葛，另外三个便是刘关张了。四兄弟整天在镇子上集结游荡，想打出自己的天下来，不料派出所的那些家伙却坏他们的好事，几次把他们叫去训话。这天，诸葛亮讲，麻石太小，实在不值得咱哥们腥手，还是到海南去吧。刘关张立即同意。张飞提议，为了让兄弟们一去不回头，应该搞出点事情再走。大家觉得这个主意不错，商定去找麻石镇最有钱的老板刘大头搞点建国经费。于是在一个月黑风高之夜，他们敲开刘大头的家门，挥刀而入，将一家三口砍倒，搜寻到五千元现金逃之夭夭。就在他们蹿到九江要上火车的时候，一群便衣警察突然直扑过来。诸葛亮见状，拼命逃窜，跑到旁边一条窄巷才得以脱身……

礼梵伏在方向盘上想，十七年前刘关张就已伏法，现在不知他们转生何处，成为哪一种畜生。如果是猪的话，那一定是被人宰杀过若干次了。就剩下我一个，拖着一具死尸，一天天苟活。

够了，够了，不能再拖下去了。善有善报，恶有恶报，那笔账总有一天要算的。

他下了车子，去成衣铺里买来一身俗装，放到了车上。他想，明天去自首，我可不能身穿僧衣，那样更是给佛头著粪了。

出了麻石镇，再走四公里，就看见了他家所在的村庄。村边有一条小河，河边有一些正在玩耍的孩子。恍惚间，他觉得自己还在那里玩着，摸鱼捉虾，不亦乐乎。突然，村边传来母亲的喊声："伢子，吃饭喽！"他便带着满身泥浆，颠儿颠儿跑到母亲身边……

礼梵泪眼模糊，停车眺望着自家的院落。他发现，老屋失修，已经破败不堪，而院中的那株高高的红豆杉，不知为何已经不见。他想回家看看父母是否健在，看自己住过多年的东厢房现在是什么样子，但是踌躇了好一会儿，最终又把念头打消：一具行尸走肉，让父母见又怎样，不见又怎样？

半个小时后，他以H城金钟寺监院的身份到县城一家酒店报到，用他五年前花钱打通关系在河南办的身份证登记入住，成为青云寺大佛开光典礼的嘉宾。

依照过午不食的习惯，礼梵没有出席晚宴，一个人在房间里看电视。他见本县电视台播报新闻，说该县公安干警正按照公安部的部署日夜奋战，开展“清网行动”，取得了辉煌战果。他心里说，明天，你们的战果会进一步扩大。

第二天上午，离县城十多公里的青云寺张灯张彩，人山人海。九点十八分，开光典礼隆重举行，有关领导和来自全国各地的高僧大德登上主席台，在主持人的介绍下一一亮相。介绍到礼梵法师，他趋前一步，合十颔首，全场掌声雷动。

典礼如法如仪进行。最后，礼炮轰响，彩纸屑纷飞，在山体上凿出的一尊大佛随着橙黄色遮布的滑落显露出庄严法相。礼梵与广大信众一起跪拜，高诵佛号。

仪式结束，众人下山，礼梵还是开着自己的那辆奥迪A6。来到山外的岔路口，他停下车子，想换上俗装，登上他的“彼岸”。然而他将那身俗装看了片刻，却往后座上一扔，驱车直奔高速公路入口。

上了高速公路，礼梵发疯一般，将车开到了二百迈以上。他心里说，撞死吧，撞死吧，让自己撞烂了也比吃枪子儿好。当然，他知道不能与别人的车相撞，要撞只能撞路边的防护栏。可是，每一次眼看着要撞上了，他却又扭动方向盘化险为夷。结果，一直到了H 城出口，他和车子还是完好无损。

出了收费站，将车停在路边，他抡起双拳狠狠敲打了一通自己的光头，而后趴到方向盘上泪如雨下。

放在副驾驶座上的手机响了。他擦擦泪水，拿过来接听，原来是慈意打来的，说后天有一个马来西亚的佛教参访团要来金钟寺，问他能不能赶回来接待。礼梵说："没问题，我已经回来了。"

放下手机，礼梵的眼前便晃动着一座塔影。那是槟城极乐寺里那座中、泰、缅三国型式相结合的大佛塔。去年，他随本省法务团出访马来西亚，看了一路南洋风光，听了满耳异国梵呗，让人怀念至今。这一次该国的佛教同行来了，金钟寺应该好好接待，让他们见识一下这座千年古刹，聆听一回"西山晚钟"。

回到金钟寺，一下车子便有僧人叫着"当家师"向他合掌致礼，让他又恢复了身为名寺监院的良好感觉。他去客堂和慈意制订了一套完整的接待方案，而后回到寮房，泡上一杯茶，准备亲自撰写会见仪式上的欢迎词。

开启电脑，他看到了桌面上自己写给方丈的那封信。他急忙抖着手，将鼠标移到那里，将它做了删除。

他想起昌莲发的帖子，硬着头皮上网察看，发现那个帖子已经被转发得铺天盖地，有上万条之多了。他没有勇气去看跟帖评论，也没有心情再写欢迎词，只好再去画案上泼墨狂书"拖死尸的是谁"。写了半天，宣纸用了七八张，却无法让心情平静。见纸上每个字都张牙舞爪，暴戾狂烈，他将笔一扔，往沙发上一躺，跟死尸相差无几了。

一夜无眠。次日凌晨去上早课，他脑袋发木，念《楞严咒》时几次忘词。多亏是和大众齐念，才没被发觉，避免了尴尬。

过罢早堂，那位佛像雕刻厂老板打来电话，问他今天可不可以见见面，礼梵说，可以，午后吧。老板说，太好了，我午后两点在西山脚下的“闻钟茶楼”恭候法师。

礼梵去后，见那位关老板胖得像弥勒佛一样，满脸堆笑。喝了几口茶，寒暄几句，关老板笑嘻嘻地从提包里拿出了一个紫檀木盒，说是佛像“小样”。盒子打开，一尊黄澄澄的坐佛现出，让礼梵立即心生欢喜。他伸手拿起，托在掌上掂量一下，便知是纯金材料，分量估计有三百来克。

他将金佛放回桌面，端起茶碗只管喝茶，并不说话。

老板看着他，笑嘻嘻地说道：“大师，你一时不能拍板决定，不要紧的。你把小样拿回去，仔细看看再说。”

礼梵点了点头：“也好。”

老板就将“小样”放回盒子，交到了礼梵手中。礼梵接过，起身告辞。

出门时，他回头看了一眼，发现关老板面带凶相，正将手中提包的一侧对准了他。他的心忽悠一沉，走回来说：“关总，我借你的包用一下好吧?”关总下意识地将包往身后藏去：“对不起，这包我还得用。”礼梵将手中的盒子往桌上一放，响亮地说：“你这是什么小样？别给我来这一套!”说罢扬长而去。

回到车上，礼梵心中生出无限的悔恨。他恨关总，更恨自己，索性打开音响，闭上眼睛听起了齐豫唱的《忏悔文》。他平时特别爱听齐豫的佛歌，为她在歌声中表达出的虔诚与正信而感动，同时也痛恨自己贪图名闻利养，拖着一具罪恶的臭皮囊得过且过。

佛歌听了一首又一首，一直听到太阳西斜，山影盖住了车身。他知道，该回去上晚课了，于是发动车子，回到了寺中。

到寮房稍事休息，前院的大钟响了起来。小沙弥前来迎请，他穿好袈裟随他而去。

行至大殿东头，忽见两位警察匆匆走来。礼梵心脏急跳，驻足僵立。

警察走到礼梵面前，其中一位高个子掏出证件让他看看，说："法师，你出家之前叫余连根吗？"

礼梵面无表情，说："是。"

警察问："你参与了一桩杀人案吧？"

礼梵点点头："是。"

警察笑道："嗯，挺配合的，跟我们走吧。"说罢拿出了手铐。

礼梵急忙将手向身后藏去："警官，我向你们提个要求。"

警察问："什么要求？"

礼梵向钟楼一指："我刚来这里的时候，当过钟头和尚。你们能不能……让我再撞一回钟？"

两位警察看看钟楼，又对视一眼，同时向他点头。

于是，礼梵就在警察的左右监护下，走了过去。

大殿前聚集了等着上晚课的僧俗二众，此时都将惊讶的目光投向了他们。

钟头僧正一边撞钟一边吟唱，礼梵走到他的身边说："昌仪，让给我吧。"

昌仪看看他，再看看警察，吃惊地退到一边。

礼梵扶住木杵，看一下那口大钟，当年那位无名僧人跳入铜汁池的身影在他眼前恍然闪现。他吁出一口长气，带着满脸的决绝吟唱起来：“离地狱，出火坑……”

唱罢这两句，他突然放开木杵，退回几步，将头一低，猛地撞向了大钟。

两个警察一齐扑向他，将他牢牢擒住。

礼梵在警察的挟持下一边急喘，一边向昌仪苦笑：“还是你来吧。”

昌仪便走上前去，继续履行职责，边撞边唱：“愿成佛，度众生……”

西山脚下，一群游客正在聆听“西山晚钟”。听见中间出现了停顿，有人问是怎么回事，年轻女导游飞快地眨着眼睛，优雅地挥动着小旗说：“那是钟头和尚故意的，中间空出了几响？四响吧？那是告诉我们四、大、皆、空！”

“哦……”游客们恍然大悟，仰望着半山腰的金钟寺双手合十，毕恭毕敬。

（本文获公安部第十二届金盾文学奖）

# 摇滚七夕

疯了，全都疯了。梁锟看着狂欢的人群在心里说。

台上的歌手在疯喊，台下的歌迷在疯跳。这是一个气场，这是一个气旋。谁说台风“梅花”还在东海？它已经来到了黄海之滨的日照市，来到了奥林匹克水上公园的太阳广场！

rua——rua——用钢铁构件背水而建的“唐舞台”上，一个染了红头发的歌手光着上身，正一下下用话筒的尖尾戳向自己的裆部，整个身体随之一下下猛烈蜷曲。由于超常用力，他的腹背凸起大片的肌肉疙瘩。他的歌唱没有词儿，只有“rua”这一个音节。他的声音，像是从他用花裤子包紧的裆部迸发出来，经历了大肠小肠十二指肠以及食道和气管的挤压，又经过不知谁用石块砌在他喉咙里的狭窄通道的磨砺，粗糙不堪，类似兽吼。加上架子鼓的重重敲击，舞台两边像黑房子一样大小的音箱助纣为虐，梁锟耳膜的承受力到了极限，仿佛再增加一个分贝就会訇然洞穿。他多亏临来之前恶补了一下摇滚乐知识，知道这是“死亡金属”流派的主要唱法“黑嗓”，不然会被彻底吓傻。

人群的上方，是密匝匝的一片“死亡之角”。乐迷们捏住拇指、中指、无名指，只伸出食指和尾指，随着音乐节奏猛烈耸动。这个手势也可以视为猫头，据说是为了纪念摇滚巨星猫王。但不管怎样，人类与生俱来的死亡冲动与生命激情通过这个手势和“黑嗓”唱法挥洒得淋漓尽致。

梁锟想：向死而生，向死而乐，这大概是摇滚乐让某些人疯狂的深层原因。

乐迷们一边耸动手上的猫头，一边摇晃自己的人头。在这两层头的上方，还有许多旗子在大幅度挥舞，分别显示着“日照骨头”“日照暴动”“蘑菇”“红领巾”等字样。其中“日照骨头”是一面白旗，上面似乎印着杰克逊的画像，但仔细看看，却是一个头骨。场外，不知是谁还放起了焰火，一声声爆炸，一阵阵硝烟，让唐舞台像当年“安史之乱”中的某个场景了。

梁锟的乡党桑彤彤早已被这如火如荼的气氛彻底点燃，她举起一只猫头，挤在人群里高声呐喊剧烈跳动，大红圆领衫里的双乳，像被摇滚乐手安上了遥控装置的两只魔球，一上一下跳个不止。梁锟想，我和她认识之后，在长达一年的时间里从没见过她如此疯狂。当然，身为小学教师，是要讲点儿师道尊严的，再说，那个位于关中平原最西部的小县城也不是可以疯狂撒野的地方。梁锟在 QQ 上和桑彤彤聊天时，桑彤彤就多次抱怨生在这个内地小县城太郁闷、太憋屈。在梁锟看来，大学毕业后能考上小学教师，而且被分到县城重点小学，每月领一千六百元的工资，对于一个农家子弟来说也够幸福的了。可是桑彤彤却不这么想，她说，父母都是孩子王，我再当孩子王，天天教小屁孩唱《小燕子穿花衣》之类，这样的人生实在让人无语。

这个暑假，桑彤彤果然“无语”。放假后梁锟一直在乡下帮父母干活，把那些尼古丁达到最佳含量的烟叶掰下卖钱。他白天钻烟地，晚上必定用手机到育才小学教师 QQ 群里逛一逛，想看看同事尤其是桑彤彤在干什么。那些同事，有的在家闲着，有的出门旅游，有的学开车，有的做生意，桑彤彤却一直没有露面。平时，桑彤彤在 QQ 群里是十分活跃的，不是推荐她喜欢的流行歌曲，就是发表对校方、对社会的不满言论。而这个暑假，她竟然销声匿迹了。桑彤彤有博客，梁锟经常去看，发现最后一篇博文还是放假前贴出的。桑彤彤也开了微博，梁锟当然是她的粉丝，但假日里没见她发过一条。他曾给桑彤彤发短信，问她在忙什么，她只回了两个字：喘气。梁锟忍着笑问：喘气还成了活儿啦？桑彤彤回复：对，TMD 简直要憋死了！



前天晚上，他突然发现桑彤彤在 QQ 群发了一条贴子：

2011 海洋迷笛音乐节今日开幕，崔健与歌迷唱响山东日照！

偶稀饭老崔，偶稀饭摇滚！谁与偶一起去日照请报名，偶马上去买明天的火车票！

你问我要去向何方，我指着大海的方向！

梁锟看见，有的同事跟帖说，老崔在音乐节上就露一次面，现在早已离开日照了。桑彤彤说，他走了，还有几十支国内外的乐队先后登台呢。有同事说，离日照那么远，赶不上了。桑彤彤说，明天下午坐火车出发，能赶上最后两场。还有同事说，台风“梅花”正沿着我国东部沿海一路北上，日照也会遭遇台风吧。桑彤彤说，去感受一下台风，也是今生有幸呵。我以为，人的生命中不能没有一场台风!

梁锟马上跟帖，说他要去。见梁锟响应，桑彤彤立即发给他一个红唇。虽然这个吻是虚拟的，但梁锟还是激动不已。不过，随即有三个同事也要去，也一一得到了红唇。

其实，梁锟并不喜欢老崔，也不喜欢摇滚，他只喜欢想去看老崔和摇滚的桑彤彤。自从参加育才小学的招聘考试，他认识了在宝鸡师范学院音乐系毕业的这个小乡党，从此每一夜的睡梦中都闪动着她那双美丽的猫眼。一年来，他向桑彤彤频频示爱，发短信，发邮件，在 QQ 群里向她献殷勤，甚至直接打电话约她吃饭，可是桑彤彤对他不理不睬。梁锟追不到桑彤彤，却也没听说别人得逞的消息，便拜托同事马燕燕了解桑彤彤的真实想法。马燕燕告诉他，不用了解，我早知道彤彤不甘心在这地方过一辈子。梁锟想，还有什么不甘心的呢？现在大学生就业难于上青天，能考上教师，有个固定工作，就是今生最大的造化。梁锟也曾想过，道不同不相为谋，我干脆放弃桑彤彤另找别人吧，可是他一见桑彤彤那双圆圆的猫眼，心里就忽忽悠悠激动不已，就继续追了下去。他知道，如果这次不陪她去日照，肯定会前功尽弃。

然而，他在家里讲了自己的决定，父母却大摇其头。母亲说："俄的娃呀，人家桑彤彤是城里人，瞧不上咱的，俄看你就死了心吧。"梁锟说："这次如果追不到，去看看大海也好。"父亲说："那个大海有什么好看的，俄没看过大海，照样娶了你娘，生了你和你姐两个娃。"梁锟气结，不再跟他们讲话，第二天一早就回到了县城。他发短信问桑彤彤到哪里集合，桑彤彤告诉他下午三点在宝鸡火车站候车厅门口。他坐长途汽车早早去了，却只等到了桑彤彤一个人。他问别人怎么没来。桑彤彤的猫眼里闪动着蔑视的光芒：

“哼，一个个都是抱窝鸡，昨晚在QQ群里叫唤几声去，去，今天一早都变卦啦。”梁锟心脏狂跳着问：“你是说，就剩下咱们两个？”桑彤彤说：“你要是后悔，现在也可以撒丫子回家。”梁锟说：“让我也当抱窝鸡呀？要抱窝也得到海边去！”桑彤彤将两只猫眼异常明亮地眨了几眨：“好呵，走吧！”在跟着桑彤彤进站的那一刻，梁锟全身酥软，腿都抖得走不成直线了。他心里说：天助我也，天助我也。要知道，明天是七夕，中国的情人节呵！

红毛歌手唱完一段，恢复人声，大喘着向下面吼道：“死亡之墙！快筑起你们的死亡之墙——”

梁锟借助舞台右侧的大屏幕看见，那位歌手的鼻翼上有一枚金光闪闪的鼻钉。

人群立即骚动起来，并急剧向外膨胀，梁锟连忙拉住桑彤彤的手以防挤散。转眼间，几千位乐迷勾肩搭背，成为一道道人墙。桑彤彤左手搭在一位男孩肩上，右手搭在梁锟肩上。不过，梁锟之外再无他人靠近，他只能是人墙的最后一块砖石了。

乐迷们将腰深深弯下去，将脑袋深深低下去，向着舞台，向着舞台后的大片海水，有节奏地甩动起来。那些长长短短、颜色各异的头发，甩出了一片恍惚一片怪异。几十道人墙，仿佛是台风从大海中吹出的一道道狂涛。

红毛歌手高喊：“台风来了！死亡来了！台风，台风！死亡，死亡！”接着再用“黑嗓”嚎叫，“rua——rua——”

梁锟却无法让自己像桑彤彤和其他乐迷那样投入那样疯狂。他将脑袋甩过十来下之后，觉得自己的行为滑稽而荒谬，就停了下来，扭过头冷眼旁观。他见桑彤彤得意忘形，将一头褐色碎发甩得像扫地机上的圆形扫帚，便忍俊不禁。桑彤彤察觉出了梁锟肩背的笑颤，将他一推："笑什么笑，滚一边去！"

于是，梁锟就脱离"死亡之墙"，去一边站着作壁上观了。他发现，在场地四周做壁上观的有上千人，以中老年人居多。梁锟想，看来，我已经老了，融不进眼前这个年轻群体了。不过他又想到，自己无法放开，其实是父母教训的结果。他小时候，如果遇上让人高兴的事情忘乎所以，父母马上会板起脸呵斥："欢什么欢？狗欢没好天！久而久之，他就时刻忘不了把尾巴夹紧，整天提醒自己要老老实实做人……"

红毛歌手终于吼完，指着下面大叫："你们牛逼！"

乐迷们受到表扬，将"死亡之墙"拆散，一边重新集结一边狂喊："牛逼！牛逼！"

歌手去台侧摸出一瓶啤酒，仰着脸一气灌到肚里，将酒瓶向台侧的水中一抛，回头说："今天是他妈的七夕，这会儿牛郎哥正和织女妹妹在天上发骚干好事呢！向他们学习！向他们致敬！我要沐浴着他们二位漫天抛洒的精液和爱液，献给现场所有的姑娘们一支情歌！"

台下欢呼雀跃。有人向空中挥洒饮料，还将饮料瓶高高抛起，引发了一阵阵骚动与尖叫。

音乐再度响起，台上的几位乐手一边奏乐一边大幅度甩头，架子鼓手发疯地敲打着面前的众多响器。红发歌手在舞台上蹦达一圈，再度开唱。他还是用"黑嗓"，歌词一句也听不清，但他通过吼唱发散出的荷尔蒙气息却弥漫了全场。

梁锟站在那里呆若木鸡。他万万想不到，牛郎织女这个千古流传的动人故事，七夕这个浪漫至极的主题，竟然被摇滚歌手这样演绎。昨天，毕业于中文专业的他在火车上预谋了一夜，准备以七夕做文章来打动桑彤彤的芳心，今天一早躺在上铺念起了秦观的《鹊桥仙》：“纤云弄巧，飞星传恨，银汉迢迢暗度。金风玉露一相逢，便胜却人间无数……”躺在中铺的桑彤彤显然是懂了，开口唱起邓丽君的《七夕》：“问织女怎会热爱牛郎，泪隔几光年，悠长似饿狼……”听着桑彤彤的歌声，梁锟大着胆子，向下铺伸出了一只手。桑彤彤握住他的手继续唱：“这七巧佳节，渡鹊桥一趟，天规那管免，还是慌……”梁锟紧紧握住桑彤彤的手，趴在铺上泪水直流。下了火车转坐汽车，刚刚上路，桑彤彤就眨动着她的猫眼对梁锟说：“谢谢你能陪我到海边听摇滚，过七夕。”说罢，将脑袋靠上了他的肩头。在桑彤彤的枕骨触及梁锟左肩锁骨的一刹那，梁锟觉得台风“梅花”整个地转移到了他的胸腔：香风狂飙，电闪雷鸣，成就感急剧膨胀，幸福感快速飞旋……



梁锟现在想，海洋迷笛音乐节就是为我和桑彤彤搭建的鹊桥，太阳广场南侧的帐篷就是我俩欢聚的天堂。到达日照之后，他本来想找一家旅馆的，出租车司机却告诉他，太阳广场有帐篷出租。桑彤彤说，好，咱们就住帐篷，住帐篷多浪漫呀。来到这里果然发现，在茵绿如毯的草坪上有几百顶花花绿绿的帐篷，出租帐篷的大叔说，每顶每天五十元。梁锟看一眼桑彤彤，壮了壮胆子，只掏出五十元给人家，桑彤彤却没有任何反对的表示。梁锟心花怒放，一进那顶蓝色帐篷就把桑彤彤搂在了怀里。桑彤彤响应了他，倒在地铺上与他拥抱，热吻，而后与梁锟并排躺着，唱起了崔健的那首《花房姑娘》：“我独自走过你身旁，并没有话要对你讲。我不敢抬头看着你的，噢……脸庞……你问我要去向何方，我指着大海的方向……”梁锟不会唱这支歌，只是躺在那里一边聆听，一边偷看桑彤彤的两座乳峰伴随着她的歌声起起伏伏。等到桑彤彤唱完，梁锟说：“彤彤，你就是……你就是我的花房姑娘。”桑彤彤侧过身来将梁锟搂住，说：“这话我爱听。”梁锟热血沸腾，正要跃到桑彤彤身上趁热打铁，却有响亮的打击乐突然传来。桑彤彤将他一推：“时间到了，听摇滚去。梁锟只好悻悻起身，陪她走出帐篷。”

……红毛歌手献给姑娘们的歌还在唱着，乐迷们不知被谁带领，突然分成左右两群，相互冲撞起来。一下，再一下，或用肩膀，或用屁股。每撞一下，都伴随着男孩女孩们的尖叫。梁锟想，这样的冲撞很危险，会伤人的，急忙去看桑彤彤在不在其中。可是，桑彤彤已经找不到了。他想起，在“死亡之墙”解散的时候他就看不到桑彤彤了。他大声喊：“彤彤！彤彤！”可是他的声音湮没在海啸一样的狂欢声中，不起任何作用。他正万分焦急，人群突然停止碰撞，都看着舞台上嗷嗷大叫。原来，一位西方男人赤裸裸地蹿到了台上，展示着全身的雪白和一处棕黄，向台下嚷嚷着什么。不过，有两位警察很快跳上台去，用一块布单把他的私处遮住，带他下去。

红毛歌手终于结束演唱，向全场做了几个飞吻之后，和他的乐手同伴走向后台。

香港的一支乐队登场了。主唱高鼻鼓额，画了浓妆，长发拖到腰间。梁锟以为那是个女的，却听到他用男声说话。他用粤语普通话讲，他之所以来日照，是因为一只熊。说着，他将手指向了舞台左侧。梁锟这才注意到，那里有一幅招贴画，上面一只黑熊戴一幅潜水镜，右爪做出“爱”的手势，正在蓝色的大海里畅游。长发歌手说，这届迷笛音乐节把主题定为“爱熊行动”，抵制活熊取胆及熊胆制品，我们一千个响应，一万个响应！我爱月亮熊！拯救月亮熊！他高举双臂喊过几声，然后将长发一甩，亮起了他那纯粹的男嗓。

他唱了三首退下，芬兰的、台湾的、大陆的相继登场。

等到大陆的唐朝乐队上来，歌迷们齐声呐喊：梦回唐朝！梦回唐朝！

又瘦又高的主唱果然唱起了他们原创的那首著名歌曲：

菊花古剑和酒被咖啡泡入喧嚣的亭院
异族在日坛膜拜古人的月亮开元盛事令人神往
风吹不散长恨
花染不透乡仇
雪映不出山河
月圆不了古梦
沿着掌纹烙着宿命今宵梦醒无梦
沿着宿命走入迷思梦里回到唐朝
……

梁锟让这首歌深深感动。他想，有文化内涵，有历史厚度，有生命激情，这才是真正的中国摇滚。

受感动的不只是他，是全场所有的乐迷。他们跟着歌手一起高歌，一起吼叫，许多人还打出了“我爱你”的手势。

梁锟发现，人群中有两块纸牌高高举起，上面分别写着一个手机号码，举牌的都是女孩。他忽然明白，这就是摇滚音乐会上常见的“果儿”——乐意为摇滚歌手献身的女粉丝。他在网上资料中看过，没承想能在这里亲眼见到。

歌手唱完一曲，嘶哑着喉咙指着举牌女孩说：“号码记下啦，统统记下啦！我爱你们!”说罢向她们连打飞吻。全场又是一阵尖叫。

梁锟想，今夜，歌手与“果儿”会度过一个怎样迷狂的七夕呵。

正这么想着，那位主唱突然跳下舞台，跨上横在乐迷前面的铁制围栏，把话筒塞进嘴里，背对着人海四肢大开仰面倒下。梁锟知道，这叫“跳水”。果然，一大片乐迷的手组成水花接住了他，并把他向别处传递。台上，几位乐手疯狂奏乐，下面，男女乐迷与歌手疯狂地“零接触”。梁锟看见，有一些女乐迷等到歌手到了头顶，热烈地跳着高去亲吻他的身体。

歌手在乐迷手上转了一圈，主动落地，跑回台上，拔下嘴上的话筒继续演唱。下面的围栏上，则有一个又一个的男女歌迷学他玩起了“跳水”。梁锟担心，如果有人仰倒，下面没人去接，岂不是很危险。但他看到的是，每当一个跳下，都会自然而然地漂浮在人海之上，尽管人海一直在喧嚣，在沸腾。

有一个女孩在围栏上高高站起。梁锟惊讶地发现，那人竟然是桑彤彤。俄的神呀，这个小乡党真够野的！心里刚闪过几个惊叹号，桑彤彤就像惊叹号一样飘浮在人海之上了。梁锟怕她吃亏，踮起脚来一直瞅着她，眼见她飘到了人海中间，又打了一个旋儿去了右侧。梁锟急忙跑过去，在人丛中挤来挤去，终于找到刚刚落地的桑彤彤，拉着她的手腕走到了人群外面。

他问：“怎么样，伤着了没有？”

桑彤彤依然兴奋异常：“没有，真他妈的过瘾！”

梁锟看了看表说：“都九点多了，咱们还没吃晚饭呢，快到那边吃点吧。”

桑彤彤回头看着沸腾的人海，依依不舍。梁锟说：“吃了饭再来玩好不好?”桑彤彤这才跟着他往餐饮区走去。

走出一百来米，到了太阳广场的人工河畔，见一群年轻男女正扯着写有“日照骨头”的旗帜站在那里，前面有一个光头青年以唐舞台为背景，在接受电视记者的采访。

光头青年挥舞着拳头，向摄像机镜头大声道：“什么是日照骨头？日照，是我们生长的地方！骨头，就是坚硬的骄傲的年轻的心！我们热爱带着咸味的潮湿的空气！我们热爱每天涌起又退去的海水！我们热爱酒瓶碰响时敞开了嗓门的那一声‘哈!’……燃烧起来吧！我们的小宇宙！沸腾起来吧！我们的热血！你看，通红的血光映亮了我们僵硬麻木伪善的脸。我们相信还有能够依仗的信仰，让活的盎然的该死的傻逼消失！我们相信还有能够迸发的力量，让我们逆着时间的风暴所向披靡！我们更相信，我们身边有坚硬的我们，让我们立在尘世之巅坚定不移！我是骨头！我们是日照骨头!”

听到这里，桑彤彤向他一竖拇指：“牛逼!”

电视记者将镜头对准了她，她“咯咯”笑着跑走了。

二人来到餐饮区，见这里坐满了歌迷，大家吃烧烤，喝啤酒，闹闹嚷嚷。梁锟好不容易挤上去，买了两个盒饭和两瓶啤酒，找到空位坐下，却见桑彤彤站在那里揉着肩膀，嘴里“咝咝”地吸气。梁锟问她怎么了，她扯起圆领衫的短袖让他看，原来肩膀上出现了一块青紫。梁锟说：“人群冲撞得那么猛，我就担心你会受伤。你看，果然。”桑彤彤拍了拍左胯：“这儿还有呢。”梁锟说：“快让我看看。”桑彤彤娇嗔地瞪他一眼：“这儿能随便看吗?”梁锟遗憾地摇摇头：“唉，看你再敢疯，让人撞得骨折你就老实了。”桑彤彤顿着下巴说：“就疯，就疯，人生难得几回疯嘛!”

吃完盒饭，把两瓶啤酒也喝掉，梁锟建议回帐篷休息一会儿，桑彤彤却不答应。她说，这个音乐节有三个舞台，咱们只看了唐，还有宋和元没看呢。说罢向人打听另外两个舞台在哪里。问明白之后，拉上梁锟就走。

宋舞台在目标塔那边。梁锟在网上看到，太阳广场是日照奥林匹克水上公园的一部分，这个有9．2平方公里之阔的水上公园也是世界帆船比赛基地，许多全国和世界性的赛事都在此地举行。目标塔，是为在海上比赛的船员们提供方向座标的。2007年1月，一个叫翟墨的人从这里出发，用两年半的时间完成了自驾帆船环球航海一周的壮举，成为“单人无动力帆船环球航海中国第一人”。梁锟一边走一边向桑彤彤讲这件事，桑彤彤说：“可惜四年前我不知道，如果知道的话，我一定陪着翟墨去航海。”梁锟笑道：“有你陪同，翟墨肯定半途而废。”桑彤彤点点头，捂嘴而笑。

目标塔离唐舞台有几百米远，让蓝莹莹的饰灯勾画出船帆一样的轮廓。塔下，果然有一座舞台和大片歌迷。他俩走过去，见舞台上有一支女子乐队正在演出。桑彤彤兴奋地说：“我认出来了，这是中国著名的女子朋克乐队巫女，我在网上看过她们的视频！”梁锟看着舞台上五位女子的打扮并不太出位，演唱风格也不像“金属”之类那么闹腾，就说：“她们不像巫女呵，倒像几个淑女。”

一会儿，巫女结束演唱。一个大胡子男人带着几个乐手上台，全场人立即鼓掌欢呼。

大胡子走到麦克风前面，平平淡淡地说了几句开场白，就弹着吉它唱了起来：

我们今生有缘在路上
只要我们彼此永不忘

朋友啊让我们一起牢牢铭记呀
别在乎那一些忧和伤……

他一开口，桑彤彤就跟着唱。多数歌迷也唱，舞台下面和声一片。

梁锟却不会唱，他站在那里惭愧地想，我真是个乐盲呵。

唱罢一曲，大胡子又唱起了一首《幸福里》。梁锟听见他用歌声叙说：“有个楼盘叫幸福里，四万多一平米。我每天赚钱很努力，花钱也很小心，可是要住进这幸福里，需要三个多世纪，我买不起呀……”

听着他的歌唱，梁锟想起了他的房子问题。他工作的那个县城有个楼盘叫幸福花园，每平米只要四千，是北京幸福里的十分之一，可是他也买不起。光是首付的十万块钱，他就不知到哪里讨弄去。听着听着，梁锟心里酸楚难奈。

头两首歌，大胡子是坐着唱的，拨弄着怀里的吉它像在向朋友说着心里话，聊着家常。唱罢《幸福里》，大胡子站了起来。他把麦克风调高，默立片刻，而后说，我要把下面这支歌，献给 7 月 23 日在温州铁路上遇难的同胞，愿他们在天堂里安息！说罢，他高举右手向天上一指。

歌迷们齐刷刷举起右手，指着头上阴云笼罩的夜空。

梁锟想起那个两周前发生的大事故，心中疼痛，也高高地举起了手。

大胡子收回手，弹起了前奏。那种力度，差一点就要让琴弦断掉。当他嘶哑着嗓子唱出第一句时，所表达出的愤怒与悲怆立刻感染了全场，歌迷们无不动容，如林的手臂齐刷刷指向天空。

梁锟想，原来摇滚歌手并不只是玩世不恭、放浪形骸，他们也有人文关怀，也有社会责任感。他听着大胡子的歌声，仿佛觉得在乌云之上，那些遇难者的灵魂眷恋着亲人、惦记着未竟的事业或者学业，在俯瞰大地，长歌当哭……

他手指天空，泪流满面。旁边的桑彤彤也是如此。

大胡子唱到最后，简直是在咆哮在怒吼。把最后一句唱完，他将吉它高高举起，在舞台边沿“啪”地一声摔得粉碎，而后转身离场。

舞台下一片哭喊。有一些人则拥挤到台下，抢捡那些吉它碎片，警察急忙上前驱散了他们。

又一支来自德国的乐队登台演唱。日耳曼民族的面孔，爵士乐的风格，让现场的悲壮气氛有所缓解。

他们唱完之后，舞台后面的大屏幕上出现了蓝底白字：

摇滚七夕！

摇滚台风！

据气象部门预报，台风“梅花”明天傍晚到达日照，明天的演出提前在上午11点至下午3点举行，请广大观众届时入场，祝各位朋友七夕幸福！

晚安！

梁锟抓住桑彤彤的手用力一握，在她耳边说：“摇滚七夕。”

桑彤彤将他的手捏弄一下，向他暧昧地眨眨眼：“摇滚台风。”

二人手牵着手，随着大群乐迷向太阳公园的出口方向走去。

来到唐舞台，这边也是人去台空。梁锟说：“快十二点了，咱们回帐篷吧。”桑彤彤说：“好。”

往帐篷区走时，梁锟心跳气喘，脚步发飘，似乎自己已经被台风吹到高空，正走在连接成桥的无数喜鹊翅膀之上，成为真正的“鹊桥仙”了。

走了一段，却见一辆大卡车从另一条路上缓缓开出，且播放着震耳欲聋的摇滚乐。再往它后部看去，原来那是个小型舞台，上面站满了随着音乐扭动身体的年轻人。

桑彤彤问旁边一位乐迷，这辆车是干什么的，那人说，这是“元舞台”，也是一辆电音车，每天晚上在这里的演出结束后，都要开到万平口海边举行派对，让乐手和歌迷们通宵狂欢。

桑彤彤瞪大眼睛道：“是吗？我们也去！”梁锟说：“通宵狂欢太累了，咱们还是别去了。”桑彤彤却像没听到一样，扔下梁锟跑向了电音车。

梁锟看一眼离他不远的帐篷，很不情愿地随她而去。

到了那儿，车上的人纷纷伸手，将他俩拽了上去。随后还有好多乐迷跑来，但车上已经站满，无立足之地了。

电音车开出太阳广场，驶向海边。路上，梁锟看着这个城市的夜景，忍不住感叹：“俄的神呵，这么漂亮！”桑彤彤说：“就是漂亮呵，不然，联合国怎么会能给日照颁发人居奖？”她沉默片刻又说：“不走了，就留在这儿了。”梁锟说：“梁园虽好，不是久留之地。咱们还有工作呢。”桑彤彤皱起鼻子指着他说：“哼！真不愧是农民子弟！”

梁锟刚要辩解，旁边一个女孩指着前方嚷嚷：“看，潮汐塔！”他转脸一瞧，只见前面有一座横跨水上公园的弓形大桥，大桥的东南方有一个圆锥样的建筑，上面矗立着像玻璃柱子似的小塔，有蓝红两种灯光闪烁。女孩向她的男伴讲，这座塔的颜色，会随着海潮的起起落落而改变。今天是七夕，傍晚的时候落潮，现在是半夜，又到高潮了。

她那光着上身的男伴扬起双臂喊道：“我要高潮！给我高潮！”

一车人大笑不止。

电音车驶过一片树林，停在了海边。远处，大海黑森森一片，无边无际；近处，海浪带着啸声向岸边扑来，被路灯照出一片璀璨。

歌迷们随着电音车上摇滚乐的暴烈节奏，开始在沙滩上狂欢。有的乱扭乱跳，有的歇斯底里大喊，有的在沙滩上翻起了跟斗。有两个男的，紧紧抱在一起狂吻；那个讲解潮汐塔的女孩，被他的男伴搂在沙滩上滚来滚去。

桑彤彤扯着梁锟面对面跳起了迪斯科。梁锟跳得拘谨而笨拙，桑彤彤却舞姿奔放激情飞扬。她那小蛮腰，前后左右剧烈摆动，让梁锟看得眼神发直血脉贲张。他大声说：“回帐篷好不好？”桑彤彤摇头道：“不好！”听她这么说，梁锟只好咽一口唾沫，陪她继续跳了下去。

沙滩上的人越来越多，不知都是从哪里来的。大家又跳又叫，电音车前面一片喧嚣。

梁锟正和桑彤彤跳着，一个红头发男人跳到桑彤彤的身后，用屁股撞了她一下。桑彤彤回头一看，惊叫道：“啊？是你？”梁锟认出，那是今晚唐舞台上第一支乐队的主唱。

红毛歌手向桑彤彤单独眨一下右眼，扇动着戴了金质鼻钉的鼻翼，又用髋部去撞桑彤彤。桑彤彤不但不生气，还带着一脸兴奋与他对撞起来。

梁锟火冒三丈，拽着桑彤彤就走。到了人群外面，桑彤彤气恼地问："你干什么？你干什么？"梁锟说："咱们回去！"桑彤彤说："要回你自己回，我不！"她想挣脱梁锟的钳制，然而梁锟就是不放。桑彤彤恼了，质问梁锟："你干吗这样？我来这里一趟，就是要玩个痛快！"梁锟说："我不愿看见你和别人骚情。"桑彤彤说："这是什么话？我又不是你的婆姨，你有什么资格管我？"梁锟听她这么说，只好松开手，任她像滑溜溜的海鱼一样从人缝里钻了回去。

梁锟喘着粗气离开人群，坐到了沙滩上。他想，桑彤彤说得对，她不是我的婆姨，我没有资格管她，我只是随她来看迷笛音乐节的同事加乡党而已。

可是，既然这样，她为什么在路上要枕着我的肩膀，来日照之后又同意我只租一顶帐篷，而且还在帐篷里与我亲热了一番？

他忽然明白，桑彤彤这次来日照，其实就是要让她的生命中来上一场台风。而台风的形成需要热量和动能，她一开始也曾把我当作能源，可我这个天性保守的农民子弟满足不了她，她就遵循内心的呼唤，扑向了更加强悍的目标。

唉，摇滚呵，大海呵，台风呵，生命呵……梁锟坐在那儿一个劲地感叹。

坐了一会儿，他到底放心不下，就起身去人群外面站着，踮脚延颈去寻桑彤彤。可是，他用目光将现场几百个人扫描了一遍，却没发现有他的乡党。不只是找不到桑彤彤，就连那个红毛歌手也不见了。

梁锟心中发慌，绕着圈儿再找，但哪儿也没有他俩。

完了，桑彤彤让那红毛领走了。

梁锟离开人群，又到旁边的沙滩上去寻。沙滩上有人，多是成双成对。有坐着的，有躺着的。光线微弱，看不清楚，梁锟不好意思到跟前去辨认，只能大声喊叫："桑彤彤！桑彤彤！"然而，哪一对情侣也没做出反应，都在那里我行我素。

万平口海滩长达千米，梁锟从南端寻到北头，始终没见桑彤彤的影子。

他知道，桑彤彤今夜肯定是做了"果儿"。

这个果儿现在在哪里？红毛正在怎样品尝，怎样消受？

梁锟想到这里，心脏像要爆炸，全身像要着火，只好转身奔向了大海。他一溜烟跑到水边，仆倒在沙滩上，让浪涛呼啸着将他掩埋为他灭火……一波海浪退去了，他觉得胸腔内还是硝烟弥漫，就趴在那里等待着下一波的到来……

有人跑来将他拉起。他睁眼看看，原来是两个男孩，其中一个正是在太阳广场代表"日照骨头"接受采访的那个光头。另一个男孩烫着酒红色纹理发型，文质彬彬。

梁锟甩着下巴上的海水说："不好意思。我不是要自杀，只是遇上点事，心里难受。"

光头拍拍他的肩膀："哥们儿，咱们喝酒去。"

梁锟说一声"谢谢"，离开了水边。他把衣服脱下来拧干，只穿一条短裤，跟着他们走了。

走到路上，有一个戴眼镜的漂亮女孩迎上来看看梁锟，关切地问："没事吧？"

光头说："没事，这哥们真逗，他想到水里听听，梅花现在到了哪里。"

眼镜女孩瞪大眼睛看着梁锟："是吗？就像《让子弹飞》的开头，姜文听钢轨等火车那样？你能听得见台风不？"

梁锟非常感激光头为他撒的这个谎，尴尬地笑道："听得见听得见，梅花已经到了上海了。”

四个人来到不远处的一个小吃摊，光头要了几串烤海鲜和一箱啤酒。他拿出几瓶打开，分放在每个人面前，举起其中一瓶对梁锟说：“哈！”

梁锟这才明白，日照方言，是把“喝”叫作“哈”的。于是摸过一瓶和他“咣”地一碰，“咕咚、咕咚”喝下几口。

烫发头男孩问梁锟是从哪里来的，梁锟说，从陕西来的。光头说：“陕西好，陕西的黄土埋皇上。”梁锟说：“对，欢迎你们到陕西去看坟头。来，哈！”说罢，一仰脸干了半瓶。

他把酒瓶放下，问：“你们日照是不是经常刮台风呀？”

烫发头说：“很少，今年来了这么一次，让你给碰上了。”

那个女孩说：“其实，迷笛对于日照来说，也是一场台风。”

光头将她一搂：“小蘑菇说得深刻，迷笛就是一场台风。这个夏天真他妈的给力，这个城市突然间就变得活力四射、动感十足。”

梁锟从网上早已看到，从5月份开始，日照的每个周六晚上都有一场摇滚音乐，一直持续到9月初，称作“迷笛音乐季”。而四天的迷笛音乐节，则是音乐季的高潮部分。

梁锟问眼镜女孩：“美女为什么叫小蘑菇？”

烫发头男孩说：“她是日照大学生乐迷团‘蘑菇’的成员，叫康小丽，家是武汉。”说到这里，他凑近梁锟的耳朵悄悄说，“光哥这个夏天收获可大了，采了这么个小蘑菇，够鲜嫩的吧？小蘑菇放了假也不回家，一直在这里听摇滚。”

梁锟看着小蘑菇想：看看人家，同样经历台风，人家是得，我却是失。

他抓起酒瓶，向着他们三个大声道：“哈！”

这一下，他的酒瓶见了底儿。

喝到最后，梁锟身边有了四个空瓶。他再摸起一瓶，涨红着脸说："感谢日照朋友到水里捞我，感谢你们请我哈酒。现在，我要为你们朗诵一首古诗，以表达我的心声……哎，你们这里，过去有没有七夕乞巧的风俗呵?"

光头说："有呵，我小时候，每年到了今天晚上，都要跟着姐姐到眉豆架子下面，向织女娘娘祷告，让她赐给我们一些机巧……"

梁锟打断他的话："对，山东陕西都一样，我小的时候也这么干。你们听着呵，这是一首关于乞巧的诗——未会牵牛意如何，须邀织女弄金梭。年年乞与人间巧，不知人间巧已多。"

三个听众热烈鼓掌。梁锟却将手一挥："鼓什么掌呀？你们统统不明白！年年乞与人间巧，不知人间巧已多——什么意思？是说，人间的'巧'，他妈的太多太多了……可是，这些'巧'都在别人那里，我却是一个笨蛋，十足的笨蛋……"

说到这里，梁锟声泪俱下。

光头把手搭上他的肩头，抚慰了一会儿，说："哥们儿，别伤心，我唱几句老崔给你听听。"

说罢，他放开嗓子唱道：

也许这就是生活，失去一切才是欢乐
相聚时没有天地，分手后又无事可做
不敢想将来和过去，只得独自把酒喝
忘掉白天和黑夜，没有正确也没有过错
……

梁锟点点头："谢谢哥们开导！哈！"

转眼间，又一瓶啤酒进肚。

这时，光头问他住在哪里，问了好几遍，梁锟才把自己的住处告诉了他。

两个男孩扶起梁锟，走向了他们的车子。

找到太阳广场上的那顶帐篷，梁锟迷迷糊糊向三个人道过谢，一头扎进去睡着了。

醒来时天光大亮，帐篷外鸟叫声此起彼伏。他爬起来呆坐片刻，走出帐篷，到公园门外叫了出租车，直奔万平口而去。

广场上空无一人，只听前面有奇特的声音传来："砰！哗……砰！哗……"

走到海边看看，只见东南方向黑云成阵，正驱赶着一道一道像山岭一样的巨浪向岸边涌来。那浪到了岸边陡然站起，想继续往前跑却像被什么绊住了脚，"砰"地一声就扑倒在沙滩上，而后"哗"地一声再退回海里。一波一波，前仆后继。

梁锟明白，这是"梅花"将要来了。台风旋转着行走，速度很慢，而它搅起的海浪，会快速地到达远方。

梁锟想，台风来了，人都走了。我把桑彤彤找到，也该走了。

可是，她昨晚去了哪里？现在会在哪里？

他一边观望着惊涛骇浪，一边往昨晚乐迷们狂欢的地方走去。走到一个用张拉膜扯起的白帆样的雨篷旁边，他突然发现，桑彤彤正背靠一根粗大的钢柱，面向大海独自坐着。

梁锟心情复杂地喊她一声，桑彤彤回头看看他，淡然一笑。

梁锟走过去，站在她身旁问："你怎么在这里？"

桑彤彤说："看梅花如何开放。"

梁锟望着海面心想，桑彤彤的比喻很恰切，那一波一波的海浪，不正是台风“梅花”正在绽放的标志吗？不过，这朵梅花真是宏伟巨大，铺开的面积相当于中国的好几个省呢。

梁锟说：“梅花开到了日照，咱们该走了。”

桑彤彤说：“你自己走吧，我不打算回去了。”

梁锟惊问：“为什么？”

“他说，明年这个时候，他还会来。”

“他？他现在在哪里？”

“已经走了，赶飞机去了。”

“他走了，你还在这里干什么？”

“在这里找个工作，等着他。”

“他能来吗？”

“能来。”

“真的？”

“真的。他说，他的话，像给我的鼻钉一样，百分百的含金量。”说罢，桑彤彤向梁锟扬起脸，让他看到了她鼻翼上那枚一夜间新添的鼻钉。

鼻钉金光闪闪，让梁锟头晕目眩。他只好扭过头去，怔怔地看着大海。

“梅花”的花瓣儿，繁繁复复，纷纷扬扬，正落在日照的金色海滩之上。

# 魔戒之旅



## 第一天

选择了冒险，就有了故事。电影《魔戒》中的这一句台词，冉丹最为欣赏。

新西兰南岛之游的第一天就上错飞机，算是对这句台词的一次注解。

本来一切都很顺利。早晨七点，离登机还有一个半小时，冉丹的表姐路丽丽就开车将他们送到了奥克兰机场，并且指明了澳大利亚 Qantas 航空公司候机厅的入口。冉丹和蒲丰都说："表姐你回去吧，没问题啦!"已在奥克兰定居了八年的表姐将一只手张在胸前晃一晃："旅行愉快!"随即回到车里，发动了她的银灰色丰田走了。

冉丹和蒲丰一人拉一个箱包去了候机厅。办票，过安检，到二楼候机室，果然看到窗外停了几架尾部有袋鼠图案的飞机。他们在路上问过路丽丽，为什么新西兰的国内航空业务还允许澳大利亚来开办。路丽丽说：“这是二十年前改革的结果，航空业本来是由新西兰航空公司垄断的，所有飞机都是尾部有毛利图案的那种，后来让国外航空自由加入，澳洲大袋鼠就跳过来了。”蒲丰此刻对冉丹说：“坐这飞机等于多体验了一个国家，爽呵！”

这个候机室不大，此刻坐有三四十位乘客。看到一堆黄面孔在那里嘁嘁喳喳，蒲丰走过去问：“请问你们是参加南岛魔戒之旅的吧？”黄面孔几乎是齐声回答：“嗨！”冉丹问：“你们从哪里来的？是香港吧？”黄面孔又一齐道：“嗨！”冉丹与蒲丰冲他们笑一笑，便到旁边的空位上坐下了。刚坐下，对面一位长相清癯的白发老头用带有福建口音的普通话问他俩：“你们也参加魔戒之旅？四海华人旅行社组织的？”二人齐声笑道：“嗨！”老头用指头点着他们笑了：“哈哈，你们冒充不了广东人，我一看你们就是北方的！”冉丹点头道：“对！”老头旁边的女士开口了：“这位小姐是北京人。别处没人把“对”说成“得外”两个字！”冉丹与蒲丰便笑，笑罢问他们是从哪里来的。老头说：“美国，洛杉矶。”

之后，他们便攀谈起来。原来这老头姓孟，当年是台湾外交官，曾出使过十几个国家。后来在拉丁美洲一个国家当大使时，该国突然同台湾断交与大陆建交，他郁闷之下便辞职到美国定居了。那女士姓詹，是上海人，当过三十年的大学教师，于八十年代去了美国。孟老说：“我当年是国民党党员，她当年是共产党党员，我们后来走到一起是新的国共合作！”冉丹和蒲丰听了哈哈大笑。

冉丹看那詹女士穿一件雪青色风衣，皮肤白皙，长发披肩，像正值中年，便惊讶地问她：“你做过三十年的大学教师？不像吧？”詹女士笑而不答。老头这时指指詹女士：“你猜她多大了？”冉丹说：“有四十来岁？”孟老说：“她呀，是七年级。我呢，是八年级。”冉丹与蒲丰都把嘴张得溜圆：“真想不到你们有七八十岁！”老头微笑着说道：“感谢主！”冉丹与蒲丰这时才注意到了他们二人胸前佩带的十字架。老头发现了二人的注视，抬手摸一摸十字架，看看他俩胸前问道：“请问你们戴的是什么？”詹女士说：“我认识，那是魔戒。”老头说：“哦，魔戒！对了，我们参加的就是魔戒之旅嘛！”詹女士说：“魔戒之旅，魔戒之旅。我早说过，这是魔戒发烧友们的团体，咱们不应该参加的。”孟老却说：“那怕什么？明知山有魔，偏向魔山行嘛！”

这时，乘客们纷纷起身向登机口走去。詹女士说：“上飞机啦。”冉丹大声叫起来：“哎，怎么不见旅行社带队的人？”詹女士说：“旅行社早说了，让咱们自己去，基督城有人接机。”冉丹和蒲丰说：“我们的票是表姐给订的，她可能忘了告诉我们。”便与二位老人站起身，跟在了那群香港人的后面。香港人进去了，老人也进去了，那个检票的白人胖子看看冉丹和蒲丰手中的护照与登机牌，撕下登机牌上应由他们留存的一块，然后点头微笑道：“Have a nice trip（旅途愉快）！”

二人很快找到自己的位子坐下。蒲丰拥着冉丹，一边观看舷窗外的风景，一边将嘴唇在她的面颊上蹭着。这时有人在冉丹的肩头拍了一下，她扭过头来，见一位白人妇女正向她讲话。冉丹的英语很差，听不懂，便问蒲丰：“她说啥呢？”蒲丰的英语稍好一点，但与洋人对话也还是吃力。他又问又听，好不容易才明白她是说冉丹是坐错了位子。冉丹说：“我怎么会坐错了呢？你看看，这不是26B吗？”然而那妇女却连连摇头。这时，又一位肤色黑黄大概是毛利人的小伙子过来，示意蒲丰给他让座，也说他坐得不对。二人急得头上冒汗，一位空姐过来，要过二人手中的登机牌匆匆看了一眼，便示意他们到后一排空位上坐下。二人无奈只好过去。可是屁股还没坐稳，竟然又有人过来说他们坐错了。冉丹骂了起来：“真特么的见鬼了!”这时，那个检票的白人胖子从登机口嗵嗵嗵跑过来，连声说着 sorry，一手拉他们一个便往外走。冉丹说：“毁了，把咱俩当恐怖分子啦!”蒲丰扭头向坐在机舱后部的孟老和詹女士喊：“你们快过来帮忙！快!”詹女士急忙过来，十分熟练地用英语问了问那胖子，然后向他们说：“哦，你们是坐错了飞机，应该坐下一班。”蒲丰说：“怎么可能坐错？咱们都是四海旅行社组织的，你们不错，我们为什么错?”詹女士拿着蒲丰手里的登机牌看看，说：“你看，你们是下一班，登机时间是 8 点一刻，还差一个小时呢!”蒲丰与冉丹并头看看果然是，遂老老实实跟着胖子出去了。

到了登机口那胖子还是一个劲地 sorry，冉丹狠狠拿眼瞪他。蒲丰将她拽走，找一个空位坐下了。冉丹气咻咻地说道：“你还说坐这飞机爽呢，你看，咱们让澳洲袋鼠给踢了一脚!”蒲丰说：“也不怪人家检错了票，怪咱们没把票看明白。”冉丹抓挠了几下染成黄灰相间的头发说：“我靠，都参加一个团，怎么还不坐一个航班呢?”

从楼梯口走来了一个中年妇女和一个二十岁左右的男孩，看样子像华人。果然，那个长相很甜像个女孩子的男孩走到他们跟前，看看他们脖了上挂的魔戒，立即做个鬼脸，说：“One ring to rule them all!”冉丹听他说的是魔戒咒语的上句，便将下一句脱口而出：“One ring to find them all!”那男孩惊喜地看着他们，两手张在脑袋两边晃着，用很地道的东北话说：“同志啊，俺可找到你们啦!”

那个妇女虽然有几条皱纹，但把百分之八十的面部保养得如同瓷片一样发亮。她嗔怪地瞅着男孩道："杰克，你又疯！"男孩说："都是魔戒发烧友嘛，都是彼得·杰克逊的门下走狗嘛！对吧？哎，你们是哪里的？"听说是北京的，男孩更加兴奋，向他们伸出大拇指："弓虽！"冉丹和蒲丰听他把"强"字这样拆开念，便明白这男孩是经常在中文网站上厮混的了。

男孩儿坐下，便满脸兴奋地继续与他们说《魔戒》。他告诉冉丹和蒲丰，还在《魔戒》获奥斯卡金像奖之前，他就把这三部大片看了两遍，片子获奖之后，他又看了十几遍。6月份，他自己开车把北岛的拍摄景点都转遍了，这次再去看南岛的。不过，他还想自己开车去，因为随团不自由，许多景点看不到，可是妈妈却不让。说到这里，他摊手耸肩，一副无奈的样子。他妈妈向他瞪眼："我可不想让咱娘儿俩把命丢在雪山冰缝里！"

这时，候机室里有人用天津话大声喊："四海导游！四海导游！四海旅行社的导游干吗去了？"

他们扭头一看，一个胖胖的平头男人正站在那里，他穿一身皮尔·卡丹西装，里面鼓鼓囊囊地塞着一件蓝色保暖衬衣。他身后还跟了一个长着瓜子脸的漂亮女孩，身着玄色毛料职业套装，背一个笔记本电脑包。杰克皱起眉头道："中国人素质就是差！叫唤个啥呀！"蒲丰便起身走过去，对那个天津人说："先生，你也是去南岛的？正好咱们一块儿。导游在基督城等咱们呢。"天津人还是用高门大嗓说："干吗不在这里带队？四海旅行社服务怎这么差劲？"那姑娘说："总裁，咱们自己上飞机就是，找地方坐下吧。"那位总裁却不坐，转身向她说："宫秘书，你给我拨刘副总裁的电话！"小宫姑娘便急忙将手中的手机拨了拨递给他，杨总接过去，哇啦哇啦地大叫："喂，老刘吗？那块地皮咋样啦？还不行？这是怎么搞的！

我告诉你，你一定给我拿下，坚决拿下！你如果一周内拿不下来，就提着脑袋来见我……”

蒲丰回到座位，听杰克在骂那天津老板：“到了这地儿，你还牛B个啥呢?”冉丹说：“别理他，杰克你快说说，哪些场景是在北岛拍的?”杰克说：“多着呢，最好看的是小矮人村。在怀卡托附近的山坡上，一个个棕红色的小圆门，外面绿草如茵，真是棒极了!”冉丹问：“那地方离奥克兰多远?”杰克说：“不到200公里。”冉丹问：“那地方通不通公交车?”杰克摇头：“不通。”冉丹与蒲丰对视一眼：“回去咱们再租车试试?”蒲丰吐了吐舌头没有吭声。

几个人又说了一会儿话，登机时间到了。还是那个胖子检票，检到蒲丰与冉丹，又陪着笑说 sorry，冉丹这时心情已经变好，向他摆摆手道：“That’s all right（没关系）。”

15 分钟后，飞机腾空而起。从舷窗看出去，大片的奥克兰市区消失后，蓝天白云之下便是浓绿的森林和浅绿的牧场。冉丹一边看一边道：“奥蒂阿罗阿！奥蒂阿罗阿！毛利人这么称呼新西兰这块土地，真是准确到位!”

蒲丰说：“是呵，长长的白云缭绕的国度！镶嵌在南太平洋上的美丽翡翠！在地球上，这样的净土没有几块啦!”

冉丹说：“别忘了，现在许多人把这里称作中土世界。”

蒲丰说：“现实中这样一块净土，却被杰克逊虚拟成差点被魔鬼独霸的中土世界，你说多有意思。”

冉丹说：“这就是好莱坞的非凡之处，越是现实中没有的越是制造。”

说到这里，冉丹突然眼睛一亮，指着舷窗外面说：“快看，雪山!”

蒲丰将下巴放在冉丹的肩头，看了一眼便说："那肯定是鲁阿佩胡山，北岛最高的。山的下面，便是陶波湖，新西兰最大的，据说相当于新加坡的面积。"

二人仔细看去，那陶波湖果然出现了，湖面上薄雾蒙蒙，一派神秘。

冉丹从手包里掏出一个小巧黑亮的 MP3，将其中的一个微型麦克风塞进自己的左耳，又将另一个塞进蒲丰的右耳，接着，就放起了《魔戒》第三部结尾的乐曲。听着爱尔兰长笛大师詹姆斯高威那近乎天籁的演奏，听着全英音乐奖特别成就奖、Billboard 世纪奖双料得主 Annie Lennox 那灵性十足的歌声，二人将手握在一起，轻声随其哼唱起来。



选择了冒险，就有了故事。

看《魔戒》，对冉丹触动最深的就是哈比族小矮人山姆的这句台词。没有这句台词的蛊惑，她决没有这次魔戒之旅。

她为《魔戒》发烧是在北京 2004 年的一个早春之夜。在此之前，她没看过这部电影的前两部，但注意到了它的第三部获第 76 届奥斯卡金像奖 11 项大奖的消息。她还知道，在奥斯卡历史上，只有《泰坦尼克号》和《宾虚》才有过这么辉煌的成功。但真正被它征服，还是在那个早春之夜这部电影的首映式上。中影公司独出心裁，干脆在电影院里筑起一座白石城堡大门来迎接观众。首映式开始，主办方模拟影片最后销毁魔戒的经典场面，各方领导共同把一枚戒指扔入仿造的末日山"火海"之中，接着，轰然一声，城门开启，狡诈的小怪物格鲁姆在城门上探出了脑袋。随后影片主题歌响起，观众在幽暗的光线里裹着烟雾进入城堡，突然发现自己已被丛林般的人类战士包围……及至影片开始放映，随着剧情的紧张进展，那些宏大场面的展现，冉丹禁不住浑身发抖，热泪横流。她紧紧抓住男友沙江涛的手腕，指甲深深地嵌进了他的肉中，让他几次试图解脱。在影片结束后，她简直虚脱了，竟瘫在座位上不能站立。周围的人都走光了，她还在那里一遍遍问男友：“这是人类弄出来的作品吗？这是人类弄出来的作品吗？”沙江涛说：“怎么不是，不过就是采用了电脑高科技罢了。”冉丹说：“不对，关键是人脑！如果不是导演厉害，再厉害的电脑也搞不出来！”说罢，她就对着此刻已经空空洞洞的银幕高喊起来：“呵，彼得·杰克逊，我爱你！”沙江涛瞪她一眼：“你神经呀！”扯上她就往外走。走到外面，冉丹看到了《指环王》三部连映的海报，便毫不犹豫地掏二百块钱买了两张票。沙江涛说：“已经看了结局，还有必要再看前两部吗？”冉丹说：“太有必要了！现在我恨不得看遍杰克逊的所有作品！”

那天在电影院门前的小摊上，冉丹还买了两枚带项链的魔戒。中国商家实在是反应快捷，竟在这部电影在中国首映之前就造好了这种小玩意儿。虽然只是铜制的，只在表面镀了一层金，而戒指内外却有完整的魔戒咒语，译成中文就是：“至尊戒，驭众戒；至尊戒，寻众戒”。拿起这枚戒指，冉丹似乎感受到了小矮人弗罗多的体温，听到了灰袍巫师的叮咛，听到了黑暗魔君索伦的怒吼和大队魔兵惊天动地的脚步声……

沙江涛说：“这电影咱们翻译成《指环王》，虽然准确，但不如像香港那样译成《魔戒》好。因为它的魅力就在于一个‘魔’字。”冉丹说：“太对了。这魔戒一旦让谁戴上，谁就能长生不老号令天下，多么神奇！”说罢，她自己戴上一个，把另一个给沙江涛戴上，然后大声道：“魔戒显灵——沙江涛你要永远爱我！”沙江涛笑道：“原来你就这点儿野心呀？”

冉丹没有想到，就这点儿野心也没能实现。第二天下午她约沙江涛电影开映前10分钟到影院门口聚首，然而等到整整5点也没见他的影子。她打他手机，沙江涛却说还在忙着完成老板交给的一件活儿。冉丹知道他做广告设计忙一些，但再忙也不能误了看这电影呵！她听里面音乐响了，只好气鼓鼓地一个人进去。看着那些激动人心的场面，她心里说，沙江涛你快来看呀，快来看呀，可是沙江涛直到快6点才坐到了她的身边。冉丹不计前嫌热烈地与他交流观感，而沙江涛却嗯嗯啊啊反应冷淡。两个半小时后，第一部《友谊之戒》放完，他们趁休息时出去吃了一碗拉面，再回来看第二部《双塔奇谋》时沙江涛却呵欠连连。当美丽的精灵公主着迷于人类英雄阿拉贡时，她揩着感动的泪水扭头去看沙江涛，却发现他已经睡着了。冉丹气坏了，推醒他道："要睡你回去睡吧！"沙江涛搓着惺忪的眼睛说："我还真想回去睡了，明天还有好几件活儿等着我呢。"冉丹挥手道："走吧走吧，你快走！"沙江涛这时真地起身走了，连一声对不起都没说。

第二部放完是11点。来到外面的休息室，冉丹要了一杯咖啡找座位坐下，对面一个年轻俊美的男子笑着问她："看这电影够劲儿吧？"冉丹说："岂止是够劲，我的感觉是死而无憾。"年轻男子向他竖起大拇指："还是你说得好，死而无憾！"接着，他们就迫不及待地交流起观感。等大厅里响起再度开映的铃声，他们各自要说的话还没说出百分之一。起身后，冉丹热切地看着他说："你是一个人来的？"那人点头。冉丹说："你到我那儿坐好不好？"那人说："好哇。"

那人就是蒲丰，一个IT程序员。在《王者归来》放映的三个小时里，他们一起发烧，一起惊叹，一起颤栗，一起虚脱。在画面上出现二十万魔兵进攻时，冉丹大哭着扑向了蒲丰的怀里；最后，正义一方取得胜利，精灵公主与人类的新统治者阿拉贡热吻，他们也情不自禁地吻在了一起。

走出影院已经是凌晨3点，但扑面而来的寒风也没能吹醒他们，他们手牵着手，哼唱着电影乐曲的主旋律，一直走到了东方暨白。在建国门立交桥附近，冉丹望着古观象台上在晨曦中展现的一件件大型天文仪器，突然说道："蒲丰，你对魔戒里的台词哪一句印象最深?"蒲丰想了想说："选择了冒险，就有了故事。"冉丹惊喜地道："哎呀，咱俩似乎长着同一根神经！你知道吗，我现在很想去新西兰，去看魔戒拍摄地点，去看北半球看不到的南十字星!"蒲丰说："太好了，我也想去！我陪着你!"

从那以后，他们就开始筹备新西兰之行。首先是资金方面的准备。办签证要有一大笔存款证明，而旅途中当然也要有一笔不小的花销。不幸的是，冉丹是个喜欢超前消费的京都白领，燕莎、赛特等商场是她最常去光顾的地方，她对LV手提包、兰蔻化妆品、香奈尔香水之类的热情甚至都超过了对几任男朋友的热情。虽然她是电力部门的职员，但薪水的发放速度远远赶不上她的刷卡速度。她去年还用按揭贷款买了一辆捷达轿车，除了首付的部分，现在每月还款就要两千多块。现在她手头的卡倒是一大堆，但查来查去总额并不是太多。而蒲丰的钱虽然有一些，但因为居住在太原的父亲生了一场大病，他每次回去看望都不忍心出国远游。

在这段时间里，冉丹与相处了一年的男友沙江涛彻底分手，与蒲丰一起继续为《魔戒》发烧。冉丹拿着那只镀金魔戒，花五千块钱找金匠按原样打造了两只纯金的，与蒲丰一人一只，天天挂在脖子上。他们一有空就在网络开办的魔戒论坛上泡，发贴子，贴图，做动漫，双双混成了“精灵级”发烧友。最有意思的是，他们还参加过几次魔戒发烧友聚会，每人都扮作电影中的人物。冉丹与蒲丰本来就相貌出众，他们一个扮精灵公主阿雯，一个扮精灵弓箭手莱格拉斯，每次入场时都会博得大家的热烈掌声。当然，在这半年里，阿雯也频频背叛阿拉贡，在她位于北京东城区的宿舍里与莱格拉斯大演床上戏。

这期间，国内一些旅行社推出了“新西兰魔戒之旅”，来回七至十天。冉丹研究过他们的路线认为，那基本上是骗人的，旅客很难看到《魔戒》拍摄地点。她与蒲丰商定，还是拿到签证后搞自助游，到新西兰之后租一辆跑车，二人轮流开着游遍南北两岛。

过了“十一”长假，签证批了下来，蒲丰的父亲病也好了，他们便决定上路。然后想不到的是，他们各自向单位请假，却都得不到批准。尤其是冉丹供职的那家电力公司，竟声称如果请长假就走人。走就走！冉丹毫不犹豫地递上了辞职报告。蒲丰说：“我辞职好办，回来在中关村随便哪一个公司就能继续编程序，可是你呢，你到哪里能拿到电力部门的高工资？”冉丹说：“想那些干什么，游完魔戒之旅再说！选择了冒险才有故事，有了故事才有斑斓人生！”

于是，10 月 22 号，他们登上了北京－汉城－奥克兰的航班。到路丽丽家里放下行李，二人就急忙去租车公司租了一辆三菱吉普。可是刚开上奥克兰大街，就因为不习惯左方向，与一辆洋人的车撞到了一起。虽然没伤到人，却赔了人家四千新元，合人民币两万多块，让他们兜里的长城国际卡顿时减了份量。蒲丰自嘲：真是选择了冒险，就有了故事。表姐说：“你们还是老老实实随团吧！”接着递过一张华人报纸，上面“南岛魔戒之旅”几个大字赫然在目……

飞机已经越过库克海峡，到了南岛上空。他们看到了更多的雪山。这是贯通南岛全境的南阿尔卑斯山脉。这条山脉现在披着皑皑白雪，正在飞机下面缓缓地向后移动。冉丹说："我们现在跳下去吧，跳下去之后，在雪山冰河之间狂舞！"蒲丰说："好，我们跳华尔兹，跳拉丁舞，跳迪斯科，把人间所有的舞蹈都跳遍！"说到这里，二人又含情脉脉地吻在一起了。

这时，他们听到了吻出的响声。而这响声肯定不是他们的。松开嘴，扭头看去，从前面两个座位的空隙里便看到了一个局部特写。那紧贴在一起的两张脸一黄一白，都是女的。冉丹小声说："呀，开眼界啦。"蒲丰说："到底是国外的飞机，拉拉敢这样公开地啃。"再仔细看，那黄种女人皮肤粗糙，还长着个酒糟鼻，像个典型的男人；而那白种女孩，一头金发，五官小巧，皮肤白里透红，像商店里卖的洋娃娃。蒲丰说："我敢断定，黄的是T，白的是P。"冉丹问："什么是T，什么是P?"蒲丰说："你连这都不知道哇？在拉拉们的关系里，充当男性角色的是T，反之则是P。"

似乎听见了他们的议论，那个黄种女人回头看了他们一眼，目光里充满了敌意。等她转回头去，蒲丰趴在冉丹耳边说："坏了，她能听懂咱们的话，是个华人。"冉丹说："这有什么坏不坏的，她们敢做，别人就敢讲。"

飞机开始降低高度，翠绿无垠的坎特伯雷平原在他们视野中铺展开来。初看，下面的地面一格一格，像中国江南正在生长期的稻田。再低一点，便看清那都是牧场，中间用于隔离的是成行的树木。那草与树越来越近，越来越清晰，突然，一座航站楼出现在近处——机场到了。

在出口迎接他们的是一个丑陋的中年华人。他举着四海旅行社的牌子，将一双小眼睛笑得更小，差一点就隐蔽在了他那又黑又黄的脸上。冉丹看了一眼就说："真煞风景！干脆找《魔戒》里的小怪人来接咱们算啦！"

一帮人走到他跟前，他脱下脑袋上的深蓝旅行帽，连鞠几躬，说："欢迎欢迎，你们辛苦啦！"接着，他向众人一一递上名片，上写纽西兰四海旅行社导游 Murdoch Qiu，后面的括号里则是"老邱"两个汉字。然后，老邱向右大厅的一个角落指去："你们哪一位要不要去卫生间？"卫生间在那边。这么一提醒，多数旅客便都去了。冉丹与蒲丰惊讶地看见，原来那一对女同性恋也与他们同行。

回来之后，四海旅行社那人问："到齐了吗？都到齐了吗？"天津的那个宫秘书急忙说："请等一等，我们总裁在打电话！"果然，那个杨总裁正在一个柱子旁边拿着手机大声嚷嚷，又在指挥部下要把什么拿下。"拿下！统统拿下！没有任何借口！明白了吧？不明白你就是傻 B 一个！"听着他的这种指令，大家都捂着嘴笑。

等杨总裁终于发完指示，大家随着老邱走出机场，奔向停车场的一辆三菱大巴。到车上一看，原来孟老、詹女士和香港那一帮人全在里面。孟老对冉丹、蒲丰笑道："感谢主，咱们又见面啦！"冉丹说："咱们感谢主，却不会感谢旅行社！就这么一个团，还要坐两架飞机集合！"老邱听见了，又是点头哈腰："对不起对不起，让你们吃苦啦！大家之所以要分乘两个航班，可能是因为头一架飞机座位不够。"冉丹立即说："不对，我亲眼看见头一架有许多空位的！"老邱讪笑一下又说："那就是价位的原因啦。大家可能不知道，这儿的机票因为座位不同价格也不同，旅行社想降低费用，所以就挑便宜机票买，只好麻烦大家啦！今天你们坐两个航班过来还是少的，我还带过一个团，接了四次机才接齐呢！"

众人立刻哇啦哇啦表示不满。老邱说："没办法，奥克兰的华人旅行社现在有二三十家，竞争十分厉害，我们不这样做就挣不到钱，请大家多多原谅哦！”

这时，老邱拿着一张名单，将旅客一一验明正身。这车旅客一共二十个人，光是香港那一帮就占了一半，他们是兄妹三家陪着老太太出来玩的。那个天津老板叫杨跃进，跟着他的女秘书叫宫雯雯。黄T叫戴纳，白P叫布莱尼。点到杰克的妈妈，老邱说：“哎呀，你的名字叫齐跃进？大陆怎么不分男女都跃进？一车人便都哈哈大笑。”女人羞笑：“1958年‘大跃进’的时候生的嘛。”杨总大着嗓门说：“那时候起名跟着口号走，没法子！”老邱笑一笑又问杰克的妈妈：“你有英文名字没有？”女人说没有。老邱挤一下他的小眼睛坏笑：“那就叫你杰克妈吧？嘿嘿嘿嘿！”

老邱收起名单说：“呵，今天我一下子有这么多的朋友，真是好幸福哦！刚才已经用名片告诉过大家了，我姓邱，英文名字是默多克。跟咱们同行的还有一位见习导游，玛丽女士。”他说着向车子尾部一指。众人回头看看，在最后一排座位上，果然笑微微地站起了一位女人。她看上去有三十来岁，黄黄瘦瘦，但眉眼还算清秀。

老邱坐到司机的位子上，拿一个耳麦往脑袋上一卡，便发动了车子。出了停车场，他开口了：“呵，谢谢各位朋友来到南岛！我，老邱，近已花甲的老邱将陪伴你们度过六天的愉快时光。”听到这里，旅客都惊讶地说道：“你六十啦？”老邱摆着脑袋说：“是呀，我是从台湾移民过来的，蒋介石进台湾的时候我正在高雄谈恋爱，你们算算吧！”大家又是“哇”地一声。老邱说：“呵，说得不够准确，是我随我爸——我正在我爸的身体里——和我妈谈恋爱。谈到1956年，我爸就把我谈到我妈的肚子里去了，到了1957年的5月份，我就从妈妈的肚子里钻出来，磨拳擦掌地准备给各位当导游啦！”

这一番谐语，让大家捧腹大笑。坐在车子后部的那帮香港人哇哇大叫：“你好塞坐哟！”

蒲丰这时注意到，坐在他们后边的那个戴纳正用一只胳膊搂着布莱尼，小声用英语向她翻译刚才老邱讲的话。而布莱尼像小鸟依人似的，听一句点一点头。

车上的气氛轻松起来。老邱继续说：“各位，今天是我们六天行程的第一天。我们现在要去浏览一下世界著名的花园城市 Christchurch，也就是人们通常说的基督城，中国大陆常常把它音译为克莱斯特彻奇。它是南岛最大的城市，也是新西兰第三大城市，有三十万人口。这个城市，也可以说是英国之外最具英国特色的城市，你看看城市风格、建筑特色就能明白。它的名字也来自英国，因为它的第一批管理者毕业于牛津大学的基督学院……”

像配合着老邱的解说，街道两旁嫩绿的树，绚烂的花，以及那些具有英国古典风格的各式建筑，出现在人们的视野之中。布莱尼显得特别兴奋，用她染红了指甲的小手指指点点，连声惊叫。冉丹说：蒲丰，赶快 DV！蒲丰便急忙从包里掏出小型摄像机，举在手上拍了起来。

第一个停车参观的景点是坎特伯雷大学。葱绿而阔大的草坪上，樱花怒放，落红满地，旅客们纷纷过去拍照。杰克妈一边给儿子拍一边说：“你看这大学多漂亮，好儿子，你赶快把雅思过了到这儿。”杰克皱起眉头：“妈，咱们不是说好了，旅途上不说念书的事吗?”杰克妈像做了错事似地急忙说道：“不说不说，妈记性不好！”杰克让他妈拍完了，也没给他妈拍，而是吹一声口哨，接连在草坪上来了几个侧手翻，滴溜溜转得像个风车，惹得大家将“好塞垒”

叫成一片。等他站直身体，布莱尼带着一脸灿烂笑容喊他过去，让他帮忙给她和戴纳拍合影。杰克接过那架数码相机，故意出洋相，将镜头对准自己拍了一下，说一声OK！布莱尼过来看看屏幕上的那只大鼻子，笑得直不起腰来。

杰克妈看见儿子将那洋妞逗乐，自己也远远地乐。当儿子正式给那一对紧搂着的女同志拍照时，她却听见站在旁边的孟老用悲天悯人的语气说道："主呵，快救救这些迷途的孩子吧！"

只有杨跃进没顾上拍照，他还是跑到一边用手机指挥他的商战。站在旁边的小宫抱着公文包，看看草坪上的旅伴们，再看看她的上司，脸上挂着一丝羞赧。

蒲丰这时站在那里，看看周围，看看天上的太阳，说："这大学校门是朝哪呀？"孟老说："朝北。"

蒲丰说："不对，我怎么看着朝南呢。"

冉丹说："朝哪还不一样，你又犯老毛病了！"

蒲丰说："没办法，搞不清方向太难受！"

蒲丰生在太原，其强烈的方向意识与多数北方人一样，到一个陌生地方都是要首先搞清方向，一旦搞不清就六神无主。他考上大学进了北京，第一次去看天安门，因为是阴雨天不好辨向，竟看见天安门朝北。他难受得不得了，觉得这个天安门很不真实。等过了几天，他专门选一个晴天，又跑去看了一个朝南的天安门，这才把心放到了肚里。今年春天他第一次上冉丹的床，一番风狂雨骤，二人并排躺下后，他觉得自己占的地方太窄，快掉到床下去了，说："冉丹你往南一点。"冉丹让他笑坏了，说："早些有一个段子，说北京夫妻睡觉，不说往里一点，说往北一点。我这地道的北京人倒没这毛病，你这个太原人怎么跟他们一样呀？"

到了新西兰，这种方向感把蒲丰折磨坏了。因为这儿的太阳在北面，他却习惯地将它中午所在的方向定位于南方，这就整个地来了个大颠倒，让他苦不堪言。冉丹多次说："你别管东西南北，只管前后左右就行了。"蒲丰觉得也应该这样，但他心理上就是觉得别扭，每到一个地方还是想努力地搞清方向。

接下来，是游览一处私人宅邸。那其实是一座建在雅芳河边的花园，可谓美仑美奂。最让人心醉的是那条窄窄的几乎要被花草掩蔽的河流，不时有小船载着游客行于其上，撑船的白人小伙手持长杆，着白衣白帽，优雅极了。

巴格雷公园是坐着车游览的，这座占地 182 公顷的公园面积之大，景色之美，让众人啧啧赞叹。走了一会儿，前面的草地上出现了几十辆花花绿绿的房车。老邱笑道："大家真是运气好，见到大篷车队了！"他告诉众人，这个车队，是新西兰唯一的一个吉普赛部落，常年在南北两岛各个城镇转。老邱说，他的家在奥克兰，三个月前回去时还在那里碰到过，没想到今天到这里来了。

吉普赛人在这里临时开办了一个集市，四十多辆改装了的大卡车散乱地停放着，每辆车便是一家，每辆车前便是一个摊点。有卖艺的，有卖货的，有算命的，还有的临时建起了小型儿童游乐场，反正没有做相同的生意的。他们招来了大批的市民，生意极好。

有一个摊子摆的全是《魔戒》的服装道具，摆摊的男人扮成黑暗魔君，女人扮成精灵公主，这让冉丹和蒲丰欣喜若狂。这里出售的魔戒，都来自它的正宗产地、位于南岛最北端的纳尔逊，每一只都附了工艺师亲笔签名的证书。

布莱尼拿起一只魔戒两眼放光，戴纳看她那样，立即掏出大把美元买了一对。她将魔戒戴到布莱尼脖子上，连夸几声漂亮，抱住她就吻，而布莱尼的回应也相当热烈。冉丹对蒲丰说：“看，这就是魔戒的力量！”

杰克过来了。他看看这看看那，最后选了弗罗多的一身行头。他穿上那件蓝黑色披风，将剑横在腰间，摆出一副英武形象让她妈给照相。停止了热吻的布莱尼看到了，连声惊呼 Great（真棒）！杰克冲她笑着挤了一下右眼。

离开这个摊子，他们走向了旁边卖金银首饰的摊子。守摊的是一个白发白须的老头，而在他身后房车的上一层窗口，正坐着一个满面慈祥的老太太。老头摆的都是样品，一旦顾客选中了哪一件，老头便让老太太从上面找到后递下来。老头抬手接过，都要对老太太优优雅雅说一声谢谢。冉丹陶醉地看着他们，对蒲丰说：“等咱们老了，也学他们。”

看见杰克正在那边向一对年轻夫妇问话，二人便过去了。那对夫妇的生意很特别：牵两匹矮种马让小孩子骑，转一圈一块钱。杰克对她妈说：“这大篷车队有一半是真正的吉普塞人，而另一半什么种族都有，甚至还有从外国过来的，因为他们喜欢过这种生活。”

大家接着参观了一个房车。这房车改装得十分巧妙。它分上下两层，厨房、洗澡间、卧室、客厅应有尽有，简直就是一个微缩住宅。而在最后边，还有一间马棚，里面装了许多草料。

布莱尼边看边说：“I like this kind of life（我喜欢这种生活）！”杰克听了大声说：“So do I（我和你一样）！”

冉丹注意到，戴纳此时把脸拉得老长老长。到了车外，她掏出一盒烟，点上一支，面色阴郁地抽了起来。

没来得及把摊子都转完，时间到了。上车后，大家都兴奋地说：“新鲜！好新鲜！”老邱说：“我现在带你们到大教堂广场，看一个更新鲜的!”大家问是什么，老邱说：“一个神秘的术士。他经常出现在那个广场上，穿得怪模怪样，站在自带的木梯上，向众人发表演讲。他的演讲内容稀奇古怪，有时会惊得你瞠目结舌。有的听众不服，他还伶牙俐齿地跟人辩论。这是基督城一个奇景，大家愿不愿意看?”众人齐声欢呼愿意!

然而到了那个作为全城中心的大广场，老邱带着大家左找右找，却没见那个术士的影子。老邱搔搔头说：“对不起，他今天太不给老邱面子，不知躲到哪里去了。不过咱们还有一次机会：等到游程结束，再回到基督城的时候。那时咱们再来看，也许真能碰上他。”

老邱接着介绍大教堂，让大家进去参观。其实没等介绍完，孟老两口子早已去了，等大家赶到时，他俩正无比虔诚地站在里面祈祷。众人屏息噤声，看了几眼里面的富丽堂皇，便毕恭毕敬地退了出来。

快到饭点时，老邱建议先到不远的街口参观一下“追忆之桥”。大家过去看时，那桥倒是不大，因为它下面的雅芳河本来就不宽。显眼的是高立在桥头的那座拱门式的纪念建筑。老邱讲，第一次世界大战期间，新西兰与澳大利亚组成联合兵团参战，新西兰的将士们就是列队走过这座桥，远渡重洋去欧洲的。在那里，新西兰伤亡近五万人。

午餐之后，一团人离开基督城，向西海岸进发。老邱告诉大家，这要沿着 73 号公路横穿整个南岛，共需四个小时。

一出城，满眼都是牧场风光。一方一方相连着的草地上，有牛，有羊，有马，有鹿，还有驼鸟。奇怪的是，这里的马身上都披了棉被。大家问这是为什么，老邱说，这里正是早春时节，有时候气温很低，而马是一种不耐寒的动物，所以马的主人爱惜它们，就给它们穿了“马甲”。

再走，正在吃草的另一群动物让人看不明白了——说它像羊吧，它的脖子却奇长，像驼鸟；说它像驼鸟吧，它又长了个羊头，而且是四条腿。问老邱，老邱说那是新西兰特有的驼羊，也叫羊鸟，它那深褐色的毛特别珍贵，据说是空心的，如果用来织成毯子铺着，既保暖又轻盈，感觉就像睡在云上。众人听罢连声惊叹。

老邱接着说：“新西兰这块土地很是奇妙。它在一亿七千万年以前，还与南极、南美、非洲、澳大利亚连在一起，组成冈瓦纳古陆。以后它就与其它陆地脱离，独立于这遥远的南太平洋，生态也自成系统。在这个生态系统里，有些生物是世界上任何地方都没有的。譬如说刚才大家看见的驼羊，另外还有许多没有翅膀不会飞的鸟。”

冉丹惊讶地说道：“不会飞的鸟我知道，驼鸟就是。但没有翅膀的鸟没听说过。”

香港的一个女孩叫起来：“新西兰的国鸟 kiwi 就是嘛！”

老邱说：“对，kiwi 就是。这鸟也叫几维鸟，港台则译作奇异鸟，也叫鹬鸵。其实这一类的鸟新西兰过去有好多，因为这儿生态环境太和平，遭遇不到天敌袭击，翅膀就退化了。后来毛利人移民这里，特别是西方人过来，带来了许多物种，就对原来的生态造成了严重破坏，导致许多这样的鸟类灭绝。有的目前还有一些，但也是危在旦夕。几维鸟为什么像中国大熊猫一样稀罕？归根结底还是叫洋鬼子害的！当然，现在的新西兰人懂得保护环境了，甚至在世界上也是典范。不只是保护本国的，前不久，政府还拨了一笔巨款，专门资助那些南太平洋岛国保护生态。”

蒲丰说：“我想起前段时间有一条新闻，说新西兰鉴于牛羊放屁污染空气，还打算向牧场主收‘屁税’，不知真假？”

全车人哈哈大笑。

老邱说：“是有这事，但正在讨论，还没正式实行。我想这事并不可笑，能够想出全世界独一无二的这个税种，恰恰说明了新西兰人的环保意识是多么强烈。”

大家看着路边的一个个羊群，一边思考着，一边忍不住想笑。

老邱探手一戳车载 CD 机，音乐响了起来。听着轻快明亮的乐曲，看着外面不时变幻的风景，大家像观看风光片一样，不由自主地进入了陶醉状态。

正在这时，杨跃进突然大喊：“哎呀，糟糕！”

老邱急忙放慢车速，从前窗上方的后视镜里看着他问：“杨先生，你有什么事情？”

杨跃进说：“手机怎么没信号啦？”

老邱说：“对不起。新西兰人口稀少，而且多数居住在城市，手机信号只在城市和一些稍大的村镇才有。”

杨跃进焦躁地说：“这可怎么办？会误大事的呀！”

众人都笑。孟老说：“杨老板，出来就是玩的，图的就是一份悠闲。人家外国一些企业家出来度假就是度假，会故意切断与企业的联系。”

杨跃进说：“我可不行！我正在一个十分关键的时刻。有一块地皮我如果拿不到手，我的雄心壮志就实现不了啦！”

孟老问：“你有什么雄心壮志？”

杨跃进笑一笑，用胳膊肘子碰了碰宫雯雯：“你跟他们讲吧。”

小宫羞笑着说了：“我们总裁的雄心壮志是：奋斗三年，进入福布斯中国富豪排行榜前一百名！”

一车人全都叫起来："哇，好塞垒哟！"

詹女士说："那个排行榜我知道，没有十几亿人民币的财产是进不了的。"

杨跃进轻蔑地笑笑："人家能进我就能进。"

老邱摇着头笑："嗬嗬，你和十年前的我一模一样！"

宫雯雯问："老邱你十年前干吗？"

老邱说："抽时间再和大家讲。大家现在还是先看风景——喏，前面出现雪山了，南阿尔卑斯山在向我们呼唤呢！"

大家都向前方看去。远山白，近草碧，那又是一幅动人的画面。

杨跃进还在捏着手机嘟囔："这个新西兰算什么发达国家，通讯设施还赶不上中国！"

老邱不再答他的话。他走过一个弯道处，瞥了一眼路边停着的一辆警车，叫了一声："哇噻，在这里埋伏着呢！"

蒲丰问他怎么回事。他说："新西兰的警察对车速查得特别严，一旦抓到就罚款，并给司机做出不良记录。"

蒲丰说："对了，我前些日子看了条新闻，说新西兰女总理为了赶去看一场橄榄球比赛，车队违规超速行驶，结果遭到了国内反对党的强烈批评。"

老邱说："这是七月份的事，海伦·克拉克是一位非常热情的球迷，那天，新西兰和澳大利亚之间的'布雷的斯罗杯'橄榄球比赛在惠灵顿举行，她当时正在南岛的瓦伊梅特镇公干，为了赶到基督城上飞机回去看那场球赛，他的车队一度高速飙车。结果，飞机准时登上了，球赛准时看上了，铺天盖地的批评也准时出现在媒体上。"

许多游客都发出惊叹，说这事在中国简直不可思议。

老邱说：“规则是约束每个人的，谁也没有权力不去遵守。这在民主国家是基本的常识。不过，那些警察抓超速也真是不择手段，有的专门埋伏在一些不易被人察觉的地方，让你防不胜防。你们注意到了没有，路左边那几只羊说不定就是警察变的，它们那摇来摇去的尾巴就是测速器。”

众人听了这话，都看着那羊发笑。

此后一段路程，每看到对面来车，老邱都要做个手势。蒲丰说：“你这是干吗？”老邱说：“提醒那些开车的朋友，前面有警车，要小心。”

冉丹说：“老邱你心眼儿真好。要是在中国，如果前面有陷阱，那就有人巴不得你掉下去，好让你笑上一顿。”

老邱摇摇头：“这就是中国人的丑陋。台湾也是这样的，我见得多了。佛家讲：无缘大慈，同体大悲。别人虽然与你没什么亲缘，但却和你同属世间的生命，所以相互之间一定要有一份慈悲相爱之心。”

孟老说：“佛家是那样讲，主基督也有意思相不多的话。万事都互相效力，叫爱神的人得益处。”

老邱说：“在新西兰就是这样，不管谁遇到困难，不管是在哪里，一般都会有人给你提供帮助。尤其是开车时，如果在路上坏了车，大家都会停下来问一下，要不要帮忙，如果能够帮上，那他就会不遗余力。公家也有公家的办法。就拿咱们旅游来说，新西兰有一个 ACS 制度，除本国国民外，外国旅行者遇上事故负伤时，其手术费、住院费以及一部分治疗费都由这个国家来出。”

众人又是一番赞叹。聂先生说：“这制度真是好，既体现人道主义，也能保障旅游业的发展。”

老邱笑道："你们可别因为住院不花钱，自己就故意往悬崖下掉哇！"

再往前走，老邱还是在会车时向对方司机做一个手势。蒲丰问："你怎么变啦？手势也变了，还面带笑容。"

冉丹说："还有一点，你光跟大巴司机做手势。"

老邱说道："这就不是提醒前面有警车了，那警车这会儿说不定早开走了。我这是和他们打个招呼，表示友好。在南岛，旅游大巴的司机并不是太多，所以见了面大家都很亲切。你们看见了吧，他们对我也是一个样子。可是我刚干这行时却不是这样，那些洋人瞧不起华人，嫉妒我，不理我，有几次还无缘无故地到警察那里告我的刁状。后来，我对他们彬彬有礼，以诚相待，他们也就对我尊重了。南岛的大巴司机差不多都记得，他们同行中有一位中国人，虽然是个丑八怪，但心肠还不坏。"

众人又让他说得发笑。

这时，车厢里有人在打呼噜。大家一看，原来是杨跃进歪在座位上睡着了。大家正觉得好笑，没料到，从老邱那儿竟也发出了响亮的呼噜，同时他也歪歪扭扭做昏昏欲睡状。詹女士吓坏了，喊道："老邱，你怎么也睡啦？"老邱哈哈一笑，抬手举起了一个玩具绵羊——原来呼噜声是它发出的。

冉丹欠身拿过来看看，这小羊闭目仰面打着呼噜，两肢枕在脑后，煞是可爱。然而，那呼噜很快停止了。蒲丰看了看，在它身上又捏了一把，那呼噜声重新开始，与杨跃进的遥相响应。

雪山越来越近，车子开始爬坡。正走着，蒲丰猛扯一下冉丹，指着左边的一个山岗喊："快看，魔戒拍摄景点！"

那地方果然奇特，山岗上一片荒凉，而在最高处却是怪模怪样的黑色巨岩。

杰克、布莱尼、戴纳和香港的几个孩子都叫起来。

冉丹说：“我想起来了，护戒使者们走过这个地方！”

蒲丰拍着前面的车靠背说：“老邱，放一段《魔戒》音乐！”

老邱应声而动，车子里很快响起了《魔戒》第三部中护戒使者登山时的一段配乐。一帮“戒迷”一边随着哼唱，一边瞪大了眼睛向外观看。

前面尽是弯道，而且越爬越高。看看旁边的山上，雪线已经离得很近。那些极少见雪的香港人兴奋地指指点点：“你睇睇你睇睇！够晒靓哟！”

老邱说：“现在大家看到的还不是高的。前面要经过的一座，海拔是 2275 米。”冉丹说：“哇，那比泰山还要高啦！”老邱说：“南阿尔卑斯山脉的高峰多着呢，光是超过 3000 米的就有 18 座。当然，比起世界屋脊珠穆朗玛峰，这算不得什么。但大家要知道，这儿离海很近，是从海平面突然拔到了这样的高度。而且，这些山现在还在增高，根本原因是亿万年来一直持续着的大陆板块挤压。”

新西兰人喜欢运动，尤其酷爱登山。早在 1894 年，三名新西兰人就登上了这儿的最高峰，海拔 3754 米的库克山。1953 年，新西兰人希拉利又成为全世界第一个征服珠穆朗玛峰的运动员。

杨跃进此时已经醒了，说道：“是吗？我还以为是中国人最早登上的呢！这家伙不简单！”

公路攀入云层，车外顿时迷淡蒙蒙，而细细密密的雨点儿也打到了玻璃上。老邱关掉音乐，停止解说，瞪着他的一双小眼睛牢牢把住方向盘。游客们都有些紧张，每到险处都发出惊呼。冉丹看见，邻座的孟老和詹女士万分虔诚地做起了祈祷。

半小时后，前面路边出现了罕见的几座房子。

路两边的山峰高不见顶，只有一条条雪白的瀑布从云雾中和树木间奔腾而下，再在山壑里发散出一团团的水雾。这水雾和细雨交加在一起，扑在游客们身上，弄得人身上湿漉漉的，心里也湿漉漉的。

冉丹说："怎么摊上了这么个天呀！"

蒲丰笑道："烦了是吧？不是说选择了冒险才有故事吗？"

冉丹说："可故事在哪里？没有呀！"

蒲丰说："别慌，会有的，一定会有的。"

下山更险。十几公里长的大斜坡又弯又窄，一边是绝壁，一边是深涧。有一处地方塌方严重，实在难以治理，公路建设者竟在公路上加了一段钢筋水泥盖子，让山上的落石经过盖子上的石堆直接掉进崖下。杰克妈搂着儿子，吓得眼泪都出来了："儿子儿子，咱们不是没事找事么，好端端地跑到这个鬼地方干啥！"

黄昏时分，雨停了，车子也终于驶出了大山。看见长满黄色雀舌花的宽阔河谷与河谷旁边的平地，全车人都欢呼起来。

到达目的地格雷茅斯，是晚上六点。老邱把车开到海边的一家旅馆，让大家先上洗手间，他打开车子后面的行李仓，将大家的箱包一件件全提到了大厅。

游客们上完厕所回来，看见老邱这样殷勤，都过意不去。蒲丰由衷地说："老邱，你这导游当得可真是够意思！在国内，导游一个个吆三喝五，跟撵牲口似的，谁还给游客提箱子！"

老邱笑道："国外导游也有你说的那种，但我做不出来。为朋友们帮帮手，在我看来是应该的事情。"

老邱说罢，从总台那里拿到钥匙发到大家手中。香港一家给了五把，剩下的两人一把：冉丹与蒲丰，戴纳与布莱尼，孟老与詹女士，杨跃进与宫雯雯。然而到了杰克这里，却发了两把。杰克妈一看忙问："怎么弄的，俺娘儿俩还用一人一间?"老邱说："这不是你们早和旅行社订好的吗?"杰克妈带着一脸怒气问儿子："你怎么这么订呢？这样都住单间要花多少钱？你快把房间退了!"说着就去儿子手里抢钥匙。杰克却紧攥不放，提了箱子就上楼。他妈死死拽住他："你退！你退！你说，你为什么不跟我住在一起?"杰克气哼哼地说："我怕出现乱伦行为!"说罢，猛地摆脱掉母亲，将另一把钥匙往地上一扔，自己扬长上楼。杰克妈往楼梯上一坐，像个农妇一样嚎啕大哭起来："这个没良心的小祖宗，他怎么变得这样呵！哎哟哎哟，气死俺了……"老邱和玛丽急忙上前拉她起来，还没上楼的孟老、詹女士、冉丹、蒲丰等人也好言相劝，杰克妈这才停止哭泣，提着箱子去了自己的房间。

冉丹与蒲丰来到房间，看看地毯新崭，床单雪白，桌上都给摆好了免费享用的茶叶和咖啡，自然欢喜不尽。蒲丰看看桌面上还放着厚厚的书，拿过来一看是英文版《圣经》，便对冉丹说："你看，这是哪个信耶稣的旅客走时忘了带。"他打开书本看看，见开头部分用世界上最主要的二十五种语言印着同几句话，便模仿着牧师的腔调念了起来：神爱世人，甚至将他的独生子赐给他们，叫一切信他的不至灭亡，反得永生。

晚上吃的是自助西餐。面积不大的餐厅里，烛光摇曳，音乐低回，早有一帮白人坐在那里。冉丹和蒲丰选定一个小桌，各自去取来一盘食物，戴纳、布莱尼也端着盘子到了这里。这时，老邱端着大大的冰水杯过来给他们倒，戴纳却摆摆手："谢谢，我们这一桌就免了。"

说罢，戴纳起身去吧台买了一瓶红酒回来。她说：“新西兰的葡萄酒是很有名的，到这里是一定要喝的。”她给布莱尼倒了一杯，然后对冉丹和蒲丰说，“你们也来一点吧！”冉丹说：“谢谢，你们自己喝吧。”戴纳说：“不要见外。我是陕西人，咱们能在这个国家同游，也算缘份不浅。”冉丹有些吃惊：“你是陕西人？”戴纳马上用陕西方言说：“俄讲话怎么会是假的呢？”冉丹和蒲丰大笑，任她倒酒。蒲丰问她从哪里来。戴纳说英国。蒲丰又问：“你出国多少年了？”戴纳说：“六年了。”冉丹问：“布莱尼是英国人吧？”戴纳点点头。说着，她扭头瞅了布莱尼一眼。这一眼里，充满了无限柔情。

用餐完毕，戴纳和布莱尼回了房间。冉丹对蒲丰说：咱们到外面走走吧。于是二人便走出旅馆，来到了街上。

在路上听老邱讲过，这个格雷茅斯是十九世纪英国移民们到这里淘金形成的，现在虽说是南岛西海岸最大的城镇，却也只有七千居民。因为西海岸十分潮湿，很不适合人类居住。到了晚上这个时候，几乎所有的店铺都已关门，街上除了偶尔驶过一辆小汽车，再无别的动静。蒲丰感叹：“真是到了天涯海角啦！”

二人挎着胳膊在街上走了一个来回，便来到了旅馆附近的拦河大坝上。坝外是宽阔的格雷河口，从南阿尔卑斯山中奔腾而出的河水，到这里却泯灭了野性，娴静而轻柔地投入塔斯曼海的怀抱。

冉丹抬头看看满天的阴云，愤愤地说：“真邪门，昨晚奥克兰阴天，咱们没看见南十字星，今天晚上在这里还是看不成。”

蒲丰说：“时机还是不到，耐心等吧。”

在坝顶走了一段，便来到了旅馆的后面。二楼有几扇窗子亮着灯光却没拉窗帘。他们看见，宫雯雯正在一间房里用笔记本电脑打字，杨跃进正在她身边踱来踱去似在口授电邮内容。蒲丰说："这个杨老板，把办公室搬到这里来了。"冉丹说："他虽然土了一点，但我很欣赏他的雄心壮志。进福布斯排行榜，多么不易！"蒲丰说："他忙着为进那个排行榜打拼，还来旅什么游？"冉丹说："也是。你看他一路紧紧张张，哪像个休闲的样子？"

另一扇本来黑着的窗子突然亮起了灯光。是老邱和玛丽刚刚开门进去。老邱手里拿着一瓶酒，玛丽却端了两盘饭菜。刚才在餐厅里，蒲丰看见老邱还是跑前跑后伺候大家，便说："老邱你辛苦一天，也赶快吃一点儿吧。"老邱却说不忙，他一会儿回房间喝一点葡萄酒，慢慢地吃，这是他的老习惯。

玛丽将盘子放到桌上，竟像少女那样活泼地跳了一跳，一下子扑到老邱身上。老邱连酒瓶也没放就抱紧了她。然而只是片刻工夫，他却推开玛丽，奔到窗边把帘子拉上了。

蒲丰说："老邱又当司机又当导游，夜里还要当那女人的泄欲工具，能保证咱们的安全吗？"

冉丹说："明天咱们注意观察，如果他打盹就赶快提醒。"

风从海面上吹来，又凉又湿。二人抱膀缩颈跑下大坝，回到了旅馆。

## 第二天

第二天的行程，旅行社发放的材料上这样讲：于美丽的西海岸观赏千层蛋糕石、绿玉宝石，以及当今世界距离公路最近的福斯冰河，夜宿哈斯特。老邱发给每人一张的地图也告诉大家：今天要先向北去38公里，在普那凯奇看完千层蛋糕石再返回格雷茅斯，接着再往南走。

用过早餐，招呼大家上车后，老邱笑嘻嘻地向大家说："呵，各位早上好！固得毛宁！安尼哈西尼嘎！噢哈摇高杂一妈丝！呱呱该！呱呱该！呱呱该呱呱该呱呱该！……"

说罢，他晃晃拳头："嘿嘿，我会十八国语言，我好棒噢！我好酷噢！我好塞垒噢！"然后，他在大家的笑声中一屁股坐下，发动车子出了旅馆。

蒲丰和冉丹小声说："这家伙精力还行，看来昨天夜里没累着。"

冉丹刮他一下鼻子："比你强多了。不是我揪你耳朵，你这会儿还赖床呢。"

冉丹回头看看，见布莱尼正依偎在戴纳身上昏昏欲睡。

车子开出格雷茅斯老远了，老邱突然问："哎，人都到齐了吧？"

众人又是一阵发笑。孟老说："你怎么不到哈斯特再问呢？"

老邱晃晃脑袋："还行，咱们这一车反应基本正常，还会笑。你们知道吗？干导游的就怕带华人团，因为他们不会笑，想搞笑也搞不起来。有人问我这是为什么，我说原因很清楚：他们每时每刻不是检讨过去，就是盘算未来，哪有工夫笑呵！"

大家让他这话又逗乐了。

老邱说："哎呀，你说这是何苦呢？过去的事过去了，你想它干什么？未来的事还没来到，你着急个屁？还是把握现在，享受今天，该笑就笑！"

多数游客拍起了巴掌。

老邱又说："我在南岛干导游已经两年多了，这个路线跑了不知多少次，每个星期都接一个团。这些团可以说是形形色色，什么人都有。每接一个团，我都尝试着怎么把大家搞笑，有的很成功，有的就没辙儿。有一回，我带了香港一个老年团，一车子太公太婆。他们年纪大了，一辈子看了不少的风景，到了这里也感到不是那么新鲜，每到一个景点，下车瞥一眼就回车上坐着，让我好尴尬！可是，我很快就知道怎么样取悦他们了，那就是多带他们上厕所。那些个老肾，久经风尘，兜不住尿呵，所以我一把车子停到厕所门口，他们就鼓掌欢呼。我说，我搞的这是‘太公太婆南岛厕所观光游’哇！

“还有不敢搞笑的。是那一回带了一帮台湾和尚。呵，不光是和尚，还有一些居士，伺候和供养他们的。这些佛教徒，每天四点来钟就起来做早课，敲着木鱼铛子又唱又念，还烧香叩头，要用一个多小时。结果呢，一上车就睡觉，我身后的呼噜声此起彼伏。我恭恭敬敬地只管开车，一声也不敢吭。可是从后视镜里瞧瞧，哇，和尚们的睡相也很难看哦！

“最难搞笑的是官员。他们到了旅游团，还是西装革履不苟言笑，好像要与我老邱谈判，让我承认中国是完全市场经济国家似的。最有意思的是，有好几次，我一开口说，欢迎你们到南岛来玩，马上就有秘书模样的人板着面孔纠正我的话：‘老邱你怎么搞的？我们哪是来玩的？是来考察！’我说：‘哦，考察考察！我说错了，实在对不起！’再接下来，我就一口一个‘考察’。

“不过，我不管带什么人，都把他当成朋友。你想，南岛这么偏远，百分之九十九的人大概一生只来这里一趟，这缘分怎能不好好珍惜！所以每当我的老板新交给我一个团的时候，我都在电话里对他说：‘谢谢你，你又让我结识这么多的朋友！’接团之后，我也是尽量带好，让大家在这里玩得高兴，给大家日后留下一份温馨的记忆。”

香港的聂先生问老邱是不是每周都带团，老邱说是。四海旅行社在南岛就他一个导游，他开着这辆旅行社配备的三菱大巴，每周有六天在旅游线上，一圈下来是2300公里。星期天休整一天，星期一就又到机场接机了。他老婆孩子都在奥克兰，自己一个人在基督城租房子住着，大约两三个月才能请假回去一次。

詹女士说："那你这工作也好累。"

老邱摇摇头："不累，我喜欢这工作。一方面，是因为干这工作能够与来自世界各个地方的人交交朋友；另一方面，是我喜欢大自然。我尤其喜欢新西兰的南岛，你别看这里面积不大，却组合了世界上最好的风景。挪威的峡湾，英国的田园，瑞士的雪景，美国的平原……在南岛都可见一斑。而且，这些景色都是天然本色，原始风貌，没受到破坏和污染。这一切的一切，真是让人百看不厌呵！我转了两年，看过不下一百遍了，还是觉得这些景色是那么好，那么赏心悦目！真的，你仔细观察观察，用心体味体味，就会发现这里的每个季节都有每个季节的韵味。你看现在是春天，许多的花呀草呀都开始了新一轮的生命，是多么地新崭！而夏天，那种浓郁的绿色，仿佛都能把你的血给染绿！秋天呢，那些山野，牧场，湖泊，河流，颜色又变得那么复杂，仿佛在向你透露宇宙的密码。到了冬天，那又是另一种景象。有的时候下了大雪，山上的雪一直铺下来，铺下来，直铺到公路边，铺到你的车轮下。那雪即使大得让你走不成路，你也觉得那是一种美，你心里也没有一丝的怨恨。因为，这一切都是上天赐予你的……"

这一番话，深深地打动了车上的一些乘客。冉丹向蒲丰小声说：

“想不到，这老邱还挺有品位!”

这时，老邱不再说话，而是打开了音响。一支用排箫吹奏的曲子轻轻响起，像山间的风，带着南岛的早春气息，沁入每个人的心底，让每个游客投向车窗外的目光都变得柔和起来……

杰克看了几眼坐在他旁边的母亲，小声问：“妈，这曲子好听吧?”

齐跃进立即点头道：“好听！好听!”接着，她将儿子一搂，泪流满面……

齐跃进明白，儿子的这句问话，意味着母子之间的和解。

昨天晚上，她在房间里一直哭，连饭都没去吃。她无论如何也想不通，自己亲生的儿子今天怎么会变成现在这个样子。儿子小时候是多么乖，对妈是多么地依赖。都七岁了，上小学了，还不愿意和妈分床，自己躺在另一间屋里嗷嗷哭叫。如今大了，和妈在一屋睡是不方便，所以十天前她刚到奥克兰时，儿子在房东那里多要了一间房她也没生气。那房子不算太贵，一周是50新币。而出来旅游再住单间就贵了，一天就要再加50，加起来那就是280块人民币。六天下来就是1680元!

齐跃进在哭泣的时候，丈夫梁明那瘦削的身影老是在眼前晃。她知道这天是星期六，丈夫又要奔波在辽东那座小城的数个家庭之间，为那些大大小小的孩子教授钢琴。他在一所中学教音乐，担负着艺术班的高考升学任务，同时又在业余时间当起了家庭教师。他教那些孩子多么不容易，有些孩子两三岁就让家长逼着学琴，梁明要从一个个音符教起，没有天大的耐心是绝对不行的。遇上爱学的孩子还好说，遇上那些不愿学的，教上几个月也不见长进，家长却把账算到老师头上，嘟嘟哝哝说三道四。梁明多次在家里说：“如果不是为了那点钱，我怎么会干这么低三下四的事情!”

都是让儿子逼的。不，也可以说，是梁明夫妇自己把自己逼的。

儿子刚出生时，梁明就发誓要把他培养成中国的肖邦，为他起名邦邦，刚满周岁就教他学琴。邦邦也是天资聪慧，你随意哼一个音，他就能在键盘上准确地敲出来。过了不长时间，他就能像模像样地弹一些曲子了，到了四岁，儿子便在全市钢琴比赛上拿到了幼儿组金奖。然而在这以后，儿子的懒散也表现出来，父亲教的新课程他都懂，但就是不愿练习，有空就看电视打游戏机。更可怕的是，上了学之后他也不愿用功，各科成绩都是平平常常。父母每次训他，他便大言不惭地申明他的观点：“我不想那么累，我就想轻松快乐地活着!”这么一直混到高中，眼看升学无望，两口子便决定把他送出国去，觉得这样总能让大人和孩子避免高考落榜的尴尬与痛苦。那时他家的积蓄总共有二十万，听人说在新西兰念完本科，四十万也就够了，如果孩子能够打工贴补一下，那么三十万也差不多。然而他们没有想到，儿子到了奥克兰一家语言学校读“雅思”，本来半年就应该拿到六分以上顺利过关的，可他学了一年才考五分！更可怕的是，儿子不但不打工，还花钱无度，隔三差五就打电话让家里汇钱。齐跃进每次到银行往卡上存钱时，都觉得儿子手中的那张副卡简直就是黑洞，眼看要把她和梁明的性命毁掉！今年夏天，她因为年过四十五岁，在单位办理了“内退”，她的工资便拿得更少。梁明看看家中积蓄已尽，便说：“老齐你去看一看，邦邦在那边到底干了些什么?”

于是她就来了。到奥克兰住下，才知道儿子起了个英文名字叫杰克，与一帮小混混泡在一起，整天不上课，光在外面疯玩。在她来的头一天，杰克刚刚结束他在北岛的“魔戒之旅”，等到老妈过来，还要开车带她去南岛。她说那要花多少钱呀，再说也不安全。可是杰克非去不可，说就是死也要去一趟南岛。无奈，她只好做了让步参加旅游团，那样又省钱又安全。不过，她说："等到玩完回来，你一定要收收心念书，赶快把雅思过了去读大学！"儿子点点头。可她哪里知道，儿子点完头之后去旅行社报名，竟然订了两个单间！本来两个人交的标准团费是2160新元，合人民币一万二了，可儿子还嫌花少了。他怎么就不想一想，这钱是怎么来的呢？

所以她哭。她一个人在房间里哭了不知多长时间。玛丽曾经敲开门叫她吃饭，她却摇头表示不去。哭到晚上九点多钟，她想无论如何也要跟儿子谈谈，让他明白父母的苦心和艰难。可她来到儿子的房间敲门，儿子却坚决不开，隔着房门说："你烦不烦呀，不就是住个单间吗？你自己不想快乐，还不让别人快乐，你怎么这样呢你！"无奈，齐跃进带着两行汹涌奔腾的泪水，又回到了自己的屋里。

哭了一夜，直到天快破晓才迷糊了一会儿。是玛丽过来叫醒了她。玛丽说："大姐，今天的游程很远，你一定要吃早饭。"接下来她又感叹："唉，孩子大了真是难管，我那两个儿子也不是省油的灯。"齐跃进一边起床一边问她："你儿子多大了？"玛丽说："一个十七，一个十五，都在上中学。"齐跃进说："真看不出来，你有那么大的孩子。你来新西兰多少年了？"玛丽说："我不是这里人，我家在台湾，我到这里是陪儿子读书的，他们都在基督城。"齐跃进感到奇怪："你来陪读，怎么还能当导游？"玛丽羞笑了一下："当什么导游，我是出来玩的。"齐跃进越发惊讶："你陪儿子读书，怎么还有空出来玩？"玛丽说："为了让孩子提高英语水平，他们是住在洋人家里的，我自己住在一个地方，只是星期天跟他们见见面。"

齐跃进吞吞吐吐地问：“那你，你先生在，在哪里?”玛丽又一笑：“有时在台湾，有时在大陆。深圳有我家的工厂，他经常住在那里。”齐跃进连连点头：“原来是这样。”

接着，齐跃进问玛丽的儿子是不是听话，玛丽说：“有时候听，有时候不听。不听的时候我也没有办法。不过不和他们住在一起，眼不见心不烦。”

这么一说，齐跃进觉得找到了知音，心情也好了起来，便跟着玛丽去吃饭。然而到了餐厅看看，杰克早已坐在那里，对她还是不理不睬，她的心里又疼痛起来，胡乱吃了一点就又回了房间。直到上车走了好半天了，她的心情还像外面的天空，阴云密布。

而现在，儿子主动与他说话，那些阴云就变成了泪水。泪水流完，心境自然也晴朗了起来。所以当车子停在普那凯奇景区之后，她挽着儿子的胳膊走在了最前面。

千层蛋糕石在海边，看样子是沉积岩。也不知在多少万年前，海中的物质一层一层沉淀，然后浮出水面，就形成了今天呈现在游客面前的大片景观。看这边，是几座水中之塔，看那边，又是一群拱出海面的巨兽，可谓一步一景。而大群白色的海鸟在岩石上时飞时落，煞是好看。

最壮观的是亿万年来海水冲击岩石形成的洞穴。有的像露天矿坑，有的则是幽深暗道。潮水一波一波涌来，扑进暗道轰然作响，如雷鸣一般。有一处暗道上通地表，时不时突然溅出潮水，那雪白的水花达几十米之高，惹得游人一阵阵惊呼。

沿着旁边长满亚麻的小路时走时停，看了半个小时才把景区逛完。这时，蒲丰看见老邱和玛丽正走在他前面，便把手中的数码相机交给冉丹，悄悄说：“我要做个试验。”接着他大声招呼，“邱导，玛导，咱们合个影好吧？”蒲丰一下子站到了他们中间。然而玛丽却说：“你俩照你俩照！”动作迅疾地闪到了一边。照完，蒲丰等他俩走远，拿过相机一边看刚才的相片一边说：“冉丹你明白了吧？玛丽根本不是什么导游。”

齐跃进走了过来。她小声而诡秘地对这二人说：“你们怎么能让他们照合影呢。玛丽是老邱的小蜜，是跟来玩的。她是台湾人，长期住在基督城陪儿子读书。她老公是大老板，在深圳还有工厂呢！”

她和这二人说罢，看看杨跃进和宫雯雯从后面过来，又主动向他们透露。杨跃进听罢，用鄙夷的眼神瞅着她说：“这有嘛奇怪的，人家爱怎么着怎么着！”弄得齐跃进面红耳赤。

上车之后，杨跃进大声说：“我发现了一个问题。新西兰的景点怎么都不卖门票？”

老邱说：“除了一些人工制造的娱乐设施，像这种自然景点都不卖门票。不但不卖门票，政府还要投入资金用于交通和服务业设施。你们看到了吧，几乎所有的城镇都有旅游问询处，牌子上有个i的绿色标志，在那里有工作人员为你解答问题，还有大量介绍各个景区的的小册子供你查阅，就是拿走也不收钱的。”

冉丹问：“那你们的旅游收入从哪里来？”

老邱说：“你想，游客们从世界各地来到新西兰，不吃饭吗？不住宿吗？不购物吗？你们的钱转来转去，总有一些要进入国家的口袋里。就说我们旅行社，哪年不要交一大笔税金？”

杨跃进感叹道：“原来是这样！这就等于所有的景点都是国家经营，都属于全国人民。哪像咱们，老祖宗留下的东西，现在在哪家就成了哪家的聚宝盆。故宫长城是北京的，泰山是泰安市的，兵马俑是西安的。他们把钱搂得已经够多了，门票还是一涨再涨！”

车上其他一些旅客也都愤愤不已，哇哇议论。

这就忙了戴纳。布莱尼以为出了什么事情，急于弄清楚，让她赶快翻译。一时听不明白，还让戴纳一遍遍地解说，“Pardon”（请再说一遍），这个词被频频使用。

车子折返向南，走了一会儿，蒲丰叫了起来：“痛苦呵！痛苦呵！”

大家急忙问他出了什么事情。

蒲丰说：“这明明是西海岸，我却看成是东海岸；明明是向南走，我却看成是向北走。能不痛苦吗？”

冉丹说：“他就这毛病，一找不着北就慌神儿！”

蒲丰说：“其实男人的方向感都很强烈，不像你们女人，整天糊里糊涂。”

车上几位女性激烈抗议。詹女士说道：“我们女人怎么糊涂啦？我们是不在乎方向而已，没必要嘛。”

蒲丰说：“问题恰恰出在这里。这是人类先祖男女分工时遗传下来的禀性。我们男人整天在山上狩猎，不迷失方向这是最基本的要求。所以，方向感强烈的男人光荣！”

詹女士高声问：“你们别的男士，是不是也很注意方向？”

聂先生说：“是的，我的方向感也很强烈，但我从来就不迷失方向。”

杨跃进说：“我也不会掉向！”

冉丹撞了蒲丰一膀子：“听见了吧，光是方向感强烈还不够，还要在什么情况下都不迷失方向，这才是真正的男人！”

蒲丰彻底地瘪了：“好好好，我不是纯种的男人！我往后再怎么痛苦，也不随便哼哼啦！”

一车人全都笑了起来。

穿过格雷茅斯小镇再往南走时，大家发现一个奇怪的现象：那些海边植物，无论乔木还是灌木全都向东歪斜。那山坡上，密集的树冠竟让风整个地拍成了绿色斜面，平展如砥。一处海滩上，有一株孤零零的树造型最为奇特：那树冠像摩托女郎飙车时甩出去的长发，却又被发胶定了型，平直地悬在半空一动不动。老邱向大家解释：南岛处于著名的南半球西风带，这个风带恰巧处在南太平洋、印度洋南部和南大西洋相连的位置，没有任何遮挡，常年风力强劲。一般是越往南去风越大，航海人有这样的话：“咆哮40度，暴躁50度，疯狂60度。”咱们今天所处的位置，大概是南纬43度左右，正在它开始咆哮的地带。

看着车外的树木，旅客们无不惊叹。

老邱说：“西海岸虽然不适合人类居住，但这里有好东西。当年这里的金矿吸引了无数的人过来，其中还有一些华人。他们不是跑来就能淘金，而是要先参加修路，这样才能取得淘金的资格。在这里修路有多难呵，有些人连一粒金砂也没有得到，便在修路过程中死掉了。这里蚊子很多，另外还有一种沙蝇咬人特别厉害，据说那时候人们只好用腌咸了的猪肉涂在脸上以驱赶他们。其实这里的黄金蕴藏量并不大，在十九世纪六十年代开发了一阵子，随后这里就只剩下了孤独的坟墓、遗弃的木屋和大量的矿渣，提示着这里曾有人做过发财之梦。

“另一种好东西是绿玉。前面的好奇提卡就是一个著名的产地。毛利人相信这种宝石蕴含着神力，当年费尽千辛万苦到这里采到手，然后加工成‘帕图’，也就是武器，或者加工成装饰品。有了它做的武器，据说就能战胜敌人；有了它做的装饰品，或者把装饰品当作礼物，便能获得爱情。在二十一世纪之初，有一位十分美丽的毛利女子得到了情人送的绿玉饰物，便唱了一首十分动人的情歌，现在我请大家听一下。”

老邱动一动 CD 机，一位女人的歌唱果然响了起来。大家虽然听不懂词，但其中的千般温柔、万般爱恋却感受得真真切切。甚至，这女人通过歌声散发出的雌性荷尔蒙气味都能让人嗅得到。这气味甜甜的，腥腥的，让人血流加速心跳加快。

全车人沉醉其中。那个戴纳竟然双泪长流，将偎在她胸前的布莱尼的头发打湿。

歌声停止，冉丹便问老邱这 CD 哪儿有卖的。老邱说：“我是在奥克兰一家音像制品商店买的，估计别处也能找到。这是新西兰著名的毛利女歌星 Haori 出的专辑。”

“Haori。”游客们念叨着这个名字。

老邱又说：“现在我们快要到达好奇提卡镇。也就是著名的绿玉产地。我们要在这里吃午饭，饭前这段时间，我请大家参观一家绿玉加工厂。这家工厂有产品展柜，价格肯定比别处便宜，大家如果买的话不妨看看。”

说到这里时，蒲丰用肩膀撞了一下冉丹：“呵，图穷匕首见。”

全车人也都一声不吭。

老邱却笑了起来：“哈哈，现在大家肯定以为我像别的导游一样，带大家购物好拿回扣啦。我实话告诉你们，干我们这行的，确确实实有人靠这一手赚钱，有的旅行社甚至不给导游发工资，让他们全靠这个。可是我不，我一开始就给老板讲，咱们不能搞那一套，要搞货真价实的服务，让游客觉得所有的钱都花得值，一点儿不冤枉。老板看我讲得对，做得也好，就发给我很高的工资，让我不靠那笔回扣过日子。”

杰克妈问：“你工资能拿多少？”

老邱说：“我向你们全部交代好了：一周一千二，再加上大家给的小费，一周差不多是两千。”

众人都说：“不少，真是不少！”

杰克妈说：“这样算算，你一年差不多能挣十万了，折合人民币五六十万呢！”

老邱说：“十万拿不到，因为我有时候还要请假，到冬天还有不能跑的时候。不过，我拿这么多也真是够意思啦。你们知道新西兰人的平均薪酬是多少吗？报上刚刚公布了个数字，是28808元。”

杨跃进摇头说道：“新西兰人才挣这么一点钱呀？”

老邱说：“杨先生你别忘了，这是平均数字。在这里，一般的知识分子，譬如说中学教师年薪是四到六万，医生是八到十万。请问，在你的企业，平均工资是多少？”

杨跃进不吭声了。

杰克妈点着头说道：“老邱你干这行真是不错，又开心，又挣得多。”

好奇提卡到了。这里虽然只有三千居民，但和新西兰其它小镇差不多是一个样子，也有麦当劳和肯德基，中心街口也竖立着一座规模不大的钟楼。不同的只是那家绿玉加工厂。老邱把车停在门口时说：“大家请注意，毛利人与客人见面，会行一种碰鼻礼，那是很尊贵的礼节，大家可不要拒绝哟！”

游客们兴奋起来。冉丹因为坐在第一排，她第一个跳下车，跑进了门口。果然，里面有一个极其肥硕且在下巴上刺有青色花纹的中年毛利女人，一见到她就热情地张臂相迎。她抱住冉丹，笑嘻嘻地勾下头，拿鼻子与冉丹的鼻子碰了一下，接着便放开了。

毛利女人接着和其他游客一一碰鼻。被碰过的都闪到一边摸着鼻子笑。碰到杨跃进，因为二人的肚子都太大，他们努力了几次，也没能让鼻子碰到一起，只好放弃。围观的人们无不捧腹。

这个节目结束，毛利女人作着手势让大家参观。原来这里其实是一家绿玉制品商店，外面全是展柜，里面用玻璃挡起一部分空间，有一些工人在里面守着工作台或琢或磨。

蒲丰在展柜前转了片刻，看见一副耳坠造型独特，是典型的毛利风格，便花120新元买了下来。在他给冉丹试戴时，詹女士嚷道："小冉，快唱毛利情歌！"其他人也跟着起哄。冉丹便幸福地仰起脸，一手捏一只耳坠，用一连串的"啊"字把Haori的韵味模仿得维妙维肖，惹得众人一齐鼓掌。

杨跃进听完冉丹的唱，向她一竖大拇指："冉小姐，你盖帽儿了！"

冉丹向他把头一歪，故作娇态："Thank you！"

接下来，大家便各自在展柜前转悠，有的还解囊购买。

商店四周墙上贴了许多大幅照片，都是毛利人怎样持玉或佩玉的。有一幅是一位极其威严的老年男子，白发满头，青纹满脸，手里拿着一把玉铲。杨跃进看了看，问老邱那是什么意思，老邱说那老人是位毛利领袖，他手中的玉铲代表着权柄。杨跃进便到柜台前，选定了一种样式，价格是一把1520新元，便让那位毛利胖女人给他拿10把。他这一壮举把旅伴们都吸引了过来。孟老问："杨老板，你想叫什么人为你唱情歌？"杨跃进一边从包里取卡一边说："我想回国后叫十个有权的龟孙给我签字盖章！"詹女士说："哎呀，这么一来，你离福布斯富豪榜更近了！”

刚刷完卡，他的手机便响了。他立即举到耳边大声嚷嚷：“啊，是我！你打过多少遍了？没办法没办法，新西兰就这么落后！这才刚刚到了有信号的地方。你说吧，那事怎么样了？”

购完物，老邱带大家去了一家餐馆。杨跃进弄来一大盘吃的，坐到了冉丹旁边。他问冉丹在北京干什么，冉丹说下岗了。杨跃进笑道：“你干吗耍我。”冉丹说是真的，接着便把自己为旅游而辞职的事情如实以告。杨跃进看着她说道：“那你到天津跟我干好不好？待遇嘛我保证叫你满意。”冉丹说：“你能让我干啥？”杨跃进笑着眨眨眼：“你想干吗？”冉丹骨突着小嘴，转了转眼珠：“干你的子公司经理怎么样？”杨跃进将手中的叉子晃晃：“没问题！你愿做哪个行业，咱们成立一个就是喽，我保证给你充分注资！”

正说着，蒲丰和宫雯雯也取罢食物过来坐下。杨跃进这时却转移了话题，让宫雯雯每天都要检查放在行李仓里的玉铲，不要颠坏了，宫雯雯点头应道：“我记着了。”

这时，老邱过来给每人发了一张纸，上面是关于乘坐直升飞机游览冰河的介绍与收费情况。老邱说：“咱们下午看冰河。坐直升飞机不在原先安排的项目之内，另外交费，坐不坐由你们自己决定。不过，谁打算坐现在就要定下来，我好打电话通知人家。”

冉丹看清楚坐一次是 30 分钟，中间在冰河上降落一次，费用是每人 185 元，便问蒲丰：“咱们坐不坐？”蒲丰说：“太冒险了吧？”冉丹瞪了他一眼：“你忘了山姆是怎么说的？”蒲丰说：“好，去！选择了冒险才有故事！”

老邱说：“其实这个项目并不冒险，真正的冒险项目是极限滑雪。一些滑雪爱好者要付上 700 元，让高山滑雪公司用直升飞机送到库克山顶，然后从距离地面几米的机舱中跳出，直接滑雪而下。这时直升飞机会立即离去，留下你一个人去面对空旷的雪坡、断崖，那种挑战的感觉只有你自己能够明白。”

众人一迭声惊叫：“呵呀，谁敢这样玩命呢？”

老邱说：“嗬，大有人在！洋人就是有这劲头！”

冉丹用肩膀撞了一下蒲丰：“你看看人家！”

杨跃进也要报名坐直升飞机。宫雯雯劝道：“总裁，高山上空气稀薄，你的血压……”杨跃进说：“哦，那就不去。这血压误我多少事儿！”

在另一桌上，杰克和他妈又吵起来了。杰克怒气冲冲地说道：“如果不到雪山冰河上游一游，还算什么魔戒之旅？”杰克妈说：“这还要另花钱的！”杰克说：“你就疼那点钱！我以后还你好不好？”杰克妈只好叹着气挥手：“唉，去吧去吧！”

饭后还有一段空闲时间，除了杨跃进继续在餐馆里往国内打手机，其他人看看天已放晴，阳光灿烂，便去了离餐馆不远的海边。放眼望去，虽然天海碧蓝，那沙滩却是一片灰黑。更有许多不知从哪里漂来的枯树，杂乱无章地躺在那里诉说着西海岸的苍凉。

冉丹一边散步，一边向蒲丰讲了杨跃进对她说的话。蒲丰停住脚瞪圆了眼睛：“这个狗东西，他想把你拿下？”

冉丹来一个诡笑：“哈，你这么紧张？被他拿下有什么不好？到时候我当了大经理，把你也弄去得了。”

蒲丰揪住冉丹的双肩问：“你真打算卖身投靠？”

冉丹坏笑着说：“这要看卖得值不值。”

蒲丰恨恨地说：“你卖，你卖！我现在就把你扔到海里去，叫你卖不成！”

冉丹说："你扔！你扔！"

蒲丰将身一弓，抱起冉丹就向水边跑去。而冉丹却紧抱他的脖子，热烈地吻起他来。蒲丰没法再跑，便一屁股坐在沙滩上，就势倒下，与冉丹滚来滚去。

看着他俩这样，游客们嗷嗷直叫。

滚过一阵，二人坐起身来，依偎在一起当起了观景客。

戴纳和布莱尼不顾海水冰冷，双双脱掉鞋子，勾肩搭背在浅水里行走。受了她们的感染，杰克和几个香港来的年轻人也都开始脱鞋。

那位香港老太也叫了起来："且且，又又，你们等着我，我也下去！"



被她叫了名字的两个女孩却说："外婆，你不能下的！"说罢，一齐跑到了水中。

而老太太却自己坐下扒起了鞋袜。她的几个中年儿女都围着她劝阻，但谁也劝不了。她的两个女儿只好也脱了鞋子，扶着她走下水去。阿婆站到水中，抬起一只脚撩了撩水，那张皱纹纵横的老脸上露出了孩子般的笑容。

孟老和詹女士走近仍站在岸上的几个香港人。孟老对聂先生说："你母亲真不简单！"

已经鬓发斑白的聂先生笑了笑："没办法，老人家着了魔啦。"

詹女士说道："这怎么叫着了魔呢？你看，这么大年纪了还保持着这份童真，有多么好！"

矮矮胖胖的聂夫人说："就是着了魔啦。我婆婆守寡多年，很不容易，本来等到儿大女大要享享福了，可她六年前做了一个梦，梦见一个白胡子老头告诉她，她在七十五岁这年会死。别人都不信，可是她信。她说，这梦后来还经常做，一年做好多回。我们找过神汉给她破解，可她还是做这样的梦。她明年就是七十五，今年天天念叨这事，非要在死之前出来玩玩不可。既然她有这想法，我们做儿女的就成全她啦，再忙也要陪她出来玩一趟啦。”

孟老两口子听了这些都很吃惊。孟老说：“这个阿婆，真是着了魔了。”

詹女士撩一撩让风吹乱的长发，转移了话题：“哎呀，你们这一大家子真是孝心可鉴！我猜，你们这是三家吧？”

聂夫人说：“是三家。我们一家是四个，我们俩，加上儿子狗狗和他的女朋友阿芳。阿婆的左边是她小女儿二玲，她的孩子今年十八，叫又又。阿婆右边是她的大女儿大玲，大玲的女儿是那个穿红衣服的，叫匡且，今年二十。匡且的爸爸呢，是这一位。”说着，她指了指旁边站着的一位高个子中年男人。那男人咧开嘴，冲孟老两口子笑了笑。

詹女士问：“怎么没见又又的父亲？”

聂夫人说：“她父亲早就和她妈离婚了。”

詹女士看看水里，还是个小姑娘的又又正和杰克在一起撩水嘻闹。

看看规定的集合时间快到了，聂先生大声招呼道：“走啦走啦！”于是，水里的人纷纷走出来，在沙滩上蹭干脚丫穿上鞋子。

车子继续南行。6 号公路离开海边，弯来绕去直钻山中。一个多小时之后，老邱说：我们现在离库克山已经很近了。只是因为层峦叠嶂，遮挡了视线，在这里看不到它。但过一会儿坐飞机的几位能够从天上看到，其他人只能看一看它那雪白大披风的一角——福斯冰河的最下端。库克山顶峰离 6 号公路的直线距离只有几十公里，它下面的冰河离得更近，所以说这是世界上离公路最近的冰河。

他接着告诉大家，他要将车子先开向停机坪，让几位坐飞机的下来，然后再将其他人送往冰河下方。一个小时之后，也就是四点半，两拨人集中到一起继续赶路。

停机坪到了。那儿果然有几架直升飞机，大家纷纷下车观看。

老邱交过钱，回到车边一一点名，让几位勇敢者站出来：冉丹和蒲丰，戴纳和布莱尼，香港的四位年轻人，另外还有杰克。然而其他人都在，却没看见杰克。老邱扭头呼喊，只听一声尖锐的口哨声从车门处传来，接着那儿黑影一闪，杰克穿着那件向吉普塞人买来的灰黑披风，持一把短剑跳了下来。又又一看，跳跃着拍手喊道："哇，弗罗多！弗罗多！"

杰克向飞机挥剑一指："护戒使者们，跟我走哇！"说罢率先跑去。

冉丹等人嘻嘻笑着随他而去。

杰克妈在后面追着喊："杰克，你可要小心呀！"

老邱说："你放心，不会有问题的，咱们走吧！"说罢，他招呼其他人上车，离开了这儿。

九位"护戒使者"兴奋地跳上飞机，正好坐满了机舱。这时，两位白人驾驶员上来，示意他们系好安全带，接着发动了飞机。马达轰轰响了几分钟，然后响声突然加剧，本来在外面耷拉着的螺旋桨也转动起来。冉丹他们觉得座椅一动，整个飞机悬空而起。

飞机掠过小镇迅速爬升。长着茂密森林的山脚被甩在后面，覆着低矮植被的山坡被甩在后面，寸草不生的一段山体被甩在后面。这时，飞机的左侧白光一闪，大家扭头一看便齐声欢呼起来："冰河！冰河！"

那真是一条河，它从山上蜿蜒而下，看似零碎实则巨大的冰块堆积着，拥挤着，呈一种流动状态。飞机溯流而上，这河也在不断加宽。驾驶员介绍，这些冰由于受到自上而下的挤压作用，的确在流动着，一天大约前行三到五米。

这时，飞机突然下降高度，慢慢地在一块平坦的冰面上落下。驾驶员用英语说：“你们现在可以下去，用双脚感受冰河。但请不要走远，不要跨越较大的冰缝。”说罢就将舱门打开。

大家相跟着跳下，凛冽的冷风让他们不由自主地抱着膀子打了个寒噤。但脚下的冰面让他们马上兴奋起来，几个人先是小心翼翼地行走，继而又跺脚又跳跃。驾驶员向他们讲，现在踏在你们脚下的可以说是万年冰雪，厚度达二百多米。蒲丰拉着冉丹的手走近一条不太宽的冰缝探头看看，只见里面闪着莹莹蓝光，深不见底。他大声喊道：“超值享受！绝对是超值享受！”

杰克一个人向下游走去。走出七八米远，他突然跌倒在冰面上，一面作匍匐挣扎状，一面伸出手叫喊：“干豆腐！干豆腐！干豆腐快来救我！”

又又见了马上说道：“干豆腐不在这里，阿雯来啦！”她跑过去往冰上一趴，将一只手递给杰克，作努力援救状。

戴纳问冉丹：“干豆腐？什么干豆腐？”

冉丹说：“就是灰袍巫师甘道夫，戒迷们在网上闹着玩，便叫作干豆腐。”

戴纳摇头笑了起来。

又又的表姐匡且笑着跑了过去：“阿雯不要怕，精灵女王也来啦！”说罢便去趴下，扯住又又的脚腕。匡且又回头喊：“吉姆利，你跟你老婆也来呀！”长得十分矮壮恰似《魔戒》里侏儒勇士的狗狗佯怒道："骂我呀？骂我呀？"说着和女友跑过去，一人扯住匡且的一只脚腕。但他们没有趴下，只是用力地往后拽，于是另外的三个人便在他俩的拽动下，像一条长蛇嗖嗖滑行。这阵势，让冉丹等人哈哈大笑。

一位大鼻子驾驶员站在舱门口笑微微地看他们疯闹。等他们爬起来之后，他耸耸肩说："很遗憾，末日山顶去不成了，你们手中的魔戒销毁不了了。"又又问："为什么？"驾驶员说："山顶已经被云遮住。"大家抬头看看，冰河上方果然是一片云雾。他们知道，绕库克山顶峰一周的飞行计划泡汤了。

驾驶员说："为了弥补这一缺憾，现在我带你们去空中俯瞰另一条冰河，弗郎茨·约瑟夫冰河。请大家上飞机。"

众人回到机舱，再次升空。

这时，老邱已经把车子开到了福斯冰河最下端的停车场。那是一条大峡谷，雪白的冰水在峡谷中间哗哗流淌。老邱先将两岸峭壁上一道道深深的划痕指给大家看，说那是古时冰河留下的，估计那时冰河差不多直接与大海相连。但后来全球气候渐渐变暖，冰河便一天天后退。他指着停车场旁边的一块石碑说："你们看，那碑上记得明白，1957 年的冰河伸到这里。但现在大家想看到福斯冰河，还要往上走一公里。你们大家慢慢看吧，我还要回去接那些年轻人。"

杨跃进打了个哈欠说："不就是条河吗？小宫你去看吧，我要睡一会儿。"说罢就回到了车上。

其他人便向上游走去。那是一个山坡，行走艰难。香港老太走了几步便气喘嘘嘘，他儿子往她面前一蹲："老妈，我驮着你。"老太太便顺从地往他背上一趴，让他驮起。

走到坡顶，他们看见了半公里之外的冰河末端。那其实是一个冰崖，看上去脏兮兮的。孟老这时也有些气短，便停住脚说不去了。詹女士说："真是不必去看，比咱们在加拿大看的冰河差远了。"宫雯雯听他们这么说，便也停下了。

聂先生背着母亲继续前行，他夫人和他的妹妹、妹婿也紧跟其后。

杰克妈看看他们，再看看停下的几位，犹豫了片刻，说："花钱出来旅游，不好好看看不是吃亏了？"说罢就追了上去。

这一段没有像样的路，只是沿着河边往上走，走得磕磕绊绊。香港老太让儿子驮了一段，又让大女婿驮了一段，这才来到了冰崖附近。

近前看，才觉出了那冰崖的雄伟壮观。它高达几十米，泛着蓝光，宽阔的断面上裂纹斑驳，似在向人展示着福斯冰河的千古奥秘。在冰崖底部，一股雪水喷涌而出，载着库克山对大海的问候向西奔去。

突然，一块巨冰从崖顶塌下，轰然落地，砸起一片河水，森森的凉气一瞬间扑到游人身上，直入骨髓。

香港人匆匆照了几张相，聂先生便将老太太背起，说快走快走，别把老太太冻坏了！

杰克妈便也跟着回去。她因为相机在儿子手里，在这儿连一张照片也没能照。

车子载着一帮年轻人来了。老邱说："下面的旅途中没有厕所，建议大家在这里方个便。"于是好多旅客便向旁边的厕所奔去。

戴纳与布莱尼回到车上，一人手上拿了一片树叶。戴纳问老邱："这树叶在新西兰的许多宣传品上常见，它叫什么？"

老邱说："银蕨树，新西兰的国树。"

众人问为什么是国树，老邱讲，相传过去有两个毛利部族打仗，打到晚上休战，却都迷失了回家的路。他们转来转去突然发现，这银蕨树叶的背面在夜晚可以发光，于是千百个毛利战士一齐翻转银蕨树叶，道路于是被照亮，他们安全地回到了各自的"帕"，也就是寨子。从此，毛利人十分尊崇这树，西方人来这里之后也继承了这一传统。

戴纳听完，又讲给布莱尼听。布莱尼惊叹连声，而后起身走到老邱身边，将手中那片银蕨树叶插在后视镜上方。老邱笑说道："谢谢布莱尼，这一回咱们也迷不了路啦！"

剩下的路果然顺利。落日时分，哈斯特到了。因为是西海岸向南岛内地走的中转站，所以这地方虽然只有三百个居民，却有着好几家很上档次的旅馆。老邱订好的这一家，在一大片牧场旁边，草坪上还停着一架只有四个座的小型直升飞机。大家问这是干什么用的，老邱回答：新西兰的一些农牧家庭都拥有直升飞机，有时用它驱赶牲畜，有时用它作交通工具。飞机停在这里，说明它的主人飞行途中看见天色已晚，便落在这里投宿。众人听罢，纷纷上前拍照。

发钥匙时，杨跃进又看着手机嚷嚷起来："这里也没信号！这是什么鬼地方？我和好几个人已经说好，晚上打电话向我报告的，这还有嘛办法？"

蒲丰用嘲讽的口吻说："你快雇用这架直升飞机，把你送回好奇提卡！"

杨跃进看着那架直升飞机说道："你甭说，这意见真值得考虑。"

宫雯雯对他说："咱们用网络跟国内联系吧，房间固定电话肯定能拨号上网。”

杨跃进又摇着头说：“我要是克拉克，早把电信部长给撤喽！不过，这也是她不会用人，中国不是有句老话嘛：女人当家胡闹台。你想想，这新西兰的大老爷们难道死绝啦？偏偏选一个女人当总理？”

玛丽听见这话，走过来反驳道：“女人怎么就不能当总理？人家克拉克就是不错！杨老板你知道不，新西兰妇女是世界上最早取得选举权的。要是在她们面前发表谬论，不把你扁了才怪呢！”

杨跃进立即前后统一：“哎哟哎哟，那可不得了！叫她们扁在这里，我那一大摊子怎么办？”说罢，他腆着个大肚子往房间跑去。

吃晚餐的时候，老邱向游客们说：“外面的天空很晴朗，大家饭后走一走，看看南半球特有的星空好不好？”冉丹与蒲丰齐声叫道：“太好了，我们一直盼着呢！”

等大家走出门外，老邱和玛丽果然等在门外，脚边还有一箱瓶装啤酒。老邱给每个人发一瓶，说这是他请客，让大家看星空的时候喝，人们接过之后都很兴奋。杨跃进要了啤酒，却与宫雯雯回了房间，说有急事要与公司联系。香港老太有点发烧，此刻让几位儿女搀扶着回去了。

其他人则跟随老邱走向了与旅馆相邻的牧场。一群人踩着软茸茸的牧草，走呵走呵，一直走到牧场深处。这时哈斯特的灯光已经不见，只有淡淡的月光星辉照耀着他们。

冉丹说：“老邱，南十字星在哪里？你快指给我们看！”

老邱向南方一指，说：“那座山的上方就是。”

众人站定了看去，只见在遥远的南天，有四颗明亮的星星组成一个十字，在黛蓝色的天幕上熠熠夺目。

詹女士说："呀，跟新西兰国旗上的图案一模一样！"

老邱这时右手抚着左胸，望着南十字星唱了起来：

> 上帝的国度，在你脚下，
>
> 以爱的契约，我们团聚。
>
> ……

他的嗓音不很悦耳，但神态极其虔诚。

唱完，人们问他唱的是什么，他说是新西兰国歌，大家便肃然起敬。

老邱这时让大家坐下，并从腰间取出一把起子，给众人打开了啤酒。最后，他把自己的打开，喝上一口又说："现在我请大家再看南半球星空的其它别致之处。你们看那南十字星，旁边是不是有一片暗影？这是天文爱好者所称的'煤炭袋'。其实这是银河的一个局部，因为这儿的星星少，加上南十字星特别明亮，就让这儿形成了一片暗区。大家再随我指的方向看，那里漂浮着两片小小的美丽云朵，对吧？不对，那不是云朵，是两团星云，也就是两个群星集团，一个叫大麦哲伦云，一个叫小麦哲伦云，它们分别漂浮在距地球15万光年和17万光年的地方。这是当年麦哲伦在环世界航海途中发现的，被称为南天第一神奇景观。这些，咱们在北半球是统统看不到的。"

游客们一边赞叹一边观看。

玛丽这时说："你们注意到没有，这里的月亮也不一样。"

冉丹抬头看看那半边月亮，马上说："和太阳一样，是在北边！"

玛丽说："还有呢？"

众人仰头去看，却再没看出特殊之处。

孟老说话了："北半球的新月是 C，在这里却翻了过来，是 D。"

众人恍然明白，都说孟老不愧是见过世面的，连这事都懂。

孟老说："当年我在南美洲当了多年外交官，哪一年不是看着月圆月缺思乡？"

蒲丰问："你思念的是台湾还是大陆？"

孟老说："都思念。台湾有我的家人，大陆则有我的祖坟。"

老邱说："跟我一样。我总有一天要去温州认祖归宗，在我曾祖父的坟前看那个 C 字状的新月。"

众人一时无言。有几个把啤酒一气喝光，躺在了草地上。

蒲丰躺在那里握紧冉丹的手说："真是个星垂平野阔。"

冉丹说："你看那星星离咱们多近，好像一伸手就能摘下来呢。"

老邱说："今天大家有福，西海岸无风的时候很少，晴天的时候也很少，可咱们今晚都赶上了。"

没等孟詹二老开口，众人笑道："感谢上帝！感谢上帝！"

躺了一会儿，老邱说明天的旅程很长很累，建议大家回去休息，大家便一个个站起身来，向旅馆所在的方向走去。

香港小姑娘聂又又走在最后面，她扯了一把杰克，小声说："回去之后，我到你房间说说话好吗？"

杰克点点头："弗罗多在 115 恭候。"

杰克回到自己住的 115 房间，一边看电视一边等又又。等了一会儿，那门果然轻轻响了。他跳过去打开，又又红着一张小脸站在外面笑。杰克弯腰半蹲，做一个请的手势，又又却小声说："你是弗罗多吗？”

杰克说：“在下正是。”

又又说：“那你的房门怎么不是圆的？”

杰克说：“你忘了，这是在去末日山的途中。”

又又便努力地憋住笑，挺着小胸脯走进来，坐到了一把沙发椅上。

杰克关上门，回过身问：“你和谁住在一起？”

又又说：“匡且，我的表姐。”

杰克说：“哦，就是额头很高，下雨淋不着鼻子的那位。她知不知道你到我这里来？”

又又说：“她的额头不光能护住鼻子，还能护住她的表妹，给她充分的理解和自由。”

杰克瞪眼张口：“呵，表姐伟大！”接着，他从包里取出一块口香糖，单膝跪倒，做恭敬状递给又又，“这是我们哈比族献给精灵公主的礼物。”

又又笑吟吟接过，放进嘴里，然后伸手指了指床沿：“你坐下，我想考考你——你是真正的戒迷吗？”

杰克说：“怎么不是，铁杆的，想死在中土世界的那种。”

又又说：“有人说了，真正的戒迷有十多项特征，你有几项？”

杰克马上说：“你数着呵：第一，我会把任何一个小孩子都当成是小矮人，想从他身上找出至尊魔戒。第二，我把自己的车子取名叫万车之王——捷影。第三，我经常对后院里的老橡树说话，问它能不能载我出行。第四，如果有人叫我去收拾地下室，我会说：‘那样会吵醒矿井里的炎魔。’第五，我经常抱着一张精装加长版《魔戒》DVD 自言自语：‘我的，我的，我的宝贝……’第六，我遇到对面来人，会大喝一声：‘你休想通过!’第七，我家房子的门窗都是圆形。第八，我经常一大早就打电话报警：‘太阳很红，昨夜有流血事件!’第九，下次奥运会开幕，当运动员要点燃圣火时，我会从座位上跳起来大叫：‘莱格拉斯，快射死他!’第十，等我结婚后，会经常把结婚戒指拿在手里说：‘我希望戒指从没到我手里，我希望这一切都不曾发生。’——当然，说这话的时候不能让老婆听见……”

又又笑歪了身子，拿指头点着他说：“好，好，你真是不可救药啦!”

杰克说：“又又你不知道，我在奥克兰房东家里，整天放《魔戒》，已经放了不下二十遍!”

又又问：“你自己看还是和别人一道?”

杰克说：“一般是和房东老太太。不过，她看来看去，已经得了严重的抑郁症啦!”

又又问：“怎么回事？她不喜欢《魔戒》?”

杰克说：“怎么不喜欢？现在《魔戒》已经和几维鸟一样成了新西兰的标志，这里的人几乎是言必称魔戒。我那位房东，六十六了，已经单身多年。她看第一遍时就喜欢上了干豆腐，说那先穿灰袍后穿白袍的老头是个不错的男人。我劝她说，扮演者麦克莱恩爵士就在英国，你不妨打个电话去碰碰运气，你们年纪相仿，也不是没机会。房东认真思考了好半天，最后摇头说道：‘唉，还是算了，英国食物太难吃，他又不肯来新西兰住。’但她这么说过之后还是放不下，我一放《魔戒》她就捧着心口窝说：‘哎呀，杰克你知道吗，单相思真是一件痛苦的事情……’”

又又在椅子上笑得身子一顿一顿，好半天没说出话来。

接着，杰克向又又讲他在北岛的“魔戒之旅”。他讲矮人村建在怀卡托平原的什么位置，讲魔域、圣盔谷、风云山丘等等取景于惠灵顿附近的哪些地方，讲末日山其实是陶波湖旁边的一座死火山……让又又听得如痴如醉。

突然，房门被人“咚咚”敲响。杰克去打开一看，原来是又又的妈妈聂二玲满脸怒气站在外面。

杰克说：“阿姨请进。”

聂二玲不理他，只对又又低声喊道：“又又，还不回去睡觉！”

又又悻悻地起身，跟着妈妈走了。

回到又又的房间，聂二玲立即对女儿咬牙切齿：“一个女孩子，深更半夜钻到人家屋里，像什么样子！”

又又撅着嘴说：“跟他说说话嘛，这能怎么样？”

聂二玲说：“说说话？今天说说话，明天就跟他上床了！我还不知道你那个贱样子！”

又又恼了，向她妈瞪起一双小眼儿。”

聂二玲又骂：“一个大陆的小穷鬼你也看上了，你有没有出息呵你？”

又又把脚一跺：“穷鬼？穷又怎么啦？我爸倒是富，到头来还不是把你给休了！”

聂二玲恼羞成怒，抓住又又就要打。匡且死死地拉住她：“姨母姨母，你不要这样啦！”

聂二玲放开女儿，转向外甥女发火：“你这个当姐的，怎么就不看住你妹妹？要不是我回来取东西，又又彻夜不归我也不知道！”

匡且说：“姨母，你不要把我们想得那么坏。外婆还在发着烧，你快回去照顾她吧！”

聂二玲喘着粗气，恨恨地瞪了女儿片刻，然后摔门而去。

## 第三天

到达第三天游程的第一站，是上午九点半。这个叫作瓦娜卡的小镇湖光山色，漂亮得很。老邱介绍说，这个镇子小巧而安详，有许多好玩的地方，譬如登山、滑雪、钓鱼等等，近年来许多人都在这里建造别墅。大家向外边看看，果然有一些大兴土木的场面。

杨跃进问："老邱，这里的房价怎样?"

老邱说："一座别墅，大约二十到六十万不等。"

杨跃进说："就是六十万，才三百来万人民币嘛。等我明年到这里买一套!"

大家知道，杨跃进又在显摆了。詹女士说："你买到手，有空来住?"

杨跃进说："我没空来住，可以让给老邱住嘛。我给他一把钥匙，他跑得累了，就到我房子里住几天。我先声明，不收房租的!"

老邱连连摆手："谢谢，谢谢！可我实在是没时间来休闲。但我想过，我可以在这里买一块墓地，只要三个平方米就够了。到时候我在那里一躺，看着这美丽风光，来往游人，是多么惬意多么舒服！大家记住，那时你们再来，可别忘了给我送一束花哦!"

众人笑道："老邱你也真是，这种话也敢说!"

老邱嘿嘿一笑："那还有什么不敢的。人都有一死嘛!"

车子停在湖边，游客们纷纷下车游玩，香港的聂先生却和他的母亲坐着没有动。老邱和玛丽关切地过去询问，聂先生说：“老太太一夜没有退烧，吃药也不管用。今天的住宿地是在皇后镇吧？咱们能不能快一点走，好到那里去给她看医生。”老邱说：“好的，咱们尽快，到皇后镇的时间不会晚于12点。”这时老太太却摆着手说：“我没事，你让大家该怎么玩就怎么玩，千万不要减了项目。”聂先生说：“你看你这样子，不早去一点怎么行?”老太太说：“儿子你放心，仙人整天托梦给我，我明年才死的!”老太太这么一说，老邱和玛丽都笑着下车忙别的去了。

聂先生把老太太额头的湿毛巾拿下，去车门口拧干，新浇了些矿泉水，又给母亲敷上。接着，他从随身带的盒子里拿出一支酒精棒，抄起母亲的手，在她手心手背上擦着。感受着酒精带来的凉意，老太太哼哼着说：“好儿子，好儿子。我死之前什么遗憾也没有了，就差个重孙子了。”聂先生说：“这也好办，我回去就叫狗狗结婚!”

老太太将目光投向正在湖边逗弄野鸭的孙子和孙媳妇，目光中充满了无限的慈爱和期冀。

她目光稍一移动，便看见孟詹老两口正面对着瓦娜卡湖和湖对岸的雪山一动不动。他问儿子：“那老两口在干什么呢?”聂先生说：“他们信耶稣，可能是在做祷告。”

说话间，那老两口停止了祷告，回身向车上走来。等他们一进车门老太太就问：“孟先生，你们祷告什么呢?”

孟先生说：“我们在为你祈祷，求神赐予你健康平安，让你赶快把烧退掉，轻松愉快地游完南岛。”

老太太深受感动：“你们是为我祷告？真没想到！哎呀呀，你们的心眼儿真好，真好!”

聂先生由衷地说：“谢谢，谢谢你们。”

这时，老邱招呼大家上车，说再去看这里的“迷惑世界”。

车子只走了几分钟，在一座小山的脚下，一片童话式的建筑便出现了。最边缘处，有几座小楼挤在一起，有正的，有歪的，仿佛是一丛同根生的“楼蘑菇”。在草地上，还有一座小楼呈30°的样子倒向一边，连楼座都撅了起来。游客们下车后过去看看，发现那也是特意建造的，其实坚固得很。

蒲丰跑到跟前，两手托着楼身做努力挺举状，让冉丹拍照，大家看了都说这姿势好。等他离开，好几个游客上去效仿。

香港老太也下了车。她说有孟先生和詹女士的祷告，感觉自己好多了。听她这么说，老太太的后辈们纷纷向孟老和詹女士道谢。

走进“迷惑世界”的门口，老邱告诉大家，这里可玩的主要是迷宫，进去之后，走完全程是1.5公里，没有半个小时是完不成的。上午的时间挺紧，如果大家还想看皇后镇附近的蹦极发源地，那么只能舍弃这个项目。聂先生说：“迷宫哪儿没有哇，蹦极发源地只有一个，走吧！”其他人也都同意这个意见。

老邱说：“不过，这里也有别处没有的一个场景，不用十分钟就能玩完。请大家跟我来。”

游客们便跟着他走。走过门厅，走过许多出售旅游纪念品的货架，老邱走进了一扇画有男人女人的房门。人们叫起来：“还别处没有呢，不就是个厕所吗？”

然而进去之后，人人都傻了：这间屋里，一左一右靠墙建有半米高的木头台子，栗色台面上有一个个圆洞，而在台子的远端，竟有几个白种男人坐在那里方便，白花花的屁股都露出半边。布莱尼只看了一眼，便“噢”地一声蒙上了眼睛。

大家再仔细看，便明白远端其实是一幅画，与近处的实景接合得天衣无缝。老邱介绍说："这里展示的是古代西方公厕场景，你们可以拍照的。"众人于是大笑，争相坐上便台。

轮到冉丹，她坐到最靠近画面的一个洞上，对画上的白人小伙说："哥们儿，我是你的芳邻！"然后伸手摸到他的屁股上让蒲丰照。蒲丰端着相机边拍边说："流氓！冉丹你真流氓！"

游客们照过相之后，这才分别从两个侧门进入了真正的厕所。

只有布莱尼没有照相。戴纳照完让她坐上去，她两腮飞红，连连摆手说 No。

走出厕所，蒲丰对冉丹说："你看人家布莱尼，多么淑女！"

冉丹瞪了他一眼："看上小洋妞了是吧？告诉你，她不是不好意思照，是没有兴趣摸男人屁股！"

蒲丰撇着嘴说："就你好意思，就你有兴趣！"

冉丹嘻嘻笑着，转到蒲丰的身后，推着他走出了"迷惑世界"。

一团人离开瓦娜卡继续前行。香港的狗狗问："老邱，咱们现在是不是去看笨猪跳呀？"老邱一边开车一边说："就你们香港人会乱起名，好好的蹦极运动，Bungee Jumping，被你们叫成了笨猪跳！人家韩国拍了一部电影《爱的蹦极》，到了你们那里就成了《情约笨猪跳》。我看你们这是笨猪叫！"一车人听了都笑。

老邱接着介绍："蹦极的历史，来源于南太平洋岛屿一个古老传说。相传在瓦努阿图岛上，有一位年轻的妇人，因为她的丈夫妒忌心很重，好吃醋，她感觉实在受不了，就去跳崖自尽。她的丈夫随后赶来，看见妻子跳崖，自己也跟着跳下。可是妻子在跳崖时耍了一个花招，预先将自己用绳索捆在一棵树上，结果丈夫丢了命，她自己反而没死。这个故事流传后，南太平洋群岛上的人就开始玩起了这种跳法，甚至把这当作"成年礼"，哪个小伙子敢跳，他才取得成人的资格。但是蹦极真正成为一种运动，应当归功于新西兰的一个人，这人叫 A. J. Hacket Bungy，是皇后镇的，他在卡瓦劳河上潇洒一跳，让人们群起效仿。爱好蹦极的新西兰人成立了世界上第一个反弹跳跃协会，并在 1988 年首次向社会公开展示高空悬跳，从这以后才传到世界的其他地方。”

这时，布莱尼哇啦哇啦说了一通。戴纳向大家翻译：“布莱尼说，他知道 A. J. Hacket Bungy，这人还创造过从欧洲阿尔卑斯山上的缆车及巴黎艾菲尔铁塔上跃下的辉煌战绩。”

老邱说：“在咱们中国人眼里，新西兰人就是有点儿怪。他们在商场上心不在焉，不愿投入激烈竞争，可是在运动场上却是生龙活虎，特别敢于挑战。大家知道吧，橄榄球运动拼抢得十分厉害，这既是他们的全民爱好，也是在世界上称雄的项目。登山，高速汽艇，高山滑雪，都极其危险，但对他们来说是家常便饭。还有最新的发明“Zorbing”，付 75 美元就可以坐在一个巨大透明的球中，从山坡上滚下，体验被撞得不省人事的“快感”。就连蹦极，他们也不满足于在桥上蹦，在高台上蹦。你们知道吗，现在世界最高的蹦极点位于南非东开普省齐齐卡马山中一座大桥上，高度为 216 米；第二高的蹦极点在瑞士的一个风景点的缆车上，高度为 160 米。而有些新西兰人为了超越他们，搞起了“超级蹦极”：乘坐直升飞机，从 300 多米的高空向下蹦！”

游客们一片惊呼：“哇！”

老邱又说：“这种玩法真是不得了。你想呵，300 米的高度，一直落到离地面 50 米左右，然后再反弹 200 多米，而且要反弹多次，没有好体质和好胆量，真是对付不了。这种超级蹦极还特别贵，一次交费 299 元，如果因为害怕放弃了，还不给你退钱。所以我们还是先在卡瓦劳河上玩一玩普通的蹦极，这里的高度只有43米，如果临阵脱逃，你交的190元钱还可以退的。”

蒲丰问：“老邱你跳过没有？”

老邱摇摇头：“很不好意思，我从没跳过。我怕这把老骨头让那绳子扯散喽。”

众人便笑。

老邱问：“请问你们当中有没有人跳过？”

也没人答应。

老邱说：“看来咱们都是一个等级的。不过，在这里谁如果想跳的话，可以试试看。”

聂又又大声说：“我跳！”

话音未落，她的母亲聂二玲马上尖厉地叫了一声：“啊？你想要我的命呀？不准你跳！”

杰克妈也急忙扭头向儿子说：“咱也别跳呵！咱活得好好的，为啥要在这里送命？”

车上的其他人都没吭声。

杨跃进转移了话题：“老邱，你说新西兰人在商场上心不在焉，这是怎么回事？”

老邱说：“你们听说过吗？新西兰人喜欢自称KiWi，也就是几维鸟。为什么这样自称，一方面是因为几维鸟是国家的象征，另一方面也因为他们欣赏几维鸟的生活方式：与世无争，悠闲舒适地活着。这一点，他们到了周末表现得最为明显。在咱们中国商人眼里，周末是赚钱的大好时机，谁舍得休息呀？可在这里，除了超市，大多数白人开的店铺都会关门。他们干什么去了？去公园，去海边，去旅游胜地。开着车，拖家带口，游艇放在家里的还要用车子拖上。

他们说，周末是上帝规定的休息时间，不休息那是违背了上帝的旨意。他们认为，衡量生活质量的标准，不在于拥有多少财产，而在于拥有多少休闲的时间。他们都不愿让自己太累，只想悠闲一点，舒适一点。”

杨跃进感慨地说：“谁不愿意悠闲舒适？等我的目标实现了，我他妈的常年去度假！”

老邱说：“你为什么非要进那个富豪榜？不进又怎么样？”

杨跃进连连摇头：“不不，要进的，一定要进的。这你不懂！”

老邱“嘿嘿”一笑，沉默不语。

詹女士问：“杨老板，你既然这么执着，肯定信奉‘时间就是金钱’这一理念，怎么还能抽空来这里旅游？”

杨跃进说：“咳，我想来吗？我是被小宫绑架来的。”

哇！大家都惊奇地去看宫雯雯。宫雯雯红着脸说：“你们别听他的。是这样：公司董事会看到杨总天天打拼，怕他累坏了，就决定强制他度一次假，由我来执行。”

杨跃进说：“也不经我同意，就去办了签证买了机票，然后找几个人把我往车上一塞，一溜烟拉到了机场。这不是绑架是什么？”

大家都笑。蒲丰说：“哎呀，你遭遇的绑架也太幸福啦！我什么时候能享受这样的待遇？”

杨跃进说：“你不是已经被冉小姐绑架来了吗？”

冉丹笑道：“不是被我绑架，是我们共同被魔戒绑架。”

孟老说：“杨总，你既然出来度假，就好好地度一次，最好把手机关掉，让身心彻底地放松放松。”

宫雯雯说：“我们是想让他这样做的，可他就是不肯，人出来了，心还在公司，每天还要操心这操心那。”

杨跃进叹口气：“哎呀，那一大摊子千头万绪，好多项目都正在推进，你说我不操心能行吗？”

詹女士说：“没办法，我看你这人是不可救药了！”

宫雯雯说：“是的，他这人就是不可救药！”

车子进入卡瓦劳河谷。在弯弯曲曲的路上走了一段，大家便看见了一座横在河谷上的铁桥和桥头的小楼。老邱停下车，去了楼里片刻，然后招呼大家进去。大家鱼贯而入，走过一个白人身边时，这人竟在每个人的手背上盖了一下章子。那戳记又红又圆，里面只有一个字母“K”，加上外面的圆圈，大概是“OK”的意思。沿着螺旋式楼梯向下面的桥头走时，老邱告诉大家，到这里是要花钱的，只看不跳，每人五块，在手背上盖章就等于验票。好几个游客搓着手背上的戳记嘟哝：“给张票多好，这么OK多不文明。”

这时，第一个跑上桥头看台的聂又又叫了起来：快看，有人正跳呢！

大家跑到看台上站定，果然发现在铁桥中央的跳台上，正站着一位白人青年。他默立片刻，突然长啸一声，一头栽了下去，观众们随即发出一片惊呼。

桥下的河谷深得让人晕眩，而谷底的水也绿得让人晕眩。只见那人带着橡皮绳悠悠地落下去，一直落到水面，甚至都击起一小簇水花儿了，才又高高地弹起。随后再落，再弹，五次之后才倒垂在水面。这时，泊在河边的一艘小船划过去，船上的人将他放到船里，为他解去捆在脚腕上的绳索。他立起身来向悬崖上的观众挥手致意，然后让船载向岸边，沿着一条阶梯小路慢慢往上走。

观众们兴奋地又将目光投向跳台，期待着那儿再出现表演者。

手扶栏杆的冉丹突然扭头问：“蒲丰，你爱我吗？”

蒲丰说："当然爱啦！"

冉丹说："怎么证明？"

蒲丰说："还要证明？跟咱们一起来玩的人都可以证明呀！"

许多游客听见了他们的对话，都嚷嚷起来："对，我们可以证明，蒲丰爱你！"

冉丹摇头说道："这还不够。蒲丰，你要是爱我的话，现在就去跳给我看！"

蒲丰立即傻眼了："你，你让我去跳？"

冉丹点点头："对，我就要这样检验一下你。"

蒲丰头上冒出了汗珠，且呼吸急促。他停了停，看看冉丹，再看看众人，终于咬一咬牙说："好，我跳给你看！"

游客们一齐鼓掌欢呼。

老邱说："走吧，我领你去检查身体。哎，还有谁想跳？想跳就跟我走！"

布莱尼挽着戴纳的胳膊站了出来。

狗狗也站了出来。但他奶奶马上哭喊起来："孙子，孙子，你快给我回来！"他母亲立即把他扯住："狗狗，听奶奶的话。"

人群旁边传出了一种激烈的声音。大家转身看看，原来是杰克妈满脸通红，正紧紧抱住试图挣脱的儿子。片刻之后，杰克用力撕开妈妈环抱着他的双手，一溜烟向桥上跑去。杰克妈将脚跺了两跺，掩面痛哭。

孟老两口子走上前去安慰她："你别担心，我们现在就为你的儿子祈祷。"说罢，老两口真地走到一边，虔诚地祷告起来。杰克妈看着他们，止住了哭声。

老邱领着三个年轻人走上铁桥，戴纳却很快一个人回来了。大家问她怎么回事，戴纳说：“他们量了血压，说我的偏高。”杨跃进走近她说：“呵，你也是高血压？咱们这样的没办法，只能老老实实地待着！”

观众们等待了一会儿，布莱尼在跳台上出现了。戴纳马上将两手套在嘴边向她喊：“亲爱的别怕，我爱你！”

布莱尼也向这边挥手致意。

她似乎没有多少犹豫，自己喊了一声：“Go！”接着就跳了下去。她的白衣金发，与碧绿的水面成为鲜明的组合。等落到水面又高高弹起时，她发出一声既像惨叫，又像快乐的欢呼。

戴纳将两手放在眼边，欲捂还开，双泪涌流。

当布莱尼结束弹跳，被人载到岸边时，跳台上突然传来一声高喊：“快闪开，弗罗多来啦！”

人们抬头看时，只见杰克从跳台里面以百米冲刺的速度飞跑出来。跑出跳台之后，他的身体还在空中保持了片刻的奔跑状态，双腿急促向前迈动。原来，他用了蹦极人一般不敢用的绑腰方式。

聂又又蹦跳着大叫：“哇，真酷！”

当杰克身体落稳，被接应到岸边时，人们发现布莱尼正在河边等着他。

杰克妈激动地向孟老两口子连连拱手：“谢谢你们祷告！谢谢你们祷告！”

孟老笑微微笑道：“要感谢主！”

冉丹在激动地等待着蒲丰出场。当只穿米黄色羊绒衫的蒲丰慢慢走出来时，她立即大喊：“蒲丰，我爱你！”

然而蒲丰没有向她做出回应。他走到跳台上，当一位男性工作人员给他捆绑好之后，却仰起脸来，久久不动。

那工作人员向他说了几句什么，并拍拍他的肩膀以示鼓励，蒲丰还是没跳。

冉丹喊道："跳呵蒲丰！"

蒲丰依旧不动。

人们等急了，一群游客高喊起来："五，四，三，二……"

等大家喊到"一"时，蒲丰却突然转身，抱住了那位工作人员。那中年男子大叫起来："我也不是你的情人，你抱我干什么？"

人群中爆发出一阵哄笑。

那位工作人员抱了他片刻，拍拍他的后背，又推开他，鼓励他再去跳。

蒲丰回过身，又是迟迟不跳。

游客们又喊起来了："五，四，三，二……"

等喊到"一"，蒲丰又故伎重演。人们笑得更是厉害。冉丹皱起了眉头。

蒲丰第三次走到跳台边缘，没等大家喊五四三二一，他却抬手摆一摆表示放弃，接着转身走了回去。

冉丹脸上羞愤交加，骂道："这个胆小鬼！"

老邱带着蒲丰走了回来。蒲丰满脸通红，吐吐舌头向大家道歉："对不起，对不起！我这人从小就有恐高症，实在没法完成任务！"

老邱为他打圆场："跳不跳都没有关系的，190元钱全都退了，咱们没有任何损失！"

然而蒲丰损失大了。他走到冉丹跟前想跟她说话，冉丹却将身子猛一扭，独自一人向出口走去。蒲丰回头向大家咧咧嘴，接着追她而去。

这时，戴纳正在看台一角焦躁不安向下观望，人们这才发现跳下去的两个人至今没有上来。看看那个阶梯小路，河边的一段没人，靠近看台的一段没人，而中间有一段恰被一处断崖挡住。

“布莱尼！布莱尼！”戴纳喊了起来。

“杰克！杰克！”聂又又也放声大叫。

布莱尼和杰克在断崖旁边出现了。他们抬头向大家挥挥手，接着并肩向上攀登。杨跃进向宫雯雯小声说：“他们在下边多长时间呀，肯定是发生了故事。我早看出来了，那个布莱尼是双性恋，男女通吃，他对杰克这小子有意思。”

宫雯雯说：“你猜得对，你看戴纳气成了什么样子。”

戴纳此时两眼冒火，酒糟鼻已经成了紫的。等到布莱尼和戴纳两人喘着粗气终于爬上来时，齐跃进急乎乎地去拥抱儿子，她却像根木桩一样立在那里。倒是布莱尼主动，红着脸上去将她抱了一抱。

老邱这时喊大家上车，一群人便离开看台向出口拥去。

到了停车场，大家看见蒲丰还在试图向冉丹解释，而冉丹扬着一张冷漠的小脸，对他一副不屑的样子。等老邱开了车门，她第一个上车坐下，还是一眼也不看紧跟着她的蒲丰。

戴纳到自己的位子上坐下，也是不瞅旁边的布莱尼，只将目光直直地盯着窗外。

又又坐下，却一次次地回头去看后面的杰克。和她同在一个座位的匡且说：“小心把脖子扭断了。”聂又又说：“我想把杰克的脖子扭断！”匡且说：“你凭什么扭断人家的脖子？”又又说：“就凭他跟布莱尼在下边鬼混了那么长时间！”匡且说：“你怎么能够断定他俩鬼混？”又又说：“肯定的。我看过手表，他们整整隐身二十一分钟！”匡且笑着拿指头戳了一下她：“你还真是爱上他啦？你把他带回香港去吧，看不把你那个阿峰气死！”又又说：“我带他回香港干什么，我不是跟你说了吗，这次出来旅游，我一定要有一次艳遇。明白了吧，仅仅是艳遇而已。你看看这团里，能和我发生故事的还能有谁？只能是他！我不愿让他在这几天里爱上别人！”匡且说：“只霸他六天？”又又说：“只霸他六天！呵不，只剩下不到四天了！”两个女孩相视而笑。

车子驶出河谷不久，一片狭长而美丽的湖泊便出现在前方。老邱说，这是瓦卡提普湖，它呈S形，长达一百多公里。瓦卡提普是毛利语，意思是“巨人的空间”，皇后镇在这湖的中段。皇后镇是意译的中文地名，也有译作女王镇的，音译则是昆斯敦。当年这里也有金矿，到这里淘金的大多是男人，实在是过于寂寞，就给这里起了个地名叫“女王居住的城市”。

杨跃进哈哈大笑起来：“原来这名字是意淫的产物呀？”

老邱笑道：“说它是意淫的产物也行。但现在这个名字给全世界的印象却是美丽、浪漫和冒险。这里的固定居民只有一万二，可是每年来这里的游客却多达一百多万。为什么呢？一个是这里风景秀美，远离尘嚣，可谓世外桃源。再一个，这里有各种各样的冒险运动，像漂流、蹦极、滑雪、高速游艇等等，你想玩什么都有，从而让这里赢得了‘冒险之城’的美誉。克林顿在任上时曾经来过这里，他是这么评价皇后镇的：‘这是个会令人窒息的地方，这里没有其他，只有美丽。’”

孟老插话道：“他在这里还发表了关于环保问题的重要讲话，声称要签订《京都议定书》，可是等到小布什上台，却不认账了。”

老邱说：“咱们不说布什了，还说皇后镇。这里的运动项目排第一位的是滑雪，在周围的山上，遍布着大大小小的滑雪场，都是世界一流水平的。每年到了六、七月份，这里是冬天的时候，各国的滑雪爱好者便云集这里。大家现在来得不是时候，不然，你会看到许许多多的精彩场面。尤其是每年六月举办的滑雪周，有新西兰政府官员出席，有歌舞表演，还有焰火燃放。大批的滑雪者身穿华丽服装，带着滑雪器具，热情万丈地出发。可是随后几天你看吧，伤胳膊断腿的，或自己拄拐，或用担架抬着，一个个从山上撤了下来，那场面也好惨哦。”

众人皆笑。

坐在后面的杰克大声问：“老邱，这里有许多《魔戒》拍摄点，咱们能不能看上？”

老邱说：“是的，《魔戒》在这里取了好多的景，镇上居民有好多还当过群众演员。不过，那些景点都在镇外很偏远的地方，咱们在行程中没有安排。”

杰克说：“我们自己去好不好？”

老邱说：“也可以，但要自己找车。皇后镇街头停着许多吉普和面包，可以和他们讲讲价，让司机带你们出游。咱们吃过午饭去坐缆车，然后可以自由活动。”

杰克说：“那就坐过缆车再去！”

杨跃进说：“下午自由活动？好！他扭头向宫雯雯下达指示：你马上通知公司，两点半，国内的六点半，哦，不对，新西兰现在是夏时制，再加一个小时，七点半召开一次电话会议，让中层以上干部全部参加，各部门都要汇报工作进展情况。”

宫雯雯说一声“明白”，马上打手机传达总裁指示。

车子拐过一段弯路，眼前豁然开朗，皇后镇一下子展现于人们的视野。看着那些多姿多彩的建筑，瓦蓝静谧的湖面，以及环绕在周围的森林与雪山，游客们啧啧连声。詹女士说：“克林顿的表述很准确，这里真是美得令人窒息！”

沿着湖边走一段，便到了最繁华的街口。街上商铺林立，游人如织。而在附近的湖边，遮阳伞下，休憩椅上，则是三三两两的观光游客。老邱带大家住进一家白人开的旅馆，接着领大家去了旁边的“金龙餐馆”。他说：“咱们离开基督城之后就再没吃上中餐，今天无论如何也要犒劳一下这二十二张中国胃！”这话在游客中间引发了一阵欢呼。

全团人坐了两桌，香港一家一桌，其他十人一桌。蒲丰去吧台那里与老板说了几句，随后每张桌子上便有一些红酒、啤酒和饮料上来。大家说：“咦，今天怎么有这些东西?”老板指着蒲丰说：“你们问问这位先生。”蒲丰便站起来向大家说：“这是用退回来的蹦极钱买的，请大家喝一点，算是我向大家道歉吧！”

孟老说：“你道什么歉，多此一举嘛！”

蒲丰说：“就是应该道歉，因为我让大家失望啦。”

老邱在一边打着圆场：“也行，蒲先生既然买了，你们就喝！”

于是，众人心安理得地打开了瓶子。

孟、詹二位又开始了饭前祈祷。宫雯雯虽然没和他们一起祈祷，但也是端坐垂目，一脸的虔诚。

杨跃进看看他们，再看看冉丹，说：“咱们其实应该感谢冉小姐，没有她的‘情约笨猪跳’，咱们中午能喝上酒吗?”说着就隔着桌子向她举杯。

蒲丰瞅他一下，眼里充满敌意。

这眼神让冉丹看见了，她冷笑一下，举杯与杨跃进“当”地一碰，然后一仰脖子干下去半杯。而后，她举着半杯残酒向大家招呼：“哎，你们怎么不喝？英雄美酒，千古难逢呵！”

除了戴纳与布莱尼，众人都笑着举杯。蒲丰做个鬼脸：“人家说，一失足成千古恨，我是未失足却遗恨千古！”

他接着说：“布莱尼，杰克，你们是真正的英雄！我敬你们一杯！”

杰克满脸自豪地把酒喝了。布莱尼却因为戴纳没给她翻译，红着脸不知所措。詹女士用英语给她讲了蒲丰的意思，这洋妞开心地笑了：“Thank you very much（非常感谢）！”

然而，整个午餐过程中，戴纳却没说一句话，饭也吃得很少。

香港老太没能吃饭，她只夹了几口菜便恶心欲吐。聂大玲伸手试试她的额头，说坏了，烧得更厉害了！于是，大大小小的手一齐伸了过去。大家摸过之后都说：“快看医生，快看医生！”匆匆忙忙吃完饭，聂先生便让老邱开车送老太太去医院。五个中年人全部随车过去，只留下了四个年轻人跟团。

老太太临上车时，孟老追着她说：“老妹妹你别担心，我会继续为你祈祷的！”

老太太一边哼哼一边说：“孟大哥，你不要为我操心，我明年才死，现在没有事的。”

午后一点，老邱带着其他十四个人去了镇子北边的鲍伯山下。

山坡的森林被开辟出一条不太宽的通道，通道上方是几近垂直的缆车钢索。排队进入起点站，每个人将要坐进吊篮时，都有一个穿着露脐牛仔服的白人姑娘举着相机，热情地招呼他们留影。游客们兴致勃勃，一边向那姑娘摆手致意，一边钻进吊篮。

每个吊篮坐四人，冉丹、蒲丰、戴纳、布莱尼同坐一个。在升到山腰时，蒲丰看见离地面太高，吓得脸色发黄闭上了眼睛。冉丹鄙视着他说道：“又尿裤子啦！”

蒲丰说："没办法，我这恐高症到死也克服不了啦!"

戴纳问："你这个样子，坐飞机的时候怎么办?"

蒲丰说："坐飞机没事，一点儿也不害怕。我看过资料，恐高症其实是人类早期住在树上留下的一种潜意识，飞机的高度已经超出了人类先祖的经验。"

冉丹说："就你的祖宗住在树上，别人的都住在草窝里。"

蒲丰说："老祖宗遗传给别人的少，给我的多，我有什么办法?"

冉丹撇嘴说道："你就是有恐高症，冒一次险又怎么样?"

蒲丰说："是呀，咱们是记住了山姆的那句话，崇尚冒险。但我现在要说：人生在世，不一定要老是选择冒险，他也有选择不冒险的权利。"

冉丹向他啐一口："我呸！这是十足的懦夫逻辑!"说罢，她再又不理蒲丰了。

走下吊篮，游客们进入建在靠近山顶的"地平线农舍"。站到餐厅外面的看台上，皇后镇的旖旎风光尽收眼底。雪山之刚，湖水之柔，森林之幽，小镇之静，让游客们心醉神迷。

看台的另一边，是一台升降机的起点，一些游客坐着吊椅去了山顶。老邱说："这是去玩旋转雪撬，大家想玩的话自费，一人五块。你们看，有人下来了。"

众人扭头去看，随着一阵咕噜咕噜的声音由远而近，只见一位黑人小伙冲了下来。他乘坐的小车，模样像个雪撬，底下却有着轱辘，跑起来如风驰电掣。那车道又弯又窄，坡度极大，让人看了直炸汗毛。

杰克第一个向升降机起点站奔去，他妈想拦也没来得及。聂又又拉着表姐匡且跟着后面喊：“杰克，等等我！”

布莱尼也想去，但戴纳却拉住了她，说这玩法太危险。

冉丹把包让宫雯雯给拿着，朝那儿走去。蒲丰站在那里没动，只是将DV对准了她。

等到冉丹登上山顶，匡且已经滑下去了。而聂又又却拦住杰克连声追问：“你们干了什么？到底干了什么？”

杰克说：“我们什么也没干，真的！”

又又说：“那你们为什么隐身那么久？为什么？”

杰克恼了：“这是我们的事情，你管得着吗？”说罢，他冲上一辆雪撬车，呼啸而下。

聂又又便向冉丹发问：“冉姐，你说男人是不是都这么花心这么无赖？”

冉丹说：“杰克他怎么啦？”

又又说：“他和布莱尼偷情！”

冉丹甚感诧异：“不可能，他们想偷也没机会呀！”

又又说：“要是你那蒲哥在卡瓦劳河上跳下去，他们就不会有机会了。跟你一样，我也恨姓蒲的！”

冉丹这才明白了几分，便拍着又又的肩膀说：“恨吧恨吧，咱们一起恨！”

说罢，她和又又坐上雪撬车，一前一后滑了下去。冉丹虽然生来胆大，在北京也多次飙车，但这里的坡度与速度还是让她感到了紧张甚至是恐惧。她死死地把住方向盘，额头上汗流涔涔。好几次在急拐弯处，她吓得眼泪都出来了。到了终点停下，她差点儿没能从车上站起来。

走回看台，她见蒲丰在举着DV迎接，她却转身避开了镜头。

一群人再坐着缆车下山，等到出站的时候，却被先前那位给他们拍照的露脐姑娘拦住了。大家一看，原来每个人的照片此时都被打印封好，正摆放在旁边的架子上。老邱说："你们如果觉得照片好就拿走，不拿也没有关系。"听说价格是一张20元，许多人都说太贵，摇着头表示不要。杨跃进却说："留作纪念嘛!"说着就将自己和宫雯雯的拿到手里。他看到冉丹的照片，拿起来递给她说："你看你照得多漂亮，赶快拿着!"说罢就去付款。蒲丰见了，站在一边冷笑。

回镇的路上，老邱说，下面的时间大家自由活动，但别忘了六点钟准时回到金龙餐馆吃晚饭。

车子停在旅馆门口，老邱指着不远处停着的几辆三菱吉普说：谁要去《魔戒》拍摄地，可以到那儿谈。听罢这话，杰克和香港的四个年轻人立即跑了过去。

冉丹从座位上站起身，不理身边的蒲丰，却回头招呼戴纳和布莱尼："咱们也去玩玩吧?"戴纳说："可以。"三个女性便也去了。

蒲丰犹豫片刻，也跟了过去。

看见来了一帮游客，吉普车司机立即跳下车来问他们要到哪里去。听说要去看《魔戒》拍摄地，他们说，一个下午只能看近处的两个地方，一个是什归珀斯峡谷，再就是卓越山，车价是每辆二百。狗狗说："我们四个正好一辆。"冉丹对戴纳和布莱尼说："咱们三个一辆。"戴纳瞅了瞅站在一边的蒲丰，说："不让他去吗?"冉丹哼了一声："他也配?"说罢就钻进了车里。

聂又又等到表哥表嫂上去，她拉着车门对杰克说："你来挤一挤吧!"可是杰克刚要过去，司机马上抬手挡住了他，说路很难走，绝对不能超员。又又向匡且眨眨眼睛："姐姐，你到那一辆车上好不好？委屈你一下哦！”匡且对杰克笑一笑，接着去和冉丹她们商量，冉丹和戴纳也同意。杰克吹了一声口哨，一个踮步跨上吉普，坐到了又又的身边。

两辆吉普一前一后向镇外驶去。蒲丰目送着它们，一脸沮丧。

这时，老邱说要去加油，加过油还要到医院看望香港老太，便与玛丽一道开车走了。杨跃进则说开电话会议的时间到了，带宫雯雯回了旅馆。

站在路边的孟老抬手招呼：“杰克妈，小蒲，你们过来。”

杰克妈和蒲丰便走到了老两口身边。

孟老指了指街对面：“你们看，那里有座教堂，咱们一起去祈祷好不好？”

那儿果然有座带十字架的建筑。杰克妈看着它摇摇头：“俺不去。”

蒲丰没说话，只是笑了一笑。

孟老用一双老眼盯着他俩：“请问，你们愿不愿让自己心爱的人平安回来？我听说，他们今天下午的路程相当危险。”

这么一说，杰克妈立即点头：“好，好，我去。”

蒲丰还是不说话，但在孟老他们过马路时，他跟在了后头。

这座教堂规模不大，样式也显得简单。有门的一面呈倒三角形，朝上的一角高挺而尖锐。

等到走进去，蒲丰却发现了这座教堂的别具匠心之处：世俗与超越。它底部是一圈厚厚的玻璃墙，墙外的车水马龙看得清清楚楚，但人头之上则全由不透明的木板搭成，越到高处那空间越是收拢，逼仄，生生把人的视觉引向崇高与非凡，让人自然而然地生出宗教情绪。

教堂内部的陈设也十分简单，正面墙上贴有一幅耶稣受难图，图前一张桌子，桌子前面是几排椅子。一位肤色特黑的毛利女人正跪在里面擦拭地板，见了他们羞涩地笑一笑，说：“以马内利（神与我们同在）！”孟、詹老两口笑着向她点头：“以马内利！”

毛利女人接着干她的活儿。孟老和詹女士面对耶稣受难图并肩而立，杰克妈和蒲丰站在了他们身后。

孟老开口了：“全知全能的上帝呵，我们是您的儿女。我们从遥远的美国和中国来到新西兰，是要瞻仰您在这里创造的诸多奇迹。请您保佑我们，保佑我们旅游团的每一个成员，让大家都能平平安安，游完全程。今天下午，冉丹、杰克、布莱尼、戴纳、匡且、又又、狗狗、阿芳八个孩子乘车外出，请你一定关照他们，让他们顺利归来！还有那个香港老太太，七十四岁了，正在发烧，也请您让她赶快痊愈，继续与我们同行。奉主名求，阿们！”

听着孟老的祷告，看着他那颗长满白发的脑袋以及微驼的背部，蒲丰的心中产生了深深的感动。他想，且不论上帝存在与否，也不论祷告效果如何，单说孟老这种超越了民族和教别的博爱胸怀，就弥足可贵，令人敬重。

大家走出教堂后，逛了几家商店，发现这里什么东西都贵，像新西兰特产羊毛制品、鱼肝油、毛利饰物等等，都比别处贵好多。

又来到一家商店门口，发现杰克妈正在里面和一个中年女人说话。看见他们，杰克妈立即招手道：“哎，过来过来，这老板娘是山东老乡！”

他们过去交谈几句，得知这位长相不俗的女人果然是烟台人，姓苏。她和丈夫是改革开放后第一批出国的，先在惠灵顿，后住基督城，六年前又搬到皇后镇经营这家店铺。虽然这里的游客多，生意好一些，就是太拴人，想走也走不开。他和丈夫双方在国内都有父母，但已经四年没回去了。

问她有没有孩子，苏女士说有，已经十九了，在澳大利亚念书。

杰克妈问："怎么把他送到那里去了？"

苏女士说："本来在奥克兰念得挺好，可他后来跟一帮国内来的留学垃圾混到一起，学了一身毛病，我只好把他转走了。对了，你刚才说你孩子也在奥克兰上学？"

杰克妈脸红起来："唉，俺家杰克也是遇上了坏孩子，可俺没办法把他转走，你说可怎么办！"

苏女士严肃地道："你要赶快采取措施，不然的话孩子就毁了！"

她接着说："这几年，来新西兰留学的孩子越来越多，目前总数已有三万多。他们多数都还好，不怕吃苦，学习勤奋，真地学业有成。但也有一些在国内就不咋样，家长把他们送到这里之后，一下子失去了控制。这种孩子整天不学习，只知道玩，吃喝嫖赌，胡作非为。在皇后镇的大学里就有这样的孩子，有的还经常到我这里玩。我们烟台有一位官员，是一个单位的头头，原来就和我认识，他儿子来这里两年了，整天上网玩游戏，功课没有一门及格。他专门来看望时，孩子先跑到这里说，阿姨，你要在我老爸面前多说好话哦！我怎么办？等和他爹见了面，我只能说他儿子挺好，让他放心。我告诉了他真相又怎么样？只能增加他的痛苦，他也没有好办法的。还有一个学生，家里很有钱，就在这里一个劲地摆阔。你想他怎么摆？一个人竟然买三辆车！结果，几个中国来的穷学生就红眼了，悄悄将他绑架，打电话让这孩子的家长汇一百万过来。这孩子后来逃脱报了警，那几个孩子都被抓了起来。这案子在新西兰影响很坏，许多洋人一提中国留学生就摇头，搞得那些好孩子也灰溜溜的……”

接着，苏女士又讲起了她耳闻目睹的其他故事，滔滔不绝。蒲丰听了一会儿，想起自己的数码相机卡已经满了，应该处理一下，便向他们几个告辞，去街上进了一家网吧。

网吧里人满为患，几十台电脑前的脸，黄棕黑白什么样的都有。满脸雀斑的白人女网管让他坐在一边等了十多分钟，才等到了一个退号的。

蒲丰去电脑前坐定，发现自己的信箱里已经有了十几封信：父母祝他旅途平安；同事与他切磋编程技术；网友向他请教一种新的网络游戏怎样“外挂”……他一一回信作复。这网吧不愧是在旅游胜地开的，其中的设置能够支持几十种文字，当然也包括中文。

有一封信是他的一位老朋友、开软件公司的王大任写的，他听说蒲丰刚刚辞职，便来信问他愿不愿到他那里干。王大任说：“待遇嘛，是一人之下，百人之上。”蒲丰一笑，回复道：“那我要回去考察一下你有多少喽罗，如果有一百零八个，我岂不是上当?”

另一封信让蒲丰心跳起来。那是他昔日的女朋友麻萍萍写来的。麻萍萍说，她现在非常后悔去年圣诞节自己做的事情，恳请他原谅。

蒲丰眼前立即有烛影摇曳起来，烛影里还晃动着一张圆脸。那张脸上的笑容正处于最迷人的状态，突然有手机的声音爆响。麻萍萍打开手机说：“你等一会儿，我很快就过去。”然后，麻萍萍对蒲丰说：“我哥说，我小侄子非让我去一块吃圣诞饭。”蒲丰说：“那你去吧。”麻萍萍便喝掉半杯红酒，匆匆走了。蒲丰一个人吃了饭回到住处，想这圣诞夜无论如何也要和麻萍萍一起度过。可是，他打麻萍萍手机，手机却关着，打麻萍萍她哥家里，那边却说她没在那里。蒲丰便知道，麻萍萍是把自己的圣诞激情给了另外的一个男人。他不知道这人是谁，回顾再三，他与麻萍萍一年多的交往里并没有出现过第三者的迹象。但不管怎样，他必须与麻萍萍分手了。果然，第二天早晨他终于打通她的手机时，麻萍萍首先说：“蒲丰，咱们拜拜吧，我已经不爱你了。”此后蒲丰得知，那个男人比他有钱。

蒲丰知道，大城市的年轻白领们就是这样，男男女女，花花草草，每天都有新的诱惑，每天都有新的可能。像自己，在北京的这几年来也处过不少女孩，光是跟他上床的就不下十个。当然，像他这样还不算太烂，那个钻石王老五王大任曾亲口向他讲，他在四十岁之前坚决不结婚。不过蒲丰也常想，就这么混着，实在也没有什么意思，到头来都是过眼云烟，很难在自己生命中留下深刻痕迹。

春天看《魔戒》时遇上冉丹是他的偶然。他当时正处在与麻萍萍分手后的情感空白期，这个偶然有效地扭转了他的消沉。冉丹不只有一等的脸蛋与身材，还热情似火，喜好浪漫，与一贯奉行“现实主义”的麻萍萍大不相同。这种性格，恰好唤醒了蒲丰深藏在骨子里的某些东西。尤其是二人能一块儿为《魔戒》发烧，这充分证明他俩的性格里含有共同的元素。蒲丰多次想过，就和冉丹这样一直生活下去，也算一种不错的人生。

但他没想到在这次魔戒之旅中间会出变故。冉丹让他用蹦极来证明爱她，这完全是冉丹的性格使然，但她不知道这真是强蒲丰所难。他从小就有恐高症，七岁那年与小伙伴一起爬树，刚爬到一个树杈上便晕得跌了下来，肩关节都错了位。长大之后，他最怕从楼上往下看，一看就出冷汗。今天上午他站到蹦极跳台上之后，根本没敢向下瞅，游客们高喊的五四三二一，在他听来就是让他送死的催魂令。最后，他只好选择了放弃，在众人面前丢了脸面。

蒲丰将自己的相机与电脑联通，屏幕上立即现出几天来拍的上百张照片。

蒲丰看着看着感伤起来：“今后，她还会对我这样笑吗?”

蒲丰将照片往冉丹的信箱里发去之后，又往自己的另一个信箱里发了一套。打开看看，照片确已存在那里，才将相机里那个128M的SD卡格式化，让它成为一片空白。

此时，他想起还没给那个麻萍萍写回信。还写吗？不必了。这不是原谅不原谅的问题，是生命能不能重复的问题。覆水难收，老祖宗早已讲过的道理，难道她就不明白?

相信冉丹对我也是这样。

无法挽回，一切都无法挽回。

唉，无所谓。真地无所谓。天涯何处无芳草？尽管这些芳草聚集到城市，就成了大家滚来滚去的草坪。

蒲丰敲开一个汉语聊天室，以过客的身份哗哗地打出一行字来：“Hi，有愿和我聊一聊的MM吗?”

果然，有一个自称“楚国细腰”的答话了：“GG好!”

然后，蒲丰便与她开始聊了起来。听说他是在新西兰的一位游客，楚国细腰十分羡慕，向他问这问那，还问他有没有艳遇。蒲丰说：“还艳遇呢，搂在身边的熟鸭子都要飞了。”接着，他就向她讲了自己刚刚经历的故事。费了半天讲完，再加上一句“无所谓”，楚国细腰却对他破口大骂：“你这头蠢驴！什么叫无所谓？你知不知道，女人想让男人证明爱不爱她，那恰恰是她不自信的表现?”

蒲丰觉得这话有道理。他也想起了冉丹的恋爱史。冉丹向他讲过，她曾爱过三个男人，但每个男人最后都是不辞而别。

楚国细腰又说：“你这蠢驴，还不赶快回去向你女朋友示爱，赶快把关系修补起来！”

到了这个时刻，蒲丰觉得自己真是一头蠢驴了。他看看表已经六点，便向那个MM发去一串“谢”字，而后离开了网吧。

跑到“金龙餐馆”，只见两张餐桌旁边只稀稀落落地坐着孟詹老两口、杰克妈以及香港的五位中年人，而老邱和玛丽正在餐厅的玻璃窗前向外看。蒲丰问了问，得知上山的一帮没有回来，杨老板还没结束电话会，而香港老太病情已经好转，睡在了旅馆。

蒲丰拨打冉丹的手机，却被一个女声用英语告知“您拨打的电话无法接通”。聂先生面色凝重地说：“我已经拨了不下二十遍了。”

孟老安慰他们：“不要紧，没有事的。咱们祈祷过了。”

坐着没事，蒲丰便与聂先生闲谈起来。他问聂先生的职业，聂先生说是做生意。蒲丰问他做什么生意，聂先生只笑不答。他的妹婿说：“他做的生意大了。你知道XX电器吗？那就是他创的牌子。”

蒲丰一听立即呆住了：“XX电器？那可是国际名牌呀！”

聂先生却微笑着说道：“小意思，小意思。”

一个有名的香港富豪，在这旅游团里不显山不露水，只让人看到了一个孝子的形象，这让蒲丰肃然起敬。

又等了一会儿，杨跃进带着宫雯雯来了。他一进门就大声嚷嚷：“对不起对不起！各个部门都要汇报，要研究的事情又那么多，让大家久等了！”

看到人并没来齐，他又回头对宫雯雯说：“哎呀，早知还没开饭，应该再把化工项目议一议！”

蒲丰笑着说：“杨老板，你不是要进福布斯富豪榜吗？聂先生就是上了榜的，你好好向人家学习吧！”

杨跃进看看蒲丰，再看看聂先生，满腹狐疑。

蒲丰说：“你不信？XX电器就是他的品牌。”

杨跃进睁大两眼，看了聂先生片刻，然后扑上去紧紧握住他的手说：“哎呀，你就是聂路锦先生？久仰久仰！都在一起三天了，真是有眼不识泰山呢！”

接下来，杨跃进保持了三天的傲气荡然无存，毕恭毕敬地和聂先生攀谈起来。但谈不上几句，聂先生却说声对不起，又皱着眉头打起了手机。发现还是打不通，聂先生焦急地说：“他们到底遇到了什么事情？”

得知是一群年轻人还没回来，而手机又打不通，杨跃进又骂起了新西兰电讯：“什么世界著名旅游胜地呢，也真特么的落后到家了！”

等到接近七点，还是没有任何消息，大家都坐不住了。聂家兄妹急得团团转，杰克妈跑到窗前擦眼抹泪，蒲丰则一遍遍拨打冉丹的手机。

杨跃进对老邱说：“报警吧，快报警吧！”

老邱咽下一口唾沫：“再等等看，再等等看。”

时间过了七点，蒲丰再拨电话时，突然有了拨通的声音。他兴奋地喊道：“通了通了！”

大家立即围到他的身边。

冉丹果然接了电话。蒲丰急促地说：“冉丹冉丹，你们在哪里？”

然而冉丹却一声不吭把电话挂了。

聂先生说：“我拨狗狗的。”果然也能拨通。狗狗在电话里说，他们再有十来分钟就能回到镇里，大家都没事。

众人这才长舒一口气，在桌子边坐了下来。

一帮年轻人终于来了。大家都问：“你们怎么才回来？到底怎么啦？”

香港几个年轻人和冉丹却不回答，都去瞅布莱尼。而布莱尼却阴沉着小脸去了卫生间。戴纳往桌子边一坐，说：“没别的事，就是她骑马的时候马惊了，让大家找了半天。”

老邱向大家做着手势：“没事就好，大家快坐下吃饭吧！”

布莱尼回来坐下，情绪还是不好，她一眼也不瞅戴纳，戴纳也不再像往常那样给她夹菜。看见她们这个样子，蒲丰小声问冉丹：“怎么啦？到底出了什么事情？”冉丹皱着眉头说道：“怎么了，还不是怪你！”这么一说，蒲丰更是丈二和尚摸不着头脑，只好郁闷地往嘴里扒饭。

饭后回到旅馆，蒲丰说：“你这么晚回来，把我真给急坏了。你知道吗，我还跟随孟老两口子虔诚地为你祈祷呢！”

冉丹说：“是吗？你怎么说的，再重复一遍我听听。”

蒲丰便站在那里做出祈祷的样子，把从孟老那里学来的话虔虔诚诚说了一遍。

冉丹鼻子一哼：“小和尚念经，有口无心吧？”

蒲丰说：“怎么不用心，不用心你们还能安全回来？”

冉丹消了气，摇头说道：“咳，下午这么晚回来，都是因为布莱尼。”

她接过蒲丰为她泡的一杯咖啡，讲了下午的经历。她说：“从镇上一出发，那布莱尼就默默不乐，老是望着前面的吉普发呆。我猜想，这肯定是杰克被又又叫到另一辆车上的缘故。果然，到了第一个景点，她看见又又缠着杰克粘粘乎乎，小脸拉得更长。卓越山风景多么美呵，特别是那个高山湖，在《魔戒》中出现过的，是护戒远征队经过的地方。别人都兴高采烈，惟独布莱尼郁郁寡欢。戴纳见布莱尼这样，情绪也十分低落。”

蒲丰问：“杰克那小子就没看见？”

冉丹说：“估计是看见了，可是又又缠得他忒紧，几乎是寸步不离。这更把布莱尼气得够呛。到了第二个景点什归珀斯河谷，她就闹出事来了。电影里不是有一个经典片段，阿雯骑着白马，拥着弗罗多躲避幽灵黑骑士的追逼，最后用咒语招来河水把黑骑士冲跑了吗？这些镜头就是在那个河谷拍的，据说当时水弄得太大，把一些布景都冲没了。现在那里有人牵去马做生意，谁骑一次，也就是十分钟的时间，要掏二十块钱。又又这小妮子先骑，可她偏偏学阿雯，非要让杰克上马坐到她胸前不可。就在杰克犹豫不决的时候，布莱尼突然爆发了：她骑上旁边一匹白马，大叫一声，就在河谷里飞奔起来。我们都吓得不得了，戴纳更是哭着让她停下，可是布莱尼却打马过河，又从河那边窜了回来。你没在现场亲眼看见，那一刻水花四溅，马鬃飞扬，马背上的她金发飘飘，英姿飒爽，真是活脱脱的一个精灵公主！跟她比比，我以前的那些个扮相可以说狗屁不是！这布莱尼飞过河来，绕着杰克和又又转了一圈，接着打马飞走，转眼就不见了。我们以为她很快就会回来，可是十分钟没见，二十分钟还是没见。大家慌了，这才要去找她。河谷里也不能开车，我们步行又太慢，好在马的主人说他去找，就骑上马去了。可是，他走后好久好久也没见回来，急得戴纳哭成了泪人，杰克也傻傻地坐在一边成了木头。终于，过了半个小时，河谷上方终于出现了两人两马。马的主人回来说：他跑出去五公里，才在一个荒凉的山冈上找到了布莱尼，她正坐在马的旁边哭呢……”

蒲丰摇摇头说：“看来，布莱尼跟杰克还真有一腿。我就不明白，他们是什么时候勾上的呢?”

冉丹恨恨地说道：“还不是今天上午你在跳台上尿裤子的时候，他俩在下边有了机会?”

蒲丰恍然大悟：“啊呀，是怪我！是怪我！”

冉丹说：“你快用实际行动赎罪吧。你去问问杰克，他那会儿到底和布莱尼做了什么。”

蒲丰吃惊地说道：“我怎么能问这种事?”

冉丹说：“这是戴纳委托我的。她说她实在是受不了了，再这样下去她非发疯不可。我想，我也不好问杰克，还是你去。”

蒲丰说：“我怎么问他?”

冉丹说：“你跟他商量，就说我不让你在这屋住了，你去他那里行不行。如果行，你就慢慢地把事情真相套出来。”

蒲丰说：“这主意好是好，可我的形象受损呵。”

冉丹说：“你形象已经够窝囊的了，再窝囊一下又有什么。”

蒲丰说：“好好好，我这就联系。”

说着，他就往杰克的房间打电话。杰克接听之后，说：“你来住的话，房费怎么办？你承担一半?”蒲丰没想到他先提出这个问题，只好说：“当然啦。”杰克说：“好，你来吧。”蒲丰放下电话说：“嘿，当一回侦探，还得垫上二十五块钱。”冉丹说：“垫钱就垫钱，去吧。”蒲丰拿了些零用的东西，说：“我去啦？我去啦?”说着就要去抱冉丹。而冉丹却将他一推：“我这一肚子气还没消呢！”蒲丰只好吐吐舌头走了。

来到杰克房间，这小子给他打开门，又像个猴子一样跳回床上。蒲丰从身上找出钱，放在床头柜上，杰克看了点点头，又继续看电视。那是个体育节目，正播一场英国的足球比赛。蒲丰随他看了一会儿，中间评说了几句，然后问："杰克，下午出去玩得好吗？"

杰克点点头："还行。"

蒲丰说："听说布莱尼打马跑了，是怎么回事？"

杰克看他一眼："你该问她呀，我怎么知道？"

蒲丰笑道："她好像对你有意思。上午你俩在卡瓦劳河上蹦下去之后，到底干了什么？"

杰克的脸上忽然有了些郑重："哥们儿，你怎么也对这问题感兴趣？蹦下去干了什么，那是我和布莱尼的秘密，怎么会告诉你？"

蒲丰只好说："好，不问了不问了，对不起呵。"

杰克没再说话，又去看球。

看过一会儿，蒲丰有些发困。他刚要脱衣睡觉，忽听有人敲门，便跳下床去打开。

是又又站在门外。她穿一身色彩鲜艳的单衣，头发湿漉漉得像刚洗过澡，见了蒲丰一怔："你怎么在这里？"

蒲丰有些紧张，还没来得及回答，杰克在床上说："他叫老婆撵出来了，今晚在我这里住。"

又又将小脸一拉，鼻子里哼一声就走了，只将一股浓浓的香水味儿甩在了这里。

蒲丰关门回到床上，笑着对杰克讲："你小子这么有艳福，才出来三天，中外美眉就都来争你？"

杰克扯着嘴角一笑："告诉你吧蒲哥，在奥克兰，还有为我自杀的！"

蒲丰向他晃起了大拇指："牛逼！你太牛逼了！"

# 第四天

离开皇后镇，老邱将车子开上 6 号公路，沿着瓦卡提普湖东岸一路南行。

这儿的景色与前几日所见大不相同，湖水虽然还是清澈怡人，但湖边的山岭却是一片荒凉，没有森林，没有成株的乔木，甚至连矮小的灌木也不多，有的只是一些贴在地表泛着黄色的枯草。老邱介绍说，因为南阿尔卑斯山挡住了西来的水汽，这儿降水很少，所以就有了这种景象。

再往前走，大家看到山坡上长满了一种形状独特的草，它一丛一丛，皆成团状，且又枯又黄。杰克首先叫起来：哇，与魔军作战的地方到啦！

大家知道，这小子又进入《魔戒》情境了。但与前几日不同，除了几个香港的年轻人，蒲丰、冉丹等另外几个戒迷并没有做出多么热烈的反应。

老邱说："这种草叫作外瑞卡那，特别耐旱，冬天夏天它都是这个样子，只是在夏秋季节才变成绿色。《魔戒》中有几处是出现了这样的草场，但具体的地点不是这儿。"

杰克说："杰克逊那老小子，就爱把摄制组往深山老林里领。不看了，睡觉了！"说罢这话，果然有一阵响亮的呼噜声在他那儿响起。大家扭头看看，原来他不知何时把老邱的玩具绵羊拿了过去，此时抱在怀里把它捏响，自己却做出鼾睡状。

等到呼噜声停下，老邱“嘿嘿”一笑：“你们知道吗？我也和那羊一样，爱打呼噜。可我打呼噜不用别人捏肚子，我的开关在后脑勺上，只要那地方和枕头一接触，我就成了它这样子啦！”

大家笑了起来。

老邱说：“这个毛病，让我有的时候很自卑哦。特别是和别人在一屋睡觉，我就早早地向人家坦白，对不起，对不起，我可能会打扰你的睡眠，请你多多原谅！”

詹女士问：“跟你老婆在一起，也是这么天天道歉吗？”

老邱说：“是呵，那是刚结婚的时候，压力好大好大，好自卑好自卑哦！有一回，我睡着睡着梦见下雨，我叫雨水淋醒了。睁眼一看，原来是老婆正趴在我的脸上，一边看一边哭。我说你哭什么？她说，老公哎，你呼噜怎么这么打呀？打着打着，‘吭哧’一声，然后就好长时间不见动静，你会不会憋死呀？我又急忙道歉：对不起对不起，我让你受惊了！”

詹女士问：“现在还向你老婆这么道歉吗？”

老邱说：“现在整天不在一起，我拿起电话就要这么说：老婆对不起哦，我又让你好多天没听到呼噜声了！老婆说，我还真是想听听了，你在电话里打两声吧。我就呼——呼——来上两声。老婆说：哎哟，不敢听了，我这老年性高血压犯啦！”

众人哈哈大笑。有几个游客还一边笑一边去瞅坐在后面的玛丽。玛丽也随大家笑，但笑得十分生硬。

孟老说：“我见过一些导游，他们很善于唱歌，自己带头唱，然后鼓动游客唱，这种做法倒也不错。”

又又说：“对，让老邱唱一个！”

大家兴奋起来，都说：“唱一个，唱一个！”

老邱抬起一只手摆摆："实在对不起，我这人不会唱歌。"

詹女士说："不要谦虚嘛，来，咱们鼓鼓掌！"

全车人一齐拍起了巴掌。

老邱嘿嘿一笑，说："你们真叫我唱，我恭敬不如从命。这样吧，我请大家欣赏一首世界名曲。"

哇！游客们又拍起巴掌。

老邱说："这首世界名曲嘛，出自一个爱情故事。相传古时有这么一个村子，村里有这么一对夫妇，婚后十年没有生育，而在这一天突然生出了一对双胞胎。这双胞胎是咱们中国人说的龙凤胎，一男一女，男孩是哥哥，女孩是妹妹。这两个孩子都有特殊功能，哥哥长着千里眼，妹妹长着顺风耳。你想哦，他们有这样神奇的本领，怎么瞧得起普通孩子，怎么能和他们玩到一起？没办法，兄妹俩就整天在一起玩耍，哥哥用千里眼看到了别人看不到的，就告诉妹妹；妹妹用顺风耳听到了别人听不到的，就告诉哥哥。这样，玩着玩着，兄妹俩就大了，就产生了爱情。但是，兄妹之间的爱情怎么能被村里人接受呢？人们就追打他们，把他们赶出了村子。这兄妹俩跑呀跑呀，跑到了一座山上，两个人抱在一起哭。他们好恨自己有特异功能，觉得一切的罪过都是因为哥哥的眼睛和妹妹的耳朵。一气之下，哥哥就把自己的眼睛剜去了，妹妹就把自己的耳朵割掉了，成为一对好可怜好可怜的人。后来，一位著名作曲家听到了这个悲惨的故事，就眼含泪水写成了一首歌，这歌这么唱——"

说到这里，老邱放开他那有些沙哑的嗓子唱了起来：

两只老虎，两只老虎，

跑得快！跑得快！

一只没有眼睛，一只没有耳朵，

真奇怪！真奇怪！

车里笑得人仰马翻。好几个人一边咳嗽一边说：“哎哟，老邱你真会造！”

老邱拧一拧脖子：“三开油油！You 服了 I 是吧？”

大家笑得更凶。

老邱说：“哈哈，这都是我小时候学英语的把戏。特别是前一句，那是我老邱的创造。同学问我，“三开油”是“谢谢”，那么“谢谢你”怎么说？我说：你个笨蛋，三开油油不就得了？”

蒲丰说：“我听你现在英语挺棒嘛！”

老邱说：“棒个啥，还是一个字：烂。我小时候在台湾没有学好，到这里以后才又重新学起。给你们讲一件趣事：我刚来的时候是一个人，先租房住着，后来看中了一套房，就打算买下。听人说找个律师去办省劲儿，就找了一个。有一天，那位洋律师给我打电话商量买房事宜，可我听不懂他说的内容，最好只好拜托他全权代理。那天正好有个台湾朋友在场，他也是刚来，英语比我更烂。等我放下电话他问：‘搞定啦？’我说：‘搞定了。’他说：邱哥你真厉害！我听你老说‘怕灯’，‘怕灯’，十分钟电话说了不下三十遍，这一定是个很重要的单词吧？我说：那当然，我全靠它在这里打天下呢！’后来他知道了“怕灯”就是 Pardon，是‘我没听明白，请再说一遍’的意思，他见了我哈哈大笑：‘邱哥哎，你把我好一个骗！’”

等游客们笑过去，老邱晃晃脑袋说：“我这人就是笨。当年上小学的时候，有一回老师给我写评语，用了“勤能补拙”这个词，我当时看了很气愤：老师这不是说我笨拙吗？我怎么笨啦？像我这样的人还叫笨，那世界上还有聪明的人吗？因为这事，我恨了那个老师好多年。现在想想服气了，人家真是英明无比呵，早早地就看出我是个笨蛋！我在人世间打拼了这么多年，是越来越明白自己真地很笨！没办法，我只能勤快一些，努力一些，这样才能干点事儿。”

杰克妈听到这儿，便说：“我看你这工作挺好，又快乐又能挣钱。”

杰克说：“妈你看他这工作好，我以后也干这行！”

杰克妈立即急赤白脸地说：“什么？你干这行？你就这点儿出息？我跟你爸费这老鼻子劲儿培养你，你就去干导游？这样你对得起你爸你妈？你怎么这么不争气呢你！”

听着她对儿子的训斥，众人哭笑不得，老邱更是尴尬。他扯着长腔说道：“杰克哎，杰克呀，你快听你妈的话，努力上进，飞黄腾达，千千万万别堕落成一个导游！”

杰克妈也才意识到自己的话刺痛了老邱，便说：“老邱你别误会呵，我是说杰克不适合干你一行！”

詹女士问杰克妈：“那他适合干什么？”

杰克妈说：“他应该作钢琴家的，他爸爸是钢琴教师。”

詹女士说：“好呵，但愿杰克成为另一个李云迪！”

杰克却说：“李云迪算啥？我爸妈让我成为肖邦第二呢！”

一车人惊讶地大叫：“哇，好塞垒哟！”

杰克轻蔑地一笑：“什么肖邦，什么李云迪，像他们那样多累呀！”

杰克妈瞪眼打他一掌：“又来了这话！你真是气死我了！”

见母子俩话不投机，老邱大声打断他们的争吵：“各位请注意，我们现在已经离开6号公路，顺着94号公路向蒂阿瑙前进。我们昨天早晨离开西海岸，到了南岛中部，今天我们要途经蒂阿瑙，再次抵达西海岸，去游览著名的米尔福德峡湾。现在我们行进在南岛的最西南部，前面不远是墨斯本。这个小镇是新西兰最早养鹿的地方，被称作‘鹿的首都’。你们等一会儿可以看到这里的别样景色……”

大家看到，刚上路时看到的那份荒凉在这儿已经消失，取而代之的是平坦的地势和丰茂的植被。来到一条河谷，大片的牧场和大群的赤鹿便进入人们的眼帘。那些鹿体态轻盈，或吃草，或奔跑，让游客们看得入迷。

杨跃进问：“老邱，养鹿的经济价值怎样？”

老邱说：“还行。新西兰过去养鹿，早先是用于狩猎玩耍，后来就是消费它的肉和皮。近些年，中国医药界从这里大量进口鹿茸，另外许多国家都从这里进口鹿肉，加上世界对羊毛的需求量继续下跌，有越来越多的牧场改为养鹿。目前，全新西兰的养鹿场有5000个，鹿的存栏量达180万头，居世界第一。”

杨跃进咂一下嘴：“噢，这么说，新西兰这个国家不只是骑在羊背上牛背上，也骑在鹿背上。”

老邱说：“现在是春天，正是割鹿茸的季节，也是买新鲜鹿茸的时候，建议大家买一点带上。”

到小镇停下，商店里果然有鹿茸在卖，价格也十分便宜。那香港老太一路上无精打彩，看到鹿茸却有了些精神头儿，说这东西可是上等补药，指挥儿女们买了许多。孟詹二老也买了一些，其他人不是太踊跃。

再上车行进一个多小时，便到了当天要住宿的蒂阿瑙。老邱说，蒂阿瑙是新西兰第二大湖泊，蒂阿瑙镇则是去费约德兰德国家公园的门户。午饭前，请大家先参观一下蒂阿瑙洞窟。

杰克立即说：“我知道，这洞窟和北岛怀托摩洞一样，有萤火虫！”

又又拍手道：“萤火虫？好玩好玩！”

老邱问：“请问，你们谁去过北岛怀托摩洞？”

举手回答的只有杰克一人。

老邱说：“萤火虫在世界上有许多种，咱们在北半球见到的多是飞虫。杜甫不是有这样的诗句嘛：‘巫山秋夜萤火飞，帘疏巧入夜人衣’——诗人独坐在秋夜，一只萤火虫从稀疏的竹帘缝中飞进来，一直飞入诗人的衣襟，这多有意思哦。但新西兰的这一种十分奇特，它们也有会飞的时候，但时间只有两三天，人们一般看不到。大家看到的只是幼虫，而且集中在洞窟里。具体的样子我就不讲了，杰克你最好也不要讲，让大家看了再说。”

杰克卖起了关子：“好神秘好神秘噢！”

车子来到湖边，木质栈桥旁边有一艘游船停在那儿，舱中坐了十多位白人游客。老邱带大家刚刚上去，船便开向了水雾迷茫的湖心。

经过半个小时行驶，船停靠在一处树木葱茏的山边。下船步行几分钟，便进入一个洞口。里面冷气森森，水声隐隐，而冰凉的水滴也不时落到游客们的头上身上。抬头看看，竟是一些奇形怪状的钟乳石悬于洞顶。老邱讲：“蒂阿瑙是毛利语，意思是‘像雨滴一样飞溅的洞窟’，大家现在体会到了吗？”

蒲丰说：“我明白了，蒂阿瑙湖是以这洞窟得名，蒂阿瑙镇又以蒂阿瑙湖得名。”

老邱说："完全正确，蒲先生好聪明哦！"

越往里走，水声越大。拐上一个平台，便见矮瀑跌落，一条地下河现于面前。那里泊着几条小船，每条船都有一位白人坐于船头。见游客到来，他们一齐起身微笑。老邱指挥大家上船，一团人正好坐满两条。而后，操船的白人不划桨不撑篙，而是手牵架于河面的一条铁索，让船悄无声息地滑向前方。

前方没有了灯光，也远离了水声，黑暗静幽。

突然，聂又又叫了一声："呵，快看！"

操船白人立即发出嘘声，让大家不要说话。

众人抬头看去，只见黑洞洞的上方，出现了一点一点的蓝白色荧光。越往里走，那光点越密，竟像晴夜星空一般璀璨迷人。

面对这种奇异景观，多数游客努力地屏息凝声，但还是有人禁不住低声惊叹："真美！真棒！"

因为老邱早已交代过这里不能用闪光灯拍照，蒲丰等几位乘客便一边用肉眼看，一边将DV举在手上。

下了船往洞外走时，游客们还是感叹不止，并问老邱那萤火虫为什么聚集在这种地方。老邱说："是为了觅食。你们在黑暗中看不见，这些小虫其实都趴在属于自己的网上，那网纵横交错，由萤火虫分泌体液编织而成。它们就像蜘蛛那样，一旦有昆虫飞来粘到网上，便立刻爬过来吃掉。它们发出的荧光，其实是为了诱惑昆虫的。"

这时，杰克在前面边走边说："我就是萤火虫！我就是萤火虫！"

大家看时，发现他两手背在屁股上，捏着一把微型手电，在那里一闪一闪。

众人哈哈大笑。又又跑上前去，夺过手电，也让它在自己的屁股上闪烁起来。杰克说：“好哇，你也成了荧火虫啦？你把我吃掉吧！你把我吃掉吧！”二人相互追逐着率先跑出了洞窟。

看见他们这样嬉闹，聂二玲、布莱尼的脸都阴沉下来。看见布莱尼生气，戴纳也黯然神伤，一出洞窟就点上烟大口吸吐。冉丹上前拍拍她的肩膀，想抚慰她一下，戴纳却一闪身躲开她，放慢脚步落在了队伍后面。

落在后面的还有孟詹老两口。孟老看看前面的布莱尼，再看看身边的戴纳，说：“戴纳小姐，你应该高兴才对。”

戴纳却不吭声，只是冷冷地看他一眼。

詹女士拉了一把孟老：“快走快走，你看人家都上船了！”

回到蒂阿瑙，老邱把大家拉到一家餐馆吃饭。众人刚进餐厅，只见一个脑后扎小辫子身穿花裤子的白人老头“啊”地大叫一声，张开双臂便向老邱扑来。老邱喊着：“谢拉兹！谢拉兹！”迎上去与那老头热烈拥抱，还踮起脚跟在他腮上吻得“啵啵”作响。游客们见这情景，无不粲然。

吃饭时，那老头跑前跑后殷勤伺候，一条小辫儿在他脑后蹦蹦跳跳。他不时征询老邱，问他还需要什么，并端着一大杯热牛奶挨个儿给众人添加。热牛奶在别的西餐馆是一般没有的，乐得几位老人喜笑颜开。

老邱说：“谢拉兹，请给我们来上一段！”

老头喊了一声OK，接着跑向了墙边的一张桌子。那桌上摆着一大排杯子，杯子里装了或多或少的水。他抄起两把叉子，向空中高高一抛，再伸手接住，而后就开始敲击那些杯子。他先上上下下敲了两遍音阶，而后就奏出了《友谊地久天长》的旋律，游客们报以热烈掌声。

又又指着聂先生叫了起来："这一手，我舅舅也会!"

众人便让聂先生也来一段。老邱将这意思说给谢拉兹，谢拉兹立即跑到聂先生身边将叉子递给他。聂先生接过叉子，微笑着走上前去，向大家深鞠一躬，而后十分娴熟地将中国名曲《茉莉花》敲了出来。众人一边拍手一边随着哼唱，连一些洋人也加入进来，整个餐厅其乐融融。

等聂先生奏完曲子，杨跃进摇头感叹："想不到，聂先生还多才多艺!"

坐在他旁边的聂大玲向他说："我哥哥会的可多了。他还会弹钢琴，会吹萨克斯，会下好多种棋。他的围棋最棒，还是业余七段呢!"

杨跃进说："那真是好厉害好塞垒！这些我都不行，我也想玩一玩，可时间总不够用!"

宫雯雯说："人家聂先生怎么会有时间？还是你的观念没有改变过来。"

正说着，杨跃进的手机又响了。他掂着它说："你看你看，又来事儿了！我想改能改得过来嘛!"

吃过饭，大家走出餐厅正要上车，香港老太突然往草坪边一蹲，呕吐起来。她的儿女们急忙围了上去，又是捶背又是递纸。聂先生摸摸母亲的额头，对亲属说："不好，烧又上来了，一定是刚才看洞窟的时候着了凉。下午不能让她去玩了。"

老太太却摇摇头说："没事，我要去玩！我今年死不了，你们怎么就不信呢?"

老邱对她说："老人家，我看你还是到旅馆里歇着吧，下午要去的地方风更大。”说罢，他就让大家上车，去了早已订好的旅馆。

那旅馆是一圈二层小楼，中间是一块花坛。老邱分罢钥匙，让大家把行李拿到房间，十分钟后集合。接着，他带着聂先生见了开旅馆的一对白人夫妇，说明老太太的情况，让他们予以关照。聂先生说他手头有药，先吃吃看，如果实在不行就请他们带着去医院。白人夫妇满口答应。

聂先生回房间时，一些游客已经走到花坛旁边准备上车。他看见儿子和媳妇也在那里，便说：“狗狗，你就不要去了，留下陪奶奶！”

狗狗面有难色：“老爸，奶奶她自己都说没事，我还用留下吗？听说那峡湾很漂亮。”

聂先生板着脸说：“再漂亮也不能去！”

狗狗只好吐吐舌头，去了老太太的房间。她的未婚妻阿芳也红着小脸跟在后头。

结果，留下陪老太太的是聂先生夫妇和儿子儿媳。其他人都被聂先生撵出了房间。

到了车上，詹女士说：“米尔福德峡湾那么偏远，一个人一生不会来两次，聂先生一家看不上真是可惜。”

聂大玲说：“我哥哥就是这样。他虽然好玩，可是一旦有了更重要的事情，他都会把责任和义务放在头里，把别的放弃。那一年他参加全香港围棋比赛，几天下来，眼看能拿业余棋手的冠军了，可是那天公司一个高级职员突然出车祸受了伤，本来别人就可以代他料理，可他坚决放弃比赛去了医院。要知道，得那个冠军可是名利双收，光奖金就是五十万哪！”

詹女士说：“哦，真叫人感动。”

聂大玲说："当然，他这脾气也会给他带来好运。有五六年了吧，我妈那天过生日，他正和日本一位客商谈判，正谈到节骨眼上，他说对不起，今天是我母亲的生日，我要去陪她吃生日宴，咱们明天继续吧。本来那日本人一直坚守着他的一个条件，那条件相当苛刻，但是听我哥这么说，他说，好，就凭你对母亲这份孝心，我现在就做出退让，咱们签合同吧！就是这份合同，让我哥的公司这几年多挣了一个亿。"

孟老连连点头："孝敬父母，使你得福。聂先生真是应了这句话。"

聂二玲插话说："他不只是自己这么做，还让儿子也养成这种品性，儿子一不听话就打。现在狗狗大了，他一般不再动手了，小的时候不知吃了多少皮肉之苦。"

冉丹说："这么教育是对的。该承担的承担，该放弃的放弃，这才叫男子汉！"

杨跃进说："对，我也同意这种观点！"

杰克妈这时拍拍杰克的肩膀："儿子你听见了吗？该承担的要承担，该放弃的要放弃！"

杰克却不答话，只是轻蔑地一笑。

车子沿着蒂阿瑙湖边向北行驶了一段，再经过一段广阔的河谷，便进入了大片的森林。老邱介绍说："这里就是费约德兰德国家公园。这个国家公园之大，是新西兰第一，世界第五。这里有千年的古树，万年的积雪，险峻的山峰，遗留着冰河时代形成的U形山谷，以及沿海多处深邃而壮观的峡湾。这些景观及其形成的珍贵性，还有栖息于此地的动植物的特异性，得到了世界各国专家的高度评价，联合国已经将这里列入世界自然遗产名录。这里的景观太多太多，我们只能看看沿途的美丽风光和最具代表性的米尔福德峡湾。”

94 号公路就像一条灰黑色的长蛇，蜿蜿蜒蜒钻入森林深处。走了好长时间，除了偶尔有一辆车从山中开出，连一个人都见不到，更不用说居民点了。

越往里走，森林越呈原始风貌，路边除了密密匝匝的直立树木，还有许多自然倒下的古树东歪西躺，长满绿色的苔藓。

又又说：“哇，到了树精的王国啦！”

杰克便用老人那种低沉缓慢的声音学树精王讲话：“我本来不愿管你们人类的事情，可是既然你们这么恳切，那我就率领我的子民与魔王一战！”

又又说：“谢谢树精王！”

杰克说：“你不用谢，那索伦也实在是太嚣张，该让他垮台啦！”

布莱尼听见他们一唱一和，便拿眼去看戴纳，想得知对话内容，戴纳却装作没听见不给他翻译，气得她将小嘴一努，将脸转向窗外。

老邱把话接了过去：“呵，这里真是树的王国，人迹罕见。你们知道吗？这个国家公园面积为 125 万公顷，也就是 12500 平方公里，比世界上一些国家，像亚洲的卡塔尔、黎巴嫩、塞浦路斯等等都要大。可你们猜，这里一共有多少人？”

游客们便猜了起来，有说一万的，有说几千的，可老邱都说不对。最后大家实在猜不着，老邱才报出了这么个数字：一百七。

游客们都说：“想不到，真是想不到。”

老邱说：“这一百七，主要集中在米尔福德峡湾，因为那里有游船和一些服务设施，其它地方就基本上见不到了。”

蒲丰问：“人这么少，野生动物是不是很多？”

老邱摇摇头：“有一些。”

匡且问：“老虎狮子有吧？”

老邱笑了：“没有。新西兰从来就没有凶猛的动物，不只是老虎狮子，连狼和蛇都没有。这里是世界上最后有人类居住的地方之一。一千多年前，毛利人从波利尼西亚乘着独木舟来到这里，才带来了狗和老鼠。在毛利人到来之前，这里惟一的哺乳动物就是蝙蝠，连它还可能是从澳洲飞过来的。”

匡且说：“哇，这儿真是太纯洁了。”

老邱说：“但是后来就不那么纯洁了。欧洲人发现了这里之后，从十九世纪初开始往这里移民，带来了一些家畜，也带来了一些用于狩猎的小动物。这些物种对于以前的生态系统完全是侵入性的异类，有的草食动物吃树的新芽，就威胁到森林的生长；有些肉食动物，就直接威胁到新西兰的许多鸟类。因为那些鸟过去没有天敌，没有任何防御本能，都在地上筑巢而不在树上，让那些貂呀獾呀狐狸呀吃了个痛快，结果吃绝了许多物种，剩下的几维鸟就成了国宝。”

游客们摇头叹息：“原来国宝是这样形成的。”

老邱指着路边森林说：“现在的新西兰人不得不吞下当年殖民者种下的苦果。当然，他们也做着种种努力来矫正。你们注意到了没有？路边的一些树干上是不是钉了红色三角牌？那是此地有毒饵的标志，是为了毒杀果子狸。”

聂大玲叫起来：“哇，这里也有果子狸，传播 Sars 的那种小东西？”

老邱说：“这里的果子狸可能比任何地方都多，据说全国有 7000 万只。它们每只每天要吃掉 300 克植物的果叶，对森林造成了破坏，政府不得雇人撒药饵毒杀一部分，以控制它们的总量。有意思的是，原来这里还有公司专门养果子狸，向中国出口。结果去年一场 Sars，中国不再进口了，公司很快便破产了。”

杨跃进说：“哈哈，全球化就是这样，这一国发烧，那一国打喷嚏。我是下决心不做跨国生意的！”

蒲丰反驳他：“你不做跨国生意就能逃脱全球化？你现在用的汽油贵不贵？那还不是全球化的后果？”

杨跃进没有搭理这话，却向老邱叫了起来：“老邱，停一下车好吗？”

老邱说：“想方便了是吧？请再坚持十分钟。”

杰克妈说：“这种荒凉的地方还有厕所？”

老邱说：“有的有的。”

再走一段路，路边果然出现一座很漂亮的小型建筑。众人下车进去看看，里面的设施竟然不亚于高级宾馆的卫生间。有一个白人妇女在擦拭洗水盆，看见他们便微笑着点头示意。一些人方便之后，走出来问这厕所由谁建造和管理，老邱说：“当然是国家啦！这是典型的绿色厕所，水从山上引，电也是用山间瀑布发的。”冉丹问：“管理厕所的是几个人？在这里住吗？”老邱说：“管理者只有那位女士一个，她住蒂阿瑙，每天早晨开车一个小时来这里上班，傍晚再开车回去。”

老邱走到厕所外面一边等人一边说：“新西兰的资源十分有限，而他们最大的资源就是这块美丽的国土，所以他们非常懂得珍惜。咱们今天上午游览过的蒂阿瑙湖，在它南面不远的地方还有个马纳玻瑞湖，那个地方水力资源丰富，早就有专家提出可以建一座水电站，但这要将马纳玻瑞湖的水位提高，改变它的天然模样。于是，从上个世纪 40 年代开始就讨论，一直讨论了三十年，最后发展成一项波及全体国民的舆论运动。虽然只有二十六万五千人在反对书上签字，只占全国人口的百分之八，但水库就是没能建成，让那个湖得以保全。至今，马纳玻瑞这个名字，还作为新西兰环境保护运动的象征被广为传诵。”

大家听了这些感叹不已。蒲丰说：“想想咱们国家，那些大规模的所谓开发真是太随意了，有关方面连专家的意见都不重视，更何况普通人的声音？”

杨跃进说：“小蒲我不同意你的意见。如果只讲保护不搞开发，那中国什么时候才能富起来？”

蒲丰说：“富起来是应该的，可也不能以环境为代价，不然若干年以后，后悔就晚了。”

杨跃进说：“我的观点是先富起来再说。只要有了钱，什么都好办。”

蒲丰朝他瞪起眼睛：“有了钱什么都好办？这是什么屁话！”

杨跃进将肚子一挺：“小蒲你怎么骂人？”

蒲丰指着他的鼻子说：“我就是想骂你！”

冉丹急忙喝道：“蒲丰，你干什么？”

蒲丰说：“我愿干什么就干什么，不要你管！”

冉丹瞪他一眼，一扭身向车上走去。

这时，匡且突然向自己脖子上猛拍一掌：“哎哟！”

她的母亲聂大玲急忙问：“且且，你怎么啦？”

匡且说：“好像是什么东西咬我！”

聂大玲急忙上前察看了一下，接着从女儿的颈间捏起一个极小极小的黑物：“这是什么？”

老邱看了看说：“这就是我讲过的沙蝇，西海岸特有的。”

这时，又又也抖索着手背哭道：“我也叫它咬了！我也叫它咬了！”

一直闷不作声的布莱尼突然将两只手在面前挥着，在驱赶什么。

老邱说：“快上车！赶快！”

一群人稀里呼噜跑到了车上。坐定后，好多人都说自己也叫咬了，身上某某地方有疼的感觉。蒲丰这时也感觉腮帮子疼痛，连连抓挠。

老邱最后一个上去。他将车门关上之后说：“大家注意，让这沙蝇咬了挺麻烦，你现在觉得疼，一会儿便会肿起来，又痛又痒，好长时间才消。十八世纪的英国探险家詹姆斯·库克，找到新西兰之后，他什么都能忍受，惟独忍受不了的就是这种小东西。他在日记里这样写：那是一种最有害的动物，其数量之多及给人带来的不快无与伦比。”

老邱这么一说，车厢内响起一片吸气害疼的声音，那个又又竟撇着小嘴哭了起来。聂二玲搂着女儿说：“这可怎么办？这可怎么办？”

老邱这时说：“大家不要怕，我们是有备而来。”他从自己的包里掏出了一小瓶药水，拧开盖儿，让被咬过的人摊开手心，给每人滴了一滴，让他们抹上。这是对付沙蝇的专用药水，抹上后能减轻痛苦。于是人们纷纷涂抹，车内一片骚动。

杨跃进没有被咬，这会儿却连连打着响鼻，发泄着对蒲丰的愤恨。蒲丰则一边揉搓腮帮一边说：“今天真倒霉！”

老邱开动车子上路，接着放起了音乐。这似乎是他特意选择的一支曲子，轻轻的，柔柔的，渐渐平和了车厢里的气氛。

再次停车是看镜湖。那其实是公路边河谷里的一个池塘，小小的水面真地像一面镜子，映出了周围的山峦与森林，也映出了池塘对面倒置的一个牌子，使上面写的 Mirror Lakes 经过水面的反射成为正的文字。

孟老说：“我发现，这儿的景观还藏着一个人的名字，这个人就在我们中间。”

戴纳立即说：“我猜出来了，蒲丰！”

蒲丰笑道：“对，是我！是我！”

众人看看镜湖四周，果然是蒲草丰茂，如剑丛一般。

戴纳说：“《诗经》里讲，彼泽之陂，有蒲与荷。冉丹你就是那荷。”

冉丹却“哼”地一声，说道：“这里有荷吗？我看水里有不少癞蛤蟆！”

蒲丰自嘲：“对，我只配得上癞蛤蟆，只配得上癞蛤蟆！诗曰：彼泽之陂，有蒲与蛤蟆！”

众人一边笑，一边离开了镜湖。

再走一段路程，公路开始向高处爬升，车子在林海与云海里沉沉浮浮。再接下来，窗外就是细雨霏霏了。正走着，老邱突然指着前面说：“大家看，那就是南纬 45 度标志碑，因为下雨，咱们就不停车了。”

果然，路边有块方方的石头一闪而过。

布莱尼忽然指着外面大声发问，戴纳翻译着说：“老邱，布莱尼问你，路边那些树怎么啦？”

大家扭头看去，只见那些树干真是和别处不同，都沾了一些黄白色的絮状物，有的还在风中飘飘荡荡。

老邱看了看说：“那是一种苔藓。费约德兰德公园气候极度潮湿，是世界上下雨最多的地方之一，每年降雨量平均6000毫米，有的年份还达到9000毫米。这么潮湿，苔藓还不长疯啦?”

詹女士说：“还真是疯长，从地上长到了天上!”

车子再爬一个大坡，那些长着苔藓的树突然一棵不见，路两边是裸岩、悬崖和一堆一堆的积雪。杰克说：“哇，快到末日山了吧?”

老邱突然生气地大声说道：“什么末日，快闭上你的臭嘴!”

大家还没明白过来是怎么回事，车子便一头钻进了隧洞。那隧洞很深很深，一行灯光稀稀落落，让人感到阴森可怖。

等到隧洞终于到头，眼前一亮时，游客们却发现，车子前方已经没有了路，而是万丈深渊!

大家正惊恐时，老邱猛一打方向盘，让车子向右拐去，沿着在绝壁上开辟出的一条窄道下去了。这时游客们都有了坐飞机降落时的感觉，脑袋发胀，耳膜生疼，晕眩间只见三面绝壁高不见顶，无数条细长的瀑布像一条条洁白的哈达挂在那里。那种美令人叹为观止，到了令人惊恐、惊厥的程度。

也不知走了几个“之”字，车子才终于下到谷底，落到了树草相夹的路上。

老邱擦一把额头上的细汗说道：“这就是米尔福德峡湾的末端。这峡湾深入内地长达二十多公里，到这里却突然消失，形成了一个三面都是绝壁的峡谷。毛利人流传下的神话是这样解释的：古时有一位英雄，他负责雕塑峡湾海岸。他每天每天都唱着刚劲有力的歌，挥动着一把叫作蒂玛姆的开山斧猛劈岩石。他在南岛的西海岸南段造了许多条峡湾，米尔福德峡湾是他最好的作品，因为他把这峡湾造出了一个弯曲的入口，好为水上行船提供躲避风暴的安全之地。

他本想把这峡湾凿好后，再开辟去内地的通道，然而刚刚干到这里，便被天神召去干其他工作了。”

蒲丰说：“留下这么个半拉子工程，这天神也真可恶。”

老邱说：“神没干完的，人来干呗。从 1935 年，新西兰人就开始修咱们刚刚经过的那条隧道，它长 1219 米，整整用了十八年才完成，中间还死了人。”

詹女士说：“哦呀，新西兰也有愚公呀！”

老邱说：“我们真地应该感谢他们。没有这条隧道，我们是很难到这里来的。”

他停了停又说：“杰克对不起哦，刚才我把你骂了一句。但我也请你原谅，因为刚才的路真是太险太险，你说的末日两个字让我紧张。你不知道，我第一次开车到这里时，吓得差一点尿了裤子。”

杰克说：“老邱你骂得对！这路叫我开，我会两头尿的——除了尿水还有眼泪！”

众人听他这么说，都笑了起来。杰克妈说：“老邱，你这活儿真是不容易，多挣点钱是应该的！”

说到这里，车前豁然一亮，是树林到了尽头，一组漂亮的建筑和一片湛蓝的海水出现了。

停车，买票，然后在木质码头上等船。天生不安分的杰克从大厅里买来一个小玩意儿，含在嘴里一吹，随着一声尖响，有两根细长的气囊突然展开，横在腮上像两撇红胡子。看到他这样子，又又也去买了两个，一个给匡且，一个自己吹。她还特意跑到杰克面前，你吹一下，我吹一下，然后互相看着对方捧腹大笑。

布莱尼看了他们一眼，独自离开人群走到了码头尽头。她一个人面向大海站在那儿，一头金发让海风吹得飞飞扬扬。

戴纳掏出数码相机跟了过去。她给布莱尼拍了个侧面照，然后让她看相机上的影像。布莱尼淡淡地说了一声 Thank you，又望着大海发呆。戴纳觉得无趣，便转过身去，对着峡湾拍起了空无一人的风景。

这时，一个留着长发的华人青年从码头的一边跑过来：“邱哥！邱哥！”那模样像是见了亲人。老邱和他拥抱了一下，将手里提着的两个盒子给了他一个。那青年千恩万谢，提着盒子匆匆走了。

众人问那是谁，老邱说：“那是在这峡湾里工作的唯一一个华人。他是福建人，姐姐姐夫在北岛，三年前把他从国内带了过来。他没有什么专长，在北岛没找着工作，就到这里来了。刚来时洋人都瞧不起他，他好孤独，好苦闷。那次我带团过来认识了他，有空就跟他说话解闷，鼓励他好好干活，为华人争气。每个礼拜，我都从基督城买一些中国咸菜啦小吃啦带给他，帮他聊解思乡之苦。现在，这小伙子干得很好，赢得了洋人的尊重，我也觉得脸上有光哦！”

孟老向他翘起了大拇指：“老邱你真是个好心人，上帝终究会奖赏你的！”

老邱点头笑道：“感谢上帝！”

冉丹指着他手中的另一个盒子问：“这是什么？”

老邱说：“这是上帝奖赏给你们的！等一会儿我会分给你们。”

三点半，一艘漂亮的游船回到了码头。满满的一船游客下来，上船的却只有两个团，偌大的船舱有三分之二的座位空着。老邱说：“这是今天最后一班船了，我带团都是赶这个时候，人少，不那么拥挤。”

船开了。人们为了饱览风光，都跑到了顶层甲板上。杨跃进到上面只看了两眼，说："我靠，这不就是长江三峡吗？"说罢就回了舱里。

老邱说："乍一看，这里是两岸青山夹一水道，和长江三峡有点儿相似，但说到底还有许多不同的地方。"说着他向大家一一介绍两岸的景点：从海上直接拔起、高达1682米的教冠峰，峭壁上方有冰河时代的擦痕，从155米高处落下来的斯特灵瀑布……游客们一边看一边拍照。又又让匡且拍照时，竟然几次拉上杰克照起了合影，气得聂二玲脸色发青。杰克妈见状暗暗高兴，想到聂二玲面前套近乎又不敢，只是做出笑容一次次瞅她。瞅了多次得不到回应，便知趣地走到了一边。

布莱尼还是闷闷不乐。戴纳几次给她拍照她连笑容都做不出来。到了那个著名的瀑布跟前，戴纳让那凌空而下的气势给镇住了，不由得抬起头看了又看。等她看得脖子发酸转过身来，布莱尼却不见了。她左瞧右瞅，才发现她正在船尾和一个高大英俊的白人小伙热烈交谈。戴纳脸色一变，喊道："布莱尼！布莱尼！"同时指指瀑布，又举起相机，表示要给她拍照。布莱尼却笑着向她摆摆手，继续与那小伙交谈。戴纳转过身来，伏到船边的栏杆上，将头深深地垂了下去。

这一切，都被孟老看在眼里。他慢慢挨到戴纳身边，说道："姑娘，你不要难过。"

戴纳扭头看了一眼他，又低头去瞅船舷边溅起的浪花，神态木然，一句话也不愿意多说。

到了一个狭窄地段，风突然强劲起来，吹得人周身发冷。老邱说，这里是有名的风漏斗，叫作铜点，因为左岸的岩石含铜。华人游客裹紧衣服，相跟着跑下船舱。白人游客耐寒，留在甲板上的居多，包括布莱尼和那个小伙子。戴纳恨恨地看了他们两眼，只好抱着膀子下去了。

看见游客基本到齐，老邱将上船抱着的那个大纸盒拆开。冉丹凑近了看看说，“呀，上帝奖赏给我们饼干呀?”老邱说：“是呀，上帝见你们玩了半天，一定饿了，先吃点垫垫肚子吧。”他走到每个人面前，让游客一一拿过，又跑到吧台那儿，将船上免费供应的咖啡给大家端来。刚端了两杯，孟老说：“你这么累，怎么还要你端呢，我们自己来!”这话提醒了大家，人们纷纷起身去给自己端来咖啡。

游船又走了十来分钟，便进入了广阔的塔斯曼海面。在那儿兜了一个圈子，又掉头钻回峡湾。

布莱尼一直没有下来，戴纳一个人孤独地坐在角落里。

冉丹看看她，对蒲丰说：“你看看她那样子，多么可怜。咱们上去劝一劝布莱尼，让她对戴纳好一点。”

蒲丰说：“这事怎么能劝得了，你自己去吧。”

冉丹把眼一瞪：“不是想使一下你那张臭嘴吗？快走!”说罢，就拉上蒲丰去了上面。

在船的左舷，布莱尼还在和那个白人小伙依着栏杆说话，二人都是一脸的灿烂笑容。蒲丰问另外一位白人老头是从哪国来的，老头回答是英国。蒲丰对冉丹说：坏了，布莱尼找到同类了，戴纳更危险了。冉丹说：“不管怎样咱们说说看，算是积德行善吧。你告诉她，戴纳正在下面伤心。”

蒲丰便硬着头皮走了过去，冉丹紧跟在后面。

蒲丰用英语说：“布莱尼，戴纳让我告诉你，上面太冷，不要冻坏了。”

布莱尼说："谢谢，我不冷。"

蒲丰又说："戴纳一个人在下面，很不开心。"

布莱尼说："是吗？不过那是她自己的事情。"

蒲丰没话可说了，只好说一声 sorry，就和冉丹在甲板上溜达了一圈，又回到了舱里。

在自己的位子上坐下，蒲丰看看戴纳，对冉丹说："刚才咱们离开布莱尼的时候，那个小伙子问戴纳是谁，你猜布莱尼是怎么回答的?"

冉丹说："她怎么回答?"

蒲丰说："她用十分轻蔑的语气说，那是一个丑陋的中国女人!"

"SOB!"冉丹骂道。骂完，她又扭头用怜悯的目光看了戴纳一眼。

蒲丰这时突然感到左腮又疼又痒，便将左腮歪到冉丹面前让她看看。冉丹"啪"地给了那儿一掌："你让那小东西咬死才好呢!"

这一幕让坐在船舱另一头的杨跃进看见了，他暗自一笑，用他粗大的手指在桌面上愉快地敲击起来。

船速突然慢了下来。大家朝窗外看看，见这里水面宽阔，岸边还有一处小型建筑。老邱说："这里常有海豚出没，各种深海动物也常出现在这里。那座建筑是水下观察站，可惜咱们时间太紧，不然的话，可以靠岸进去在水下观赏。当然，那是要另外交费的。"

听他这样说，人们便纷纷跑上甲板，用目光在水面上搜巡。然而看了一会儿，船在这里已经转了一圈，却什么也没看到。

正在这时，突然有一处涌起白浪，接着有一个黝黑而巨大的物体露出水面，很快又潜入水下。最后留在人们视觉里的是一个大大的黑色剪刀状尾巴。

“鲸鱼！鲸鱼！”一些人欢叫起来。

老邱兴奋地说：“怪不得见不到海豚了，原来是让鲸鱼吓跑了。”

另一处水面又是呼隆作响，接着是一条鲸鱼跃出水面，划出一条优美的弧线，刹那间隐没在水中。

鲸鱼一共亮相了四次，而后再也没有出现。游船这才加大速度，向不远处的码头奔去。老邱说：“咱们这个团运气真好，我来这里几十趟了，今天还是第一次见到鲸鱼！”

孟老神色不安地看看站在白人堆里的布莱尼，再看看孤零零一个人站在船尾的戴纳。

到了码头下船时，布莱尼还是和那个小伙子并肩行走。看着她的背影，冉丹小声咕哝道：“水性杨花。”蒲丰说：“我倒觉得，她和那英国青年才是天造地设的一对。”冉丹说：“只是苦了戴纳。”

二人回头看看，见戴纳正向一位英国老太太问着什么。蒲丰仔细听听，原来她是问这帮英国人晚上住哪里，老太太回答是蒂阿瑙。他对冉丹说：“听见了吧，两个团都住蒂阿瑙，晚上可能有戏。”

英国青年一直把布莱尼送上车，才转身向自己的团伙跑去。布莱尼从窗子里一直看着他，将手摆了又摆，直到老邱把车开出停车场。

回到蒂阿瑙已经天黑，这个小镇灯火阑珊，十分安静。听见车来了，聂先生夫妇和狗狗小两口从屋里走到廊下。车门一开，聂家姐妹急忙跑下去问：“哥，妈怎么样啦？”聂先生说：“还好，烧还有一点，但没有大事。”姐妹俩便同两个女孩去了屋里。

老太太躺在床上，见她们进来，便问下午玩得怎样。聂大玲说：

"挺好，不过你没去成也没有多少遗憾，那里和你看过的长江三峡差不多。"老太太说："是吗？那里也有神女峰？也有张飞庙？"听了这话，匡且和又又咯咯直笑，说："有，有，统统都有！"老太太又问："那张飞庙的香火旺不旺？"聂二玲说："可旺了，我们想烧香都挤不上去！"老太太摇着头感叹："张飞这人好哇，人家讲义气！"

这时，老邱站在院里让大家去吃饭。聂二玲说："姐，我在这里守着，你们先去吃，吃完捎回一点给妈。"

聂大玲说："那好。"说着就招呼两个女孩要走。

又又却说："姨妈，我在这里守着吧，你们去。"

聂大玲看看又又："嗬，又又懂事啦。"

又又将手一摆："懂事谈不上，我这会儿是没胃口，你们快走吧！"

聂家姐妹和又又走出门外，跟聂先生说了一声，便一同去了与旅馆相邻的餐厅。

又又这时急匆匆跑到洗手间，把门一关，掏出手机便打："杰克杰克，你在哪里？"

杰克说："我在房间，什么事呀又又？"

又又说："你别走，我马上过去。"

她从洗手间出来，亲了一下老太太："外婆，我有事出去一下，委屈你哦先！"说罢吱溜跑走，去了相隔三个门的124房。

那门开着，杰克正在拿着手机飞快地按键。又又进去后将门关上，说："给谁发短信呢？"杰克做个鬼脸："给魔王索伦。"说罢一摁发送键，将手机揣到了兜里。

又又说："我现在就是魔王，我要吃了你！"说罢就抱住杰克疯狂地吻了起来。杰克一边躲避一边说：“吃饭了吃饭了。”又又却说：“我就吃你！”说罢便将杰克往床边推。杰克说：“呀，真打算练练？”接着便往床上一倒，紧紧抱住了又又。

这时，房门突然响了，接着是杰克妈的声音：杰克，你怎么还不去吃饭？

杰克说：“这就去！”

等母亲的脚步声离去，又又回到外婆房间，外婆说：“又又，你下午不是看了神女峰吗？新西兰的神女也是等她丈夫吗？”

“不，是等情人！”

外婆瞪大眼睛撇撇嘴：“我早说过，洋女人就是比不上中国女人纯情！”

几分钟后，她母亲回来，让她赶紧吃饭去。她答应一声便往外走，母亲又说：“又又，今晚我跟你一屋睡呵。”又又拉着长腔，说一声“随便啦”，扬长而去。

餐厅里，靠墙的一张桌子边，坐着戴纳、布莱尼、冉丹、蒲丰。又是戴纳买来酒与他们三个喝，但别人都没变样子，她已经快醉了。

她又喝下一口，醉眼朦胧地说：“布莱尼，我再给你念一首诗，你听着呵！”接着，她万分伤感地念出了《诗经》中《日月》的一段，“日居月诸，照临下土。乃如之人兮，逝不古处。胡能有定？宁不我顾！”

布莱尼听罢，问这诗是什么意思。

戴纳向蒲丰和冉丹说：“你们给她解释解释！”

冉丹说：“这诗我听起来跟英语差不多，似懂非懂，蒲丰，看你的！”

蒲丰用英语很吃力地向布莱尼讲：“这是一个失去爱情的人，

在向她的情人诉说。她说，太阳和月亮日夜照耀着大地，是那么永恒不变，可我心爱的人却变了，变得不愿和我相处。她那脾气也变化不定，她不再像以前那么顾我，整个地把我忘了。”

听明白这首诗的含意，布莱尼低下头去沉默不语。

戴纳痴痴地看了她一会儿，而后闭着眼将头猛地甩了两甩，长嘘一口气说：“布莱尼，你去吧！”

布莱尼抬起头来问道：“戴纳，你让我去哪里？”

戴纳说：“去找那个英格兰男人呀，他今晚不也住这个城市吗？我祝愿你在他那里找到幸福和快乐！”

布莱尼露出洁白的牙齿笑了：“你让我找那个叫作马里亚特的人？他让我回国后与他联系，但没叫我现在就去找他。”

一听这话，戴纳更恼，说：“不用回国以后，你今晚就可以去他那里住。你离开这个团，明天跟他走也是可以的！”

布莱尼看着她一本正经地说：“戴纳，去不去找他，要不要跟他走，那是我的自由，不是由你来安排的。”

戴纳一时语结，再不说话，只是一口接一口喝酒，冉丹和蒲丰一齐劝也劝不住。不一会儿，她便往桌上一趴，耸动着两肩哭了起来。

布莱尼看着她那样子，一双蓝眼睛变得泪光莹莹。她搂着戴纳的肩膀，将脸贴上她的脸：“Sorry，戴纳。戴纳，sorry。”

冉丹说：“来，咱们把她送回去吧。”

于是，她和布莱尼一左一右扶起戴纳，蒲丰在后头跟着，一同出了餐厅。

把戴纳送回去，冉丹与蒲丰也回到自己的房间。冉丹说：她们这一对，也真是挺麻烦。看得出来，那个布莱尼不会对戴纳专一的。

蒲丰说："一个纯粹的T遇上一个P，那肯定会出麻烦的。戴纳的爱情注定是一场悲剧。"冉丹说："那咱们呢，是悲剧还是喜剧？"蒲丰说："也是悲剧呵，已经上演好几场了嘛！"冉丹把眼一瞪："悲剧？你什么意思？"蒲丰急忙说："没什么意思。哎哟，不跟你讨论悲剧喜剧了！"

这时电话响了，冉丹一把抓了起来："Hello！"

"冉小姐吗？你好！我是宫雯雯。"

"宫小姐呀？你有事吗？"

"冉小姐，如果你不介意的话，我想请你出去喝一杯咖啡，说说话好吧？"

冉丹说："好哇，现在就去？"

宫雯雯说："现在就去吧。我在院子里等你。"

等冉丹放下电话，蒲丰看着她说："宫雯雯请你喝咖啡？怪哉。"

冉丹说："这有什么怪的。和女友在一起坐坐，说说女人之间才说的一些话，我在北京不是经常这样嘛。"

蒲丰摆摆手："好，去吧去吧。"

冉丹去洗手间简单地梳理了一下，补了补妆，开门走了出去。宫雯雯此时正站在院中一棵盛开的茶花树旁边，看见冉丹出来，她不自然地一笑："谢谢赏光。"冉丹说："你干吗这么客气？"

二人走到街上，冉丹问："今晚你怎么有空出来？杨总不再忙着办公啦？"

宫雯雯说："今晚有空，今晚有空。"

沿街走了一会儿，到了一家酒吧门口，宫雯雯转身立定，向冉丹做了个"请"的手势。

冉丹说：“你怎么还像是往老总办公室里领人？咱们用得着这样吗？”

宫雯雯尴尬地笑道：“对不起，您请进。”

冉丹只好进去了。她刚一进门，就见一只大手在酒吧的角落里猛地举起：“冉小姐，这边！”

那是杨跃进。

冉丹看看身后的宫雯雯，说：“不是咱们两个呀？”

宫雯雯说：“是杨总叫我请你来的，您坐吧。”

冉丹冷笑一下，然后将腰肢一扭，款款落座。

宫雯雯也随后坐下。她扬手把侍者招来，问杨总和冉丹用些什么。杨跃进说：“来瓶酒好吧，冉小姐？”

冉丹说：“对不起，我吃饭的时候已经喝了一点。”

杨跃进说：“我看到了，你们几个喝是喝了，但你没喝多少。咱们再喝一点儿吧。”

冉丹一笑：“喝就喝。杨总的美意不敢辜负呀。”

杨跃进说：“这就对了，这就对了。小宫，你让他们拿好酒来！路易十三有没有？马嗲利有没有？”

宫雯雯让侍者上了两杯马嗲利，又要了几碟果品。等这些端上来，她对冉丹说：“冉小姐，你和杨总慢慢喝，我还要回去起草一份文件。”

冉丹说：“哎，你别走呀，你不是说今晚没事吗？”

宫雯雯红着脸刚要向她再说什么，杨总向她挥手道：“走吧走吧，那文件我回去就审！”宫雯雯便带着歉意向冉丹点点头，起身走了。

宫雯雯走出酒吧，在街上踌躇良久，然后慢慢走出这条街，来到了幽静无人的湖边。

这天是中国古历的九月十五，蒂阿瑙湖在一轮圆月的照耀下波光粼粼，浩淼无边。宫雯雯伫立在湖边看着看着，突然发出一声哭叫："佟良……"

宫雯雯此时感觉，仿佛自己正置身于中国新疆的博斯腾湖湖边，而她的男友佟良正在离她仅有二十来米远的一座蒙古包门口热血沸腾地等她。在北京东郊的那所大学里，他们整整相爱了两年，感情日渐升温，这年暑假二人便相伴着去游新疆。他们选择的是南疆一线，先坐火车去库尔勒，当天便去了博斯腾湖。轻轻荡漾着的无垠碧波，露天晚餐时湖面上升起的皎皎圆月，都让他们体内的爱情火焰急遽地燃烧起来……那是剧烈燃烧的十天。库尔勒，库车，阿克苏，喀什，英吉沙，莎车，和田，于田，民丰……在绕着塔里木盆地转了大半圈之后，又沿塔中公路横穿塔克拉玛干大沙漠回到了库尔勒。

毕业后佟良留在了北京，宫雯雯则回到了天津，因为他的父母都有病，需要她这独生女儿在身边照顾。这期间二人经常相聚，不是在北京就是在天津。而在那年秋天，佟良却一个多月没来，同时也不让她去。她忍不住，终于坐车去了。到了晚上，佟良却不肯脱下汗衫，宫雯雯撩起一看，他的前胸竟是咬痕累累！她回来后再也没去北京，而佟良也不向她做出道歉与和好之意，她夜夜以泪洗面，白天再强打精神上班。半年后，总裁杨跃进看中了她，让她去当秘书，她便去了。再半个月，她当了杨跃进的情人。她想，反正自己已经是个被人遗弃的人，无所谓了。再说她也需要一份收入较高的工作，因为她的父母每天每天都要花钱吃药。

而就是这次新西兰之行，让她认识了自己的丑恶。今天晚上，她没想到杨跃进会让她去约冉丹。她当然知道杨跃进的鬼心思，也早看出他对相貌出众的冉丹很感兴趣。她真想痛骂杨跃进一番。但她想，反正我已决定回去就辞职不干，他愿怎样就怎样吧。再说，冉丹那么冰雪聪明，也不会随随便便地上老杨的当。

但这毕竟是一桩阴谋，是她参与了的阴谋。

我在为虎作伥，我在当帮凶！

面对着蒂阿瑙湖，宫雯雯突然跪下来，她脸上的两行泪水，在月光下闪闪发亮似珠玉一般。

## 第五天



按照老邱昨天通知的时间，早晨七点前后，游客们陆续来到了餐厅。

蒲丰与冉丹取来食物，刚坐到一张桌子边，杨跃进和宫雯雯从门口进来了。蒲丰突然起身走过去，抬手就给了杨跃进一记耳光！

杨跃进捂着腮帮子一愣，接着扑上来要打蒲丰，蒲丰却一闪身，抓住他的一只胳膊，把他甩出了一圈趔趄。

这一幕让所有在场的人都大为吃惊。许多游客尖声惊叫，宫雯雯捂着脸哭了起来。近旁的老邱和聂先生赶紧将蒲丰抱住，让杨跃进脱了身。

杨跃进色厉内荏，指着蒲丰说：“你行，你行，你他妈敢打我！”

蒲丰眼里愤火："我当然敢！杀了你我都敢！"

冉丹走过来拧着眉头说："蒲丰你这是干啥呀，你怎么这样呢？"说着就把他拉到了餐桌旁边。

杨跃进摸了两把腮帮："今天真他妈倒霉，大清早遇上了一个神经病！不吃了不吃了！"说罢便转身回了旅馆。宫雯雯擦了一把眼泪，也跟在了他的后头。

老邱看看他们，走到蒲丰旁边说："蒲先生，有话好好讲嘛，怎么动起手来啦？"

蒲丰大声说："这个狗杂种，他敢打冉丹的主意，我不把他彻底扁了，算我仁慈！"

冉丹杏眼圆睁，喝道："蒲丰，你把嘴闭上好不好？"

蒲丰果然不再吭声，拿起一块面包大口吃了起来。老邱向游客们挥挥手："没事了，大家赶快吃吧！多吃一点哦，今天的路很长！"

众人各忙各的，各取所需。老邱和玛丽又一起去了旅馆，可能是想把杨跃进和宫雯雯叫回来吃饭，但他俩很快回来了，看来没有叫成。

冉丹端起一杯牛奶喝着，一边喝一边看着对面的蒲丰。突然，她"扑哧"一下笑出声来："行，没想到我还有这么一位勇敢的、大无畏的、不该出手也出手的护花使者。"

蒲丰翻眼看看她："别挖苦我好不好？其实我也没打算出手，可是刚才一见他那个臭样子，心里腾地窜上来一股火，想也没想就上去了。"

冉丹扫视了一眼餐厅："这么多洋人都见识了你，你不是既丢国格又丢人格吗？"

蒲丰说："别的我不管，只要不丢你就行。"

冉丹坏笑起来："丢不丢，能由你说了算？回去之后我找不到好工作，说不定真去投奔老杨。"

蒲丰将手中的叉子猛一敲盘子："你真想叫我吐血而死，把尸骨扔在新西兰？"

冉丹咯咯笑道："逗你玩嘛！来，请英雄把嘴张大！"说着她叉起一块烤肉，笑眯眯地送到了蒲丰嘴里。

蒲丰边嚼边说："我算啥英雄，是姓杨的想当英雄没有当成。他从第一天就牛B哄哄，以为全团就他是个阔佬，没想到人家聂先生比他不知要阔上多少倍，他一下子成了草鸡。他见我跟你闹了点不愉快，又想乘虚而入，把你拿下，结果又没得逞。今天我再给他一耳光，让他彻底草鸡！"

冉丹说："你说得也是。他昨天晚上实在是太离谱了！"

昨晚，她是被宫雯雯骗到酒吧的。当然，她也马上明白宫雯雯对她施骗，完全是遵从了杨跃进的指令。所以她坐下后，目送宫雯雯走出酒吧，回过头冷笑着道："杨总，让小蜜帮你钓女人，这可是大手笔呵！"

杨跃进尴尬地笑一笑："冉小姐怎么这么说话呢？我请你出来坐一坐，这能叫作钓吗？"

冉丹说："不是钓又是什么。我是和男朋友在一起的，你为什么不一块儿请他？"

杨跃进腆着脸说："那个胆小鬼，你想和他一块儿出来？"

冉丹说："他是胆小，他那天没跳下去，真是让我丢了面子。你看我们的关系成了有缝的蛋，就想叮上一口对不对？"

杨跃进摇头说道："唉呀呀，你们年轻人的嘴真是厉害，什么事情也经不得你们说，一开口就……”

冉丹又是一笑：“一开口就接近了实质。”

杨跃进笑了：“实质？哈哈，今晚咱们的实质是喝酒，来，喝一点。”说着就向冉丹举起杯子。冉丹举杯和他一碰，浅浅地喝了一口。

杨跃进说：“多喝点嘛，多喝点嘛。”

冉丹说：“好好劝，好好劝。‘酒为色媒，色为酒媒’嘛。老祖宗早就教导好了的。”

杨跃进大窘，指点着冉丹说：“你呀你呀，真是个刀子嘴！”

冉丹歪头一笑：“老祖宗还说，刀子嘴往往和豆腐心配套。”

杨跃进又面露喜色：“对对对，你肯定有着一颗豆腐心！柔软洁净的豆腐心！来，为你的豆腐心干杯！”

冉丹与他一碰，喝得多了一点。喝罢，她说：“杨总，我看那宫雯雯真是有一颗豆腐心。你让她出面钓我，她竟然也能听命。”

杨跃进吧嗒一下嘴：“你又说钓，又说钓。”

冉丹把小脸一扬：“就是钓！我问你，宫雯雯是你的小蜜，你设身处地想一想，在她把我往这酒吧引的时候，她会是什么样的心情？”

杨跃进咧咧嘴说道：“她哪是什么小蜜，是我的秘书。”

冉丹说：“这你不必再辩解。小宫是你秘书，肯定也是你的小蜜。我敢断定，你跟她的那种关系不少于三年。”

杨跃进沉默片刻，点了点头：“算是让你说对了，我跟小宫的关系真是有点特殊。你不知道，我是五年前和老婆离的婚，之后才找了她做秘书，自然而然地，她也就照顾了我生活的方方面面。可她跟我有了这层关系，也没打算嫁给我，所以我跟别的女人交往，她从来都不生气，依旧把秘书当得有板有眼。”

冉丹说：“这更是你的悲哀，是你没能得到她的心。”

杨跃进说：“你说得对，我就是得不到她的心。说白了，她就是跟我上了床，身体是零距离了，负距离了，可是她那颗心我还是感觉不到。”

冉丹说：“我猜，她是在爱情上受过伤害。”

杨跃进说：“她好像在上大学时谈过一个男朋友，后来男朋友又把她给蹬了。她毕业后到我公司求职，先在下面科室干过半年，我看她的文字能力和英语水平挺好，人也老实，就让她当了秘书，这一干就是三年。”

冉丹说：“杨总，我跟你说句正经的，你一定要善待她。”

杨跃进说：“好的，我听你的。”

这时，他的手机响了。听了对方几句，杨跃进立即嚷嚷起来：“老刘，我早讲过，这块地皮无论如何也要拿到手！你好好考虑一下，实在不行就上手段！什么手段？这还用我教吗？你自己掂量着办就是！一定给我拿下呵，拿不下来我饶不了你！”

等他打完电话，冉丹说：“杨总，你上什么手段呵？”

杨跃进说：“手段多着呢，当官的好哪一口就喂哪一口。”

冉丹说：“搞企业也真是不容易，求人的滋味也不好受。”

杨跃进一拍大腿：“哎呀，我算是找到红颜知己啦！搞企业就是这样，当爷爷的时候少，当孙子的时候多。现在我还好一些了，想想当年我刚刚创业的时候，真是不堪回首哪！”

接着，杨跃进一边喝酒一边讲起了他的历史。他说，他家上推三代都生活在天津卫的最底层，他爷爷在旧社会里拉洋车，他爹到了新社会不拉洋车却拉地排车，给胡同里的居民们送煤。到了他这辈，兄妹五个都是普通职工。他是个开出租车的，一辆破面的就开了五年。后来看看那些有钱人整天花天酒地，那才叫一个享受。可是怎么能够发财呢？靠开出租车是不可能的，唯一的希望是买彩票中大奖。从十年前开始，他就每期必买，而且填注不填别的，只填自己的车牌加自己的生日。买了整整三年，果然中了，一下子有了二百五十万！

冉丹说："呀，你还真是财运通天！"

杨跃进得意地晃着手："就是嘛！你想天津卫有多少彩民，谁不想发财呀，可财神爷就偏偏看中了我！这是我的第一桶金，我向人请教一番，决定投资房地产，把那些将要拆迁的老房子买下了一批，倒来倒去，我就有了上千万，有了今天我这公司。"

冉丹说："这时候，你就不满足了，又想当福布斯富豪。"

杨跃进说："就是嘛！原来，我的理想只是当个百万富翁，后来有了千万，可在商场上看看，千万富翁算个鸡毛？人家亿万富翁才带劲儿呢！可是成了亿万富翁，我又知道了还有一个福布斯中国富豪排行榜。这一下子给了我强烈刺激。我想，要当阔佬，就他妈的当个在全国挂号儿的。今年春节那天，我到莲宗寺花大钱烧了头炷香，在佛前发了大愿。我说，三年之内，老佛爷你如果能保佑我闯进富豪榜，我就给你再塑金身！"

冉丹笑着问："老佛爷保佑得怎么样？"

杨跃进说："还行。不过，这事上靠老佛爷保佑，下靠自己努力。我不抓紧抓死，那是不行的。既要唯心，又要唯物，这就是我的哲学。"

冉丹又举起了杯："好，祝你的哲学早出成果，祝你早一天登上富豪榜！"

杨跃进说："借你的吉言，我一定能成功！"

喝下一口酒，杨跃进又说："冉丹，我再问你，你愿不愿到我那里干？"

冉丹将那张已经红了的小脸一歪："愿意呵。你在好奇提卡不是说了吗，叫我当个子公司经理，给我充分注资。"

杨跃进连连点头："对，对，我是说了。你想弄个什么公司呢？"

冉丹说："我再考虑考虑吧，反正是我喜欢干的，同时也能给你赚钱的。"

杨跃进说："太好了太好了。我想，咱俩在一起，一定是珠联璧合。"

冉丹说："好，为我们的珠联璧合干杯！说着，她将半杯酒与杨跃进一碰，一口喝干。"

看看冉丹的脸已经通红通红，杨跃进便提议回去，冉丹点头同意，杨跃进便叫来侍者买单。

走到街上，杨跃进挺着个大肚子，看看天上的月亮，再看看身边的冉丹，说道："唉，真想不到，我能在新西兰的月光下和冉丹小姐散步。"

冉丹笑道："杨总还蛮有情调。"

杨跃进挥着一只手说："我当然有情调啦！去年一个作家给我写报告文学，还称我是津门儒商呢！"

冉丹笑着点头："儒商儒商，毫无争议！"

到了旅馆门口，杨跃进看看表说："还不到十点，到我屋里坐坐吧。"

冉丹迟疑片刻，说："好。"

杨跃进便兴冲冲地领着冉丹走到一间客房门前，掏出钥匙打开了房门。

屋里黑咕隆咚。冉丹说：“宫雯雯呢？”杨跃进说：“可能睡下了，进去吧。”冉丹便跟他走了进去。

然而，杨跃进关上房门却没去开灯，竟然一下子将冉丹抱住了。冉丹挣扎着说：“你干什么呀，你快放开我！”

然而杨跃进不放，且把她往床边推。

冉丹大喊：“小宫！小宫！”

杨跃进说：“这里哪有小宫，这是我另开的一间房，就是准备咱俩今晚用的！”

冉丹听他这样说，便停止了挣扎：“是吗？那你听我说。你心太急了，你还没等我喝醉就把我往回领。我必须等到喝醉了才跟男人上床。”

杨跃进诧异地说道：“你还有这习惯？那咱们再回去喝？”

冉丹说：“等回国我到天津找你吧，那时咱们一醉方休，好不好？”

杨跃进只好把她放开：“好吧，我在天津等你。”

冉丹把灯打开，整整身上的衣服，向杨跃进摆手说一声晚安，然后拉开门就走。

回到自己房间，蒲丰还半躺在床上看电视，他看看冉丹的脸说：“嗬，咖啡也能上脸呀？”

冉丹说：“哪是喝什么咖啡，是老杨叫我去喝酒了。”

蒲丰猛地坐起：“什么？他真要把你拿下？”

冉丹说：“对。他还订好了房间，把我领了过去。”

接着，她就把事情的前前后后向蒲丰讲了一遍。蒲丰听罢气得脸色铁青，跳下床说：“这个狗东西欺人太甚，我找他去！”

冉丹拉住他说：“他没得逞，你还找他干吗呀。我困了，我想洗澡睡觉，你快帮我把衣服脱了……”

吃罢早餐，冉丹和蒲丰拿了行李来到车上，发现杨跃进早和宫雯雯坐在了上面。看见他俩，杨跃进拿起手机装模作样地摁起来。冉蒲二人因为座位在最前面，一屁股坐下后再没回头。

老邱将车开出旅馆，开口说道：“各位早上好！我们现在开始了魔戒之旅第五天的行程。今天我们要先去东海岸的但尼丁市，下午观赏毛利圆石，晚上住奥马鲁看著名的观光项目：企鹅晚归。我先向大家报告一个喜讯：聂老夫人已经退了烧，康复了身体，今天早晨吃下了一块面包一个鸡蛋再加一碗燕麦粥！大家祝贺！”

游客们鼓起掌来。

老太太挥着手哈哈笑道：“我今年就是没有事嘛！就是没有事嘛！”

听她还是这么说，众人又笑。

老邱摇着头感叹：“你看看，今天老人家的心情多好！人生在世，心情真是一件非常非常重要的东西，它能叫你上天堂，也能叫你进地狱。所以说，保持一份好的心情，就保证了幸福。向你们交代哦，我年轻的时候就在这方面想不开，心理非常脆弱，一点点小事就把心情败坏了，而且过好长好长时间还不能恢复。你们别看我现在这么胖，像一头肥猪，我年轻的时候可瘦了，杨柳小腰，很骨感哪。为什么？因为我天天为一些事情烦恼，大事小事，鸡毛蒜皮，到我这儿统统成了重磅炸弹。别的不说，就说这相貌，就让我苦恼了半辈子。我矮，我黑，我皮肤粗糙，尤其是我这一双‘缝眼’，大家肯定误会不了，我说的‘缝’，不是凤凰的凤，而是缝隙的缝。

我看过照片，我在四个月的时候眼睛就是这么大，这就是说，从四个月之后我的眼睛就没再发育。因为长得丑，有许多人瞧不起我，与人交往人家不理你，干事业也比别人要难得多。你说我怎么能够不烦恼？从十几岁到二十几岁，我不知砸坏过多少面镜子，也不知在爹妈面前埋怨过多少回。后来等我生下儿子，看见他也像我这丑样子，便一下子明白了：长相是爹妈给的，你无法选择，你再埋怨没有用，你必须自己面对这个世界，自己去走你的人生之路。所以，我以后就再不因为自己丑陋而自卑，而是积极地去交朋友，去干事情。遇上别的烦心事我也想开了，我已经明白，人生在这个世界上，就是和烦恼打交道的。我读过一本佛家的书，别的没记住，就记住了两句话：人生即涅槃，烦恼即菩提。对后一句我特别地欣赏——烦恼就是给你长智慧的，就是帮你得道开悟的。你应该庆幸自己能遇到那些烦恼，你甚至还应该感谢那些给你带来烦恼的人！我这话对不对？”

孟老说：“太对了！佛经和《圣经》讲的都是真理，只不过表述方式不同。《圣经》中有这样的句子：苦难和烦恼是成就他命的狂风。凡是投靠主的人都说，我受苦是于我有益。我曾经写过一首诗，其中有这么两句：感谢神赐我苦难，让我在绝望中得到安慰！”

聂先生说：“你们说得都非常正确。我呢，一直欣赏苏东坡的那句话：一蓑烟雨任平生。”

詹女士说：“对，人生就是要豁达，要坚韧，任凭风吹雨打而视之坦然。”

除了杨跃进闭着眼睛半躺在那里，游客们都在认真听着他们的话。戴纳在小声地为布莱尼做同步翻译，看上去她们的关系已经好转。

老邱这时放起了一首曲子。那领奏的小号明亮激昂，恰好地配合了车外的青山绿水，也感染了多数游客，让他们的情绪随之振奋。

走了约一个小时，车子进入一片河谷，冉丹突然指着左前方说：“快看，飞机！”

众人看时，在河对岸的山脚下，果然有一架直升机在飞。它飞得极低极低，简直要扫着树梢，掠着地皮，有几次还隐没在山梁之后。它在干什么呢？大家正疑惑间，忽见一群奶牛从山梁背后露出头来，正往河边走来，而在牛群的后边，还跟了两个骑马的牛仔。

哇，真棒！香港的几个年轻人大叫。

蒲丰说：“老邱，停车看一下好吧？”

老邱说：“好的，他们这是要赶牛群过河，挺好看的。”说着就将车子停在了路边，让游客下来站到了路边。

转眼间牛群便到了河边。那些母牛对水有些畏惧，迟迟疑疑不肯下水，一老一少两个牛仔便骑马扬鞭大声喝叫，马下还有几条牧羊犬窜来窜去地狂吠。然而这样还不能轰动整个牛群，那直升机便大显身手了。只见它忽高忽低，忽左忽右，还不时摇晃着机体做恐吓状。这样，空地配合，牛群便全部下到了水里，向河这边走来。

游客们十分兴奋，站在路边鼓掌欢呼。

想不到的是，那飞机突然掠过河面，向公路飞来。等它飞近，游客们才看清驾机的原来是一位年轻的白人女性。她一边微笑着向游客们挥手致意，一边操纵飞机盘旋了一圈。

游客们有的向她招手，有的向她打飞吻，杰克则跳着脚用英语喊：“好姐姐，你让我也上去！”

然而那女人向下面抛一个飞吻，又回去撵她的牛群去了。

众人一边回望一边上车，上了车还兴奋地议论不休，说这一幕真棒。杰克说：“真好玩，我也想去当牛仔!”

杰克妈又急了：“你再胡说八道，我打你!”

蒲丰说：“杰克哎，你去了不挨鞭子才怪呢！你没看出来？这是一家三口，那两个年轻人肯定是夫妻，哪有空子让你钻。”

杰克说： “我不去她家，我找另一家，最好是有一大群女儿的。”

又又说：“你最好变成一头公牛，那一群母牛就全是你的了!”

全车人听了哈哈大笑。杰克却晃着脑袋说：“那样也不错，我让它们生下一大群牛子牛孙，然后老了，死了，把我的皮献出来，给又又做一双最时髦最时髦的皮鞋，让她在香港大街上走。她走一步我就在她脚下叫一声：杰克、杰克、杰克、杰克……”

众人又笑。又又却瞅了一下杰克，眼圈儿暗暗红了。

这时，宫雯雯突然喊叫起来：“总裁！总裁!”众人向她那儿一看，只见杨跃进歪在她的身上，闭着眼睛，嘴角还流着涎水。大家问怎么啦，宫雯雯黄着一张小脸说：“刚才上了车坐下，他看着我要说话，可是把嘴张了几张也没说出来，就一下子歪在了我的身上……”

老邱急忙把车停下，众人都围了过去。孟老看了看说：“他不是说过自己血压高吗？我看他这样子，十有八九是脑血管意外。”

宫雯雯哭了起来：“这可怎么办？求求大家，快救救他吧!”

老邱大声说：“谁有药？谁有药?”

孟老说：“救心药我倒是带了，可不一定管这病呵。最好的法子还是赶快把他送到医院。”

老邱说：“前面有两个小镇，但我估计没有像样的医院。我们回蒂阿瑙要一个小时，到但尼丁要一个半小时。”

聂先生说："不行，时间太长了，而且病人也经不起长途颠簸。这样好吧，我们现在去找那几个牛仔，跟他们商量一下，能不能用他们的飞机送去？"

众人都说："这办法好，这办法好。"

老邱二话没说，立即将大巴掉过头来往回飞奔，只十来分钟，就看到了正在河边吃草的那一群牛，而直升机也正停在那儿，放牛的三个人正坐在草地上休息。

停下车，老邱便跳下去跑向了那里。到那里说了几句，他便转身大喊："快把老杨抬过来！"蒲丰和聂先生父子等人便急忙把杨跃进抬下车去，往飞机旁边急跑，其他游客也都跟在后头。

这时，那个年轻女人已经发动了飞机引擎。两个牧牛男人帮忙把杨跃进放到座位上并系好安全带，宫雯雯随后也上去了。老邱说："小宫，这飞机把你们送到但尼丁，让玛丽跟着帮忙。我们中午便会赶去的。"玛丽一边登机一边说："我那儿有朋友，我让她给联系医院！"

蒲丰把手一举："我也去。老杨出事，与我今天早晨那一巴掌有关。这责任我来担！"说着就一步登上飞机。冉丹说："我也去，我也去！"驾机的女人却摆着手说："No！No！"老邱领会了她的意思，说："不行，没有位子了，只能去他们几个。"

女人挥手让大家退后，接着把舱门关上，让螺旋桨开始旋转。随着转速的加大，一股狂风吹得众人睁不开眼睛。而等到狂风消失，直升机已经悬在空中，向东方渐飞渐远，直到消失。

孟詹老两口一直站在那儿祈祷。看到他们的样子，冉丹也望着飞机静默而立，心里念着上帝保佑上帝保佑。直到老邱向牧牛人道过谢，招呼上车，这三个人的祈祷才停止。

车上突然少了四个人，显得空落落的。老邱将车掉过头再向但尼丁的方向行进时，全车人都沉默不语。后来聂先生说：“小蒲说与他有关，要承担责任，这说明他是个敢做敢当的人。其实杨先生出事是一种必然，没有小蒲的这一巴掌，他也还会出事，只是时间可能晚一点而已。他一天到晚搞得那么紧张，不累垮太怪哩。”

听了这话，众人皆点头称是。

孟老说：“杨老板也太执着了。他念念不忘要进那个福布斯富豪榜，时时刻刻在为那个目标打拼，其实没有必要。世间的一切，都是上帝安排好了的，你再怎么努力也没用。你看他，有了个大公司，财富也积累了许多，这么突然一得病，还有什么意义可言?”

詹女士说：“他如果真是脑血管意外，不管是脑溢血，还是脑血栓，治疗起来都很麻烦。即使一时治好，今后都要随时随地地注意，不能劳累，不能生气，而且一定要控制住血压，再随心所欲是不可能了。”

老邱说：“富豪榜，富豪榜。《魔戒》里不是有一个著名的魔咒吗，One ring to rule them all，One ring to find them all！要当富豪，要进富豪榜，其实就是人生常常念叨的一个魔咒。这魔咒我曾念叨了许多年，折磨得我好厉害好厉害！”

冉丹问：“魔戒显灵了吗?”

老邱一笑：“如果显灵，我今天还给你们开车当导游？那是我在台湾的事。我上中学时读过一本书，上面有这么四句话：‘斗大黄金印，天高白玉堂；将相本无种，男儿当自强。’当时我把这话念来念去，念来念去，越念屁股越是发热，怎么也坐不住了。我想，什么叫作志气，这就是志气！什么叫作理想，这就叫作理想！我上小学的时候早被老师判定为笨蛋，可到了这时候还没觉悟，还以为就是天降大任于斯人呢！不过，我琢磨来琢磨去，这四句诗其实是鼓励人搞政治的，要抓了大印登上高堂嘛，可我这个癞样子，拉选票很困难，尤其是很难拉到女选民的选票。所以我想，我不能从政，我把那个‘印’字去掉，只要‘斗大黄金’算啦。于是我高中一毕业就投身商界，扑腾起来了。”

杰克妈说：“哎呀，原来你在台湾是当老板的！”

老邱说：“老板好当，黄金难进。为了那斗大黄金，我可真是拼了。我向哥哥借来一笔资金，租来一家店面，就开始做起了生意。那真是没白没黑，累得裤子掉了也顾不得提呵。一天一天，一年一年，我还上了债，有了自己的资本，店面也从小到大，在商界的声名也越来越响。就这么干了二十年，斗大黄金没挣上，财产总也有了一些。可是，我这个时候却是越来越烦。你们知道的，台湾那个地方就是金钱至上，商界的倾轧比哪里都要厉害，你每时每刻都要小心，每时每刻都要盘算。你向后看看，那么多破产者的悲惨让你心惊肉跳；向前看看，那么多的亿万富翁、商界巨头，在风风光光地地做你的榜样，无形中给你压力。那些年，我吃不香睡不安，整夜整夜地做梦，经常是梦见自己破了产去跳楼。我想，这是人过的日子吗？这绝对不是我想要的生活！苦海无边，回头是岸呵。可是我的岸在哪里？我经常地想呵，找呵。那年我为生意上的事来了一趟新西兰，一下子就被这里吸引住了。这里地广人稀，风光如画，人们的生活是这般平静而恬适，是全世界公认的最适合人类居住的地方之一。当时我就做出决定，放弃我的生意，举家搬迁到这里，让我的生活彻底变变样子！回去和老婆商量了一下，她说嫁狗随狗，没有说的。于是，我就在1998年的6月份来了。”

聂先生问：“你是走的什么路子？投资移民？”

老邱点点头。

戴纳问："要投多少？"

老邱说："那时候是七十五万新币，现在涨了，要投几百万。"

杰克妈说："那你投了那么多，加上买房子。老邱你真有钱！"

老邱笑一笑："我这点钱算什么？比起聂先生，不过是沧海一粟吧？不过，这点钱能让我暂时不愁全家生计，让我想干就干，想玩就玩。我先注册了一个公司，装出投资的样子，其实就是我一个人，也没有什么业务。在新西兰，像这样没有雇员的公司遍地都是，即使业务量相当大的公司也不敢轻易雇人，因为有许多保证劳工待遇的法律，让你雇上了就很难辞退。那一段时间，我在奥克兰落下脚，熟悉熟悉环境，找自己喜欢的工作干一干。我干过房产推销，干过室内装修，渐渐地熟悉了英语，也渐渐了解了新西兰这个国家。前年，我想趁着我还能跑，应该到美国玩一玩，就买上一张机票去了。我持新西兰护照，可以享受落地签证待遇，人家给了三个月。三个月满了，我又申请了三个月的旅游签证。之后又续签一次，总共是八个月。在那里，我玩些日子，再找份工打打；打一段工感觉累了，再出去玩玩。等到把全国主要城市和景点都看过了，我的钱也花光了，就优哉悠哉地回来啦！"

詹女士说："嗬，老邱你真是潇洒！我们在美国这么多年，转的地方也不是太多。"

老邱说："潇洒谈不上，但可以说我这个时候已经彻底摆脱了那个魔咒。回国之后，我还是不想开公司，想找一份自己喜欢的工作干干，哪怕是给别人打工。找来找去，想起刚来时游南岛给我留下的美好印象，就想找一家旅行社当导游。我从报上看到，四海旅行社只在北岛有业务，就找到他们毛遂自荐，由我来开辟南岛游，而且一定要包括西海岸。因为我非常喜欢西海岸的风光，而大部分旅行社只搞南岛精华游，从基督城直接去皇后镇，再多就是去一去米尔福德峡湾，格雷茅斯、好奇提卡、哈斯特那一段都不去。老板一听很感兴趣，跟我一道来考察了一次，就买了这辆三菱大巴，让我干了起来，这一干就是两年。”

孟老说：“于是，就有了我们这一次魔戒之旅，让我们见识了你这位名导。”

老邱抬起一只手摆着：“什么名导，那是旅行社做广告用的。但我可以说，我这导游是尽心尽力的。因为我非常喜欢这份工作，我工作着就是快乐着。这与我以前在台湾的生活简直是天壤之别！为什么，因为我摆脱了那个‘斗大黄金’的魔咒，使我的身心得到了充分的解放。”

老邱停了停，又说：“我现在常常想，人呵，其实也是一种怪物，说得不好听也是魔。为什么？是因为他们往往会给自己加上魔咒，念念不忘，让自己以及和自己有关的人都搞得那么紧张，甚至带来痛苦。”

聂先生颔首微笑：“老邱，你这话还真是点到穴位上了。”

聂二玲说：“我妈就是自己给自己加魔咒，天天念叨明年会死明年会死，你说烦人不烦人呢。”

聂老太太说：“那不是我自己加的，是仙人托梦告诉我的！”

聂二玲说：“你听听，魔咒又来了！”

杰克说话了：“我妈也念魔咒！”

众人笑着问：“你妈的魔咒是什么？”

杰克说：“望子成龙，叫我成为肖邦第二呗！”

杰克妈戳一下儿子的脑壳：“你就没有魔咒啦？你的魔咒就是

轻轻松松地玩，不想累着!”

杰克说：“对对对，那就是我的魔咒!”

詹女士说：“我们老孟的魔咒就是，在死之前一定要发展一千个基督徒。”

孟老立即恼了：“你怎么这么说呢？我要把人们带到主的面前，是让他们享受主的恩典，接受基督的福音，怎么能跟‘魔’字联系在一起呢？我看你倒是着了魔，你入教也十多年了，对主还是这样不虔诚，不恭敬，我看你是着了魔了!”

说着说着，他气喘吁吁。众人望着他那样子都很紧张。

詹女士急忙拍着他的背说：“老头子老头子，你可千万别气着，这路上也没再见到直升机，你出了事怎么办？我说错了，我着了魔，我现在就忏悔好不好？”

说罢，她果真把两手捧在胸前，闭上眼睛咕哝起来。

孟老恨恨地看她几眼，这才消了气，改换话题让自己下台阶：“老邱，你看透了世事人生，不再让自己活着太累，这样挺好，真的挺好。”

聂先生说：“跟你的团，我们感觉很舒服，很开心。”

老邱高兴地说：“是吗？谢谢！我同你们说过，你们从那么远的地方过来，跟我一道玩，这是我老邱的福份！为什么这样说呢，因为我同你们交往，可以获得好多好多的快乐，也能学到好多好多的东西。真的，我好感激好感激你们。所以我也尽力地想把你们伺候好，让你们吃得好一点，玩得好一点。实话跟你们说，咱们这一路的吃住，都是老板亲自来订好了的，有些安排我并不满意，因为没能够充分考虑游客的需要。但这些安排又不能大改。怎么办呢？我只能靠我的努力，把各个方面的关系都打点好。”

冉丹问：“你怎么打点？”

老邱说：“一是真诚地与他们交往，让他们对我有个好印象。你们大概已经看到了，我这人虽然长得丑，可到了哪儿脸上始终少不了笑容。我明白，我这样子如果再不笑，就会被以为是魔王手下的人。这么笑也不容易哦，有的时候脸都笑木了，笑僵了，吃饭睡觉的时候要将翘起的眼角眉梢用手扯回来。”

冉丹“扑哧”一乐：“你那成了皮笑肉不笑了，光靠这个就行？”

老邱说：“不行不行。这样只能和人家建立初步的友好关系。很多时候是要加点小费的。譬如说，我带的团多是华人，不喜欢吃凉食，尤其是牛奶最好是热的。那么就是这一点，我就要想办法买通餐馆的服务员，让他们给你提供。像昨天中午在蒂阿瑙那家餐馆，那个扎小辫的洋厨师为什么和我拥抱，为什么给我们热牛奶，为什么给我们敲杯子演奏？那都是我买出来，让大家高兴的。我每次都掏给二十块钱呢。”

聂先生说：“哦，原来是这样。你真是做得很好。”

老邱说：“谢谢！只要大家在南岛吃好睡好玩好，我老邱就高兴了。虽然咱们六天游完，今生今世可能不再见面，可我不做那种一锤子买卖。我想让大家在多少年之后，想起这次旅行，想起老邱，点点头说：哦，那个家伙还不算坏，基本上是个人，不是个畜生，我就满足啦！”

众人听了这话都笑。香港老太太说：“老邱，你这人就是叫人喜欢。我明年死的时候肯定还想着你！”

老邱脖子一缩做恐惧状：“哎哟哟，那就千万别把我也带到阴曹地府，给你当专职导游哇！”

众人又是大笑。聂大玲说："老邱，你这人好是好，就是有时候嘴太贫！"

老邱说："是，快撵上贫嘴张大民了！"

他看了看表，说："杨老板也不知到但尼丁了没有，电话在这儿也不能打。唉，真要有个三长两短，可怎么办？"

戴纳说："他一天到晚忙忙碌碌，要把这个拿下，把那个拿下，结果自己倒是让病拿下了。"

杰克说："他这人就该是这么个下场！"

杰克妈红着脸打了儿子一巴掌："你这孩子，怎么这么说话！"

车子前方出现一个小镇，老邱拿起手机说："哦，有信号了。"他果然拨通了电话，"玛丽吗？你们到了？已经进了医院，正在抢救？杨老板还是昏迷不醒？有没有危险？说不清楚？好的好的，我们还有一个小时赶到，到了再联系哦！"

听了这些话，孟老又开始祈祷了。

冉丹这时则取出手机，给蒲丰发了一封短信："亲爱的，你一定让医生全力抢救，不要让他出了大事。你也要稳住情绪，不要急坏了自己。"

蒲丰的短信也很快回来了："明白。不管是什么样的结果，我都准备承担自己应承担的责任！"

小镇到了。孟老看一眼路边的招牌，说："哈，Gore！这儿叫戈尔，以前的美国副总统呀？"

老邱说："对，这个镇子叫戈尔，前面不远还有个克林顿呢！这是南岛的一大奇景。"

再走一会儿，果然有个叫 Clinton 的地方，只不过比戈尔镇还要小一些。老邱说："这两个小镇上的人都认为，这是天意，一百多年前给这里起名时就预言了美国第52届、53届的总统和副总统。据说，这里的两个镇长还曾向这克林顿和戈尔发出过邀请，让他们到此一游，但克林顿那时正忙着跟莱温斯基玩雪茄游戏，根本顾不上，就成了这两个镇居民的一大憾事。”

老邱说完这些，将车停了下来：“到了克林顿，大家愿不愿动动拉链呀?”

看到路边的厕所，一部分游客反应过来，说：“动一动！动一动!”接着嘻嘻哈哈跑下车去。

再上了车，出了克林顿镇，老邱嘻嘻笑道：“大家动过拉链，身心愉快，一定会觉得眼前的风光更加美丽。你们看，这儿的天空是多么得蓝，牧场是多么得绿，牛羊是多么得可爱!”

杰克说：“感谢克林顿！感谢克林顿!”

这话又惹出了一通大笑。

十点四十，但尼丁到了。老邱打电话给玛丽，问明了他们所在的医院，便停下车，找出随身带的但尼丁城区地图看了看，便向那儿奔去。

看到城市规模之大，街道行人之多，游客们都兴奋起来：“哇，到大城市啦!”老邱说：“也难怪大家有这样的感觉。但尼丁其实并不太大，人口不过12万，在南岛排第二，在全新西兰排第五。但咱们几天来走过的地方人口是几百，几千，最多也刚刚过万，所以到这里就觉得大不相同了。”

他随后介绍，但尼丁是奥塔哥地区的中心城市。十九世纪六十年代，这个地区发现了黄金，于是人口、物资和金钱都涌向了这里，一时之间极尽繁荣，是当时全国最大的都市。这里的气候寒冷，许多人为了争夺黄金被冻死，被洪水淹死，或被疾病夺走生命。值得一提的是，来这里的淘金者还有一些留着长辫子的中国人，他们多是来自广东。那时中国人没有地位，留长辫子的人更被西方人瞧不起，所有的黄金采掘地几乎都不给他们，他们只好在别人认定没有任何希望的地方，或者已经被遗弃的场所，扒拉来扒拉去，费尽千辛万苦收获一点金子。搞到了一点之后，再费尽心机缝在衣服里，或藏在别的地方，漂洋过海回到故乡。这还算是幸运的。皇后镇附近有个中国村，现在还有遗址。那是一座座小小窝棚，根本不是人住的地方。1886 年至 1906 年间，有二十五名华人在那里采金。他们之中没有女性，没有一个人留下后代，也没有路费回国，就一个个老死在那里。最后一位熬到 1920 年，也悲惨地死在了那里。

听到这些，游客们纷纷感叹："唉，老祖宗们真可怜呵！"

老邱说："现在中国一步步强大起来，我们这些海外华人腰杆儿也硬多了。"

冉丹说："还有奥运会的金牌，也是给中国人长志气的。"

老邱摇头说道："我倒不是太看重这事。因为大陆体育是举国体制，拿金牌花的是纳税人的钱，而且代价太高，这在国外有好多非议的。"

布莱尼这时指着窗外的建筑，叽哩咕噜说了一通。戴纳说道："布莱尼说，这里的建筑有苏格兰的风格。"

大家仔细一看，只见这里还真与别处不同。许多小楼都是厚重的石造建筑，古韵十足；一座座老教堂直刺云天，精致如雕塑。配上早春时节布满满城的嫩草艳花，更让人觉得是置身于西洋古典画中。

老邱说道："布莱尼的眼力不错。因为但尼丁的移民来自苏格兰的居多，这些人漂洋过海到了这里，对故乡是梦萦魂绕呵，所以许多方面至今仍遗留着浓厚的故国气息。就连但尼丁这个名字也是。它来自苏格兰的主要语言凯尔特语，意思是指苏格兰的首府爱丁堡。这里每年的三月都要举办苏格兰周，有苏格兰传统音乐会，以及风笛乐队比赛等等，精彩极了。所以，这里的人自称是‘苏格兰之外最苏格兰式的地方’。”

说到这里，医院到了。大家下了车，都要跟着老邱去看杨跃进。老邱说：“这么多人进去，医院肯定不允许，咱们去几个代表吧。”他点了孟老、聂先生、冉丹三个，其他人只好在原地等候。

老邱到附近的花店买了一束鲜花，四个人一起进了医院，找到了杨跃进所在的急救室。玛丽、宫雯雯和蒲丰正在走廊里坐着，一见他们急忙站起来。玛丽说：“经过检查，杨老板是脑血栓形成，情况还不太严重，没有生命危险，但他醒过来还要一段时间。”

老邱问那架直升机是不是回去了，玛丽说是，宫雯雯拿出一千块钱给她，那女士无论如何也不要，自己又驾着飞机回去了。

孟老感喟不已：“这人这么好，她一定是个基督徒！”

老邱说：“等我下次走到那地方，一定好好感谢人家。”

他们来到急救室的门口，隔着玻璃看见杨跃进正一动不动躺在病床上，身上插了好几条管子。大家走回来一边叹气，一边安慰宫雯雯。宫雯雯说：“这也是上帝的旨意。公司和我没法让他歇得住，上帝就能做到。你们继续游览吧，我一个人在这里守着。我已经和公司联系上了，他们马上再派两个人过来。”

孟老说：“小宫你放心，我不管走到哪里，都会为杨老板祈祷，求主让他早日康复。”

宫雯雯说：“谢谢你孟老！今后虽然咱们天各一方，但我永远不会忘记是你传道给我，让我的生命从此有了意义。”

孟老说："不用谢我，要感谢主。"

宫雯雯眼含泪水点点头。

老邱从身上掏出了一沓子钱，说："小宫，这是退给你们俩的钱。其中有两天的团费，有机票款。"宫雯雯接过去，又是道谢。

蒲丰说："老邱，你把我的也退给我，我也在这里守着杨老板。"

冉丹说："干脆，我和蒲丰都留下吧！"

宫雯雯说："蒲先生，冉小姐，谢谢你们啦！可是你们真地不必留在这里。有我，有公司来人就够了。"

蒲丰说："人是被我打坏的，我不能一走了之呀！"

聂先生说："责任到底是不是在你，这事以后再认定。反正你们一个在北京，一个在天津，再见面也容易。"

蒲丰挺一挺胸脯："那好吧，我走。小宫，等杨老板醒来，你首先代我向他道歉，然后告诉他，他如果要追究我的责任，哪怕是提起诉讼，我随叫随到，决不逃脱！"

老邱将花递给宫雯雯，接着带几个人走下楼去。

回到车上，老邱向众人讲了杨老板的情况，众人又是一番慨叹。老邱让大家放心，接着讲了在但尼丁的活动内容：午饭前游览奥塔哥大学和鲍德温斜街，午饭后看博物馆和毛利歌舞表演。

奥塔哥大学和整个城市浑然一体，却又闹中取静，像一座清新而宁静的花园。尤其是小桥流水加上老式钟楼，更让人感受到了新西兰最古老大学的动人神韵。

游客们三三两两地四处逛游。杰克下车后却站在那儿不动。杰克妈说："进去看看吗，你看这学校多么好！"杰克说："有什么好，在我眼里，所有的学校都是地狱。"杰克妈咬着牙骂了一句："死去吧你!”

她自己走进了教学楼。在一个大厅，她见两个黄面孔的女孩坐在那儿说话，就走过去问:“你们是中国来的吧?”

一个胖女孩说:“是呀。”

杰克妈说:“是从哪里来的?”

另一个瘦女孩立即警觉地说:“要查户口呀?你是居委会来的?对不起，我们要去上课了，拜拜!”说罢与胖女孩起身离去。

杰克妈被晾在那里，脸上青一阵红一阵。她看看两个女孩的背影，恨恨地小声骂道:“不想跟我说话?我儿子都是叫你们这样的给勾引坏了!”

她转身要走，看见孟老和詹女士正在旁边，就说:“你说这些孩子怎么啦，我从中国过来，她们不应该感到亲切吗，可我问个话她们都不搭理!”

詹女士说:“这些孩子看你像同学家长，以为你要向她们了解孩子的情况，所以不愿和你说话。”

杰克妈恍然大悟:“明白了，这些留学生狼狈为奸!”

孟老笑道:“杰克妈，你这话就错了。这叫代沟!他们和咱们的观念大相径庭，觉得没法沟通，而且他们最反对家长了解他们的私密，企图掌控他们。”

杰克妈痛心疾首:“怎么会这样呢?怎么会这样呢?”

再去鲍德温街，游客们果然见识了这条载进《世界吉尼斯大全》的街道的坡度。短短的一百多米，许多游客走到一半就气喘吁吁停下了，只有聂先生父子和蒲丰上到了尽头。看看街道两边一座比一座高的民居，又又说:“到这种地方建房，不是找罪受吗?就为了创造世界纪录?”老邱说:“这不是刻意建的。但尼丁就是一座建在山坡上的城市，你看许多街道都很陡，只不过这一条最厉害罢了。”说罢，他指着旁边一家店铺说：“那里有关于这条街的纪念品，店主还可以给你签发来过斜街的证件，大家可以去看一看。”

大家走进去看一圈，有人买纪念品，有人花钱买那种证件。杰克也买了一张。杰克妈说：“你懒得也没爬上去，买这证件干吗?”杰克说：“爬与不爬还有多大区别? 我来过这里，见到这里是什么模样就足够了!”杰克妈愤愤地说：“就是花钱不心疼，俺怎么摊了你这么个小祖宗!”

时间已到十二点，老邱招呼大家上车去吃饭。在经过一座公园的时候，布莱尼突然大叫：“Pull over（靠边停车）! Pull over!”老邱问有什么事，布莱尼指着前方说：“吉普赛! 吉普塞!”

大家看看，在公园一角，果然停着几天前在基督城见到的大篷车队。老邱说：时间很紧张，咱们已经看过，就不要再停车了吧。

他也用英语向布莱尼讲了，但布莱尼坚持让他停车，说只要二分钟的时间。老邱只好将车停在路边。布莱尼一个箭步冲向车门，跳下去之后像小鹿一般向大篷车队飞奔。人们都疑疑惑惑地说：“她要干啥呢?”

布莱尼跑到一辆彩车旁边，向一个摆摊的女人问了几句，接着在自己的手机上拨弄起来。拨完，她又飞也似的回到了车上，一边向自己的位子上走，一边红着小脸向大家道歉。

戴纳等到布莱尼坐下，拿眼一下下看布莱尼。然而布莱尼却不向她做出任何解释，戴纳的脸便又阴沉下来。

车子在但尼丁市中心的八角广场停下，到最繁华的乔治大街上一家华人餐馆用过午餐，接着便去了奥塔哥博物馆。

馆中陈列最为突出的是毛利历史。长长的独木舟，表情各异的木偶人，各种各样的骨制、木制和石制器物，以及建造精致的毛利人聚会大厅，到处都是给人视觉以强烈冲击的赭红色，到处都让人感受到这个岛国的一种久远而神秘的气息。

看完这些，老邱将大家领到了博物馆二楼的一个小厅，说有毛利歌舞表演。在台阶式的座位上等了一会儿，等来另外一些观众，表演便开始了。只听舞台后方发出一声男人的长吼，接着就是整齐的男女齐唱。而后，一群穿着草裙的男女出现了，男人纹身纹面，女人只纹下巴。他们边舞边唱，其情状一看就是在划船。老邱小声介绍说："这是在表演他们的祖先航海的历史。"

接下来是武士舞。先冲上一位毛利男子，手持一把绿玉制成的斧状武器，瞪眼，吐舌，跺脚，狂叫，对观众做威吓状。而后，他左右摇摆着身子吼唱起来。与此同时，有十几位与他同样装束的男子也登台亮相，且舞且唱。让观众最感惊奇的是，这些毛利男人的舌头一再吐出，努力垂向下方，极长极长。许多观众学着将自己的舌头伸出，但无人能比得上他们。老邱介绍说，这是一种武士舞，是过去战斗之前跳的。瞪眼吐舌，是他们显示威风吓唬敌人的一种方式。

再后来，是女人们表演的歌舞，她们头戴美丽花冠，颈缀绿玉饰品，一边扭动着丰满的身体高唱，一边甩弄手中雪白的绒球，煞是好看。

又又突然说："呀，她们怎么不用乐器伴奏，全是清唱?"

杰克说："他们在欧洲人到来之前，还没有发明乐器。"

又演了几个节目，一位毛利男主持人走上台来，用英语邀请男观众上台和他们一起跳舞。好多人羞答答不肯上去，上去的只有杰克、狗狗和几位白人观众。冉丹让蒲丰也上，蒲丰摇摇头说他没有心情。

几个毛利男人开始教上台的几个。教的都是一些基本动作，先是向两侧伸开胳膊抖动手指，而后是马步蹲跳，一跳一吼。再后来是瞪眼，吐舌，做英武状或狰狞状。杰克嫌自己的舌头不够长，竟用双手捏住使劲往下拉，惹来观众一片笑声，连毛利演员也忍俊不禁。

然而等到教完，台上人一齐起舞时，杰克或唱或舞，竟然娴熟自如。虽然与毛利人和白种人相比他身躯弱小，但毛利武士的神韵让他表演得十分到位。尤其是他的歌唱，底气十足，音质纯正，和毛利人的歌声完全融为一体。那个领头的毛利男子示意大家退后，让杰克一个人在前台独舞独唱，他也毫不羞涩，反而表演得更加起劲。观众和毛利人对他报以热烈掌声。

他走下台时，华人团一片喝彩："好塞垒哟！"

又又站起身雀跃着迎接，并举起一只手和他对拍一下。

等到杰克坐下，布莱尼背对着戴纳向他悄悄抛了个飞吻。

杰克妈喜笑颜开，对身边的人说："这孩子有音乐天赋吧？有吧？有吧？"

她周围的人都说："有！有！"杰克妈又摇摇头惋惜地说道："可惜，他就是不愿吃苦不想上进！"

接下来是让女观众上台。这次呼啦啦上去了一大群，华人团里的匡且、又又、冉丹、布莱尼都叽叽喳喳跑上去，从毛利女演员手中接过了系着线绳儿的一双绒球。先学舞步：扭腰，顿足，甩臂，转身。再学甩绒球：单手甩，双手甩，胸前甩，身后甩。接着便是将动作结合起来一齐起舞。华人团的女性中，冉丹学得最好，布莱尼学得最差。布莱尼几次将绒球砸到了自己的脸上，惹得观众连连哄笑，弄得自己粉面含羞。

等到下了台，戴纳安慰她说挺好挺好，布莱尼却两手捧着发烧的脸颊，一再摇头说 No。蒲丰则将 DV 录像放给冉丹看，冉丹说："你看我这小蛮腰，比那些毛利女人强多了吧?" 蒲丰说："强多了强多了!"

看完表演，再上车赶路时，大家还对这场毛利歌舞赞不绝口，说是新鲜有趣。

冉丹问："咱们走了许多地方，怎么不见这种装束的毛利人?"

老邱笑了笑说："毛利人现在已经被西方文化严重地同化了，现实生活中基本上遇不到这样的毛利服装，纹身纹面更是罕见了。这和澳洲的土著人，美洲的印第安人，情况都是一样的。"

孟老说："早有学者断言，这几个人类群体都是从亚洲出来的。印第安人是越过白令海峡到的美洲大陆，澳洲和新西兰的土著则是从印尼一带漂洋过海迁徙来的。"

聂先生说："我还看过一份资料，惠灵顿不是有所维多利亚大学嘛，那里的科学家通过基因分析发现，毛利人的祖先应该源自中国。"

众人一听都十分吃惊。

詹女士说："本是同根生呵!"

老邱说："我相信这个说法。专家讲，毛利人的祖先是伟大的航海家，他们大约四千年前从亚洲到了波利尼西亚群岛，经常乘着独木舟远出航海，寻找新的生存地点。一千年前，有那么一船人又开始向南方漂泊，他们日观太阳，夜观星辰，不知在茫茫大海上经历了多长时间，也不知经历了多么艰辛，才终于找到了新西兰，有了这块落脚之地。他们的船虽然是用独木凿成，但容量很大，据人口历史学家推算，过来一船男女，千年之后能繁衍出十万人，后来欧洲人来这里的时候，毛利人正是这个数量。”

又又说：“哇，那他们都是近亲繁殖呀？”

老邱说：“是不是近亲，那就很难说了。但毛利人对新西兰的发现有他们自己的传说。他们讲，毛利人有一位始祖叫毛伊。他从小顽皮，也是个魔术师，经常变着法子捉弄父母。有一次，他还变成一只鸽子，蹲在树上扔浆果打他们。毛利人管太阳叫‘拉’。原来‘拉’跑得很快，毛伊就和兄弟们网住了它，并用它已经去世了的奶奶的腭骨把‘拉’打得浑身肿胀，疼痛异常。‘拉’跑不动了，以后就只好永远慢慢地爬过天空。有一天，毛伊领兄弟们出海钓鱼，在海上一直向南走，向南走。到一块水域停下，用他奶奶的腭骨做钩，弄破自己的鼻子，用鼻血做饵，这回钓到了一条巨大的鱼，这鱼就是新西兰的北岛，所以毛利人把北岛叫作毛伊之鱼，而南岛呢，就是毛伊的独木舟。南岛的南面不是还有个小小的斯图尔特岛吗，那是毛伊用做船锚的石头。”

这时，香港老太在车子后部叫了起来：“又又，你干什么呀？”

大家看看，原来又又回过身去在摸她外婆的腭骨。她嘻嘻笑道：“外婆，你这腭骨以后不要给别人哦，我要拿去钓鱼！”

全车人哈哈大笑。香港老太说：“好哇，留给你留给你！怕你钓不来鱼，就把我的骨头扔到臭水沟里去喽！”

笑过之后，孟老说：“毛利人的传说不对。新西兰是怎么来的？《圣经》上讲得很明白：神创造天地的时候，说，天下的水要聚在一处，使旱地露出来。事就这样成了。新西兰当然也是这样成的。”

詹女士马上用肩撞了他一下，示意他住口。

老邱说：“《圣经》有《圣经》的说法，毛利人有毛利人的说法。各个民族对于世界的来源都有不同的解释。毛利人来这里之后，一直认为是这块土地的主人，但是从十七世纪开始，一些西方探险家先后过来，声称这里是他们发现的新大陆，这里原来的一切全都变了。”

聂先生说：“这我知道，最早是荷兰人阿贝尔·塔斯曼。新西兰与澳大利亚之间的塔斯曼海就是纪念他的。他来过之后，因为荷兰有一个省叫西兰，就把这里叫作了新西兰，音译是纽西兰。再后来到这里的，就是英国的库克船长了。”

老邱说：“库克可以说是一个非常伟大的航海家和探险家，他在1769年来到了这里，绕岛一周，就画出了现在看来也很正确的新西兰地图。他虽然与毛利人也有过一些冲突，也死过人，但他将珠子、布匹、铁钉和斧子送给毛利人，赢得了他们的好感。要知道，毛利人那个时候还有吃人的习惯呢，库克走后，一支法国探险队的指挥及手下十几个人就被吃掉了。”

几个年轻人叫了起来：“哇，好恐怖哦！”

老邱又说：“其实，毛利人是一个很好的民族，他们体魄健壮，充满活力，刚强尚武，但决不阴险，虽然也打战，有时候还把战俘吃掉，但从来不像咱们老祖宗那样宣称兵不厌诈，搞阴谋诡计。所以，后来白人过来，动用了洋枪和所谓的战争艺术，他们就吃了大亏，死了好多的人。西方人最阴险之处，还是廉价卖给毛利人大量火枪，供他们用于部族战争。你们想想，那时毛利人还处在新石器时代，不懂得金属冶炼，作战都是用木制或石制的武器，一旦用上了火枪还了得？战场上只能是陈尸累累。西方人不只带来了杀人武器，还带来了疾病。因为毛利人与世隔绝，对西方的一些疾病没有抵御能力，结果又是大批地死亡。这么说吧，短短的几十年，他们的总人口就由十万锐减到四万。西方人来了之后，建设牧场，砍伐木材，把一半以上的森林都给毁掉了。所以，至今还有许多毛利人对西方殖民者有着深仇大恨。当然，现在的新西兰白人已经对那段历史进行了深刻的反省，与毛利人和睦相处成了政府的重要施政内容。”

蒲丰问：“现在毛利人还有多少?”

老邱说：“大约四十万，占全国总人口的百分之十。”

聂先生说：“我记得，前几年新西兰好像还接收了一个太平洋岛国的全部人口。”

老邱说：“有这事。那个岛国叫作图瓦卢，在南太平洋斐济国的北面，由九个环状珊瑚岛组成，总面积26平方公里，其海拔最高的地点只有4.5米，总共有国民1.1万。因为近年来海平面上涨，实在住不下去了，想在其他国家买地建立国中之国，又拿不出钱来。实在没有办法，便向全世界发出了SOS紧急求救信号：他们国家面临灭顶之灾，请伸出手来，拉图瓦卢人民上岸！当时许多国家，包括最有能力、而且一直把南太平洋视作自己势力范围的的澳大利亚都袖手旁观，然而新西兰却同意了，让他们举国搬迁到这里。当然，不是一下子全部搬来，是分期分批。在基督城，我就有两个邻居是图瓦卢人，他们说起这事都忍不住流泪，真的好感激哦!”

狗狗说：“还有三年前的‘坦帕’号事件，438名阿富汗难民乘坐一条船要偷渡到澳大利亚。但澳大利亚坚持不让上岸，让那只船在海上漂泊了好长时间，后来也是新西兰接收了大部分。”

冉丹说：“新西兰人真是够宽容的。”

蒲丰说：“27万平方公里的国土，是台湾岛的七倍，快赶上日本了，才只有400万人口，增加一些也没有关系。”

孟老说："不对，按国土面积来平均人口，新西兰还赶不上澳大利亚。这其实体现了一个国家的气度。"

大家点头说道："孟老说得对，是气度，是气度。"

说了一会儿话，听了一会儿音乐，便到了摩埃拉奇这个观看毛利圆石的地方。此时天空阴沉，细雨霏霏，海边空无一人，只有大片黄黄的雀舌花长满了山坡。大家撑着伞沿着斜斜的石阶路走下去，抬眼一看，便被眼前的景观深深震撼了——这儿滩平如砥，沙细如粉，却有几百个大大小小的褐黑色圆石散落在那里。它们的直径大都在一米以上，有的露出大部，有的只露顶端，还有的在海浪中时隐时现。

这是怎么形成的呢？怎么会有这么多这么圆的石头？游客们纷纷发出诘问。

"神迹！这是神迹！上帝在这儿向我们显示他的伟大！"孟老连连点着头说。

老邱说："这里的圆石是世界一绝。把它说成神迹也可以。毛利人曾在传说中把它们说成是'从沉在海底的独木舟中漂出的食物篮'。它的形成一直是一个谜。后来专家才发现，这石头不是海水侵蚀形成的，它形成的原理与贝壳内的珍珠相似。大家知道，那珍珠贝的壳里如果弄上一粒沙子，或一点点杂质，那么珍珠贝就会分泌珍珠质，将它一层层包括，最后就成了一颗珍珠。那么，在这里，在很久很久以前，海底泥土中也有一些矿物质渐渐附着在一些物质上，像化石啦，骨头啦，等等。一点一点，这个球就形成了。大家如果不信，请跟我来。"

说着，他将游客们领到了一个裂成了两半的圆石前。人们观察一番里面的结构，发现它还真是从里到外一层一层。蒲丰问：老邱，这个形成过程是多少年？老邱说：“专家测算，这个球从形成到现在，大约经过了六千万年。”

“六千万年！我晕！”蒲丰捂着额头说道。片刻后他又说，“这真是神迹！我得叩个头！”说罢，他真地跪倒在沙滩上，向圆石恭恭敬敬叩了一个头。

大家又是照相又是抚摸，在圆石群中玩了好长时间还是恋恋不舍，经老邱一再催促才离开了这里。

上车后，老邱说：“前面不远就是我们今天的目的地奥马鲁。这个城市的人口是10500人，华人为27名。奥马鲁是毛利语，意思是‘海神的家’。当然，今天也成了我们的家。呵，我们快回家了，小企鹅也快回家啦！”

他介绍说：“在奥马鲁的一个主要项目，就是看企鹅回家。这种企鹅生活在新西兰海域，身体较小，它们白天下海觅食，要游很远很远的地方，但到了傍晚，它们会上岸回巢。我们先到旅馆住下吃饭，然后便去海边观看这一情景。”

杰克问：“企鹅几点上岸？”

老邱嘿嘿一笑：“几点？很难说。我们这些导游都为这事发愁。因为企鹅上岸是看天光，日头落了，天色暗了，它们就会回来。所以到了夏天，我们要等到十点多才能回旅馆睡觉。我们导游曾经商量过，是不是搞个集资，给每个企鹅配一只手表，让它们回来得准时一点。”

游客们让这话逗得哈哈大笑。

奥马鲁到了，老邱说：“这个城市有一万五千人，它最有名的特产是什么呢，是石头。这里盛产优质的石灰岩，但尼丁的那些苏格兰风格的建筑，都是从这里拉去的石头。先向你们透露一个秘密：

咱们今天的晚餐也与石头有关。”

聂先生说：“与石头有关？你难道让我们吃石头不成？那我们明天这个团就要人人生产石灰啦！”

蒲丰说：“能够生产石灰也不错，为新西兰的建设做贡献嘛！”

进入一家旅馆，有一对年轻的白人夫妇正逗着两个孩子玩耍。看见老邱的车子进来，两口子立即向他笑着招手，并抱着孩子跑到了车门口。老邱说：“这是店主聘来管理旅馆的一对经理，是两口子。”他从车上走下来，将手中的一封信郑重地交给女经理。女经理惊喜地叫一声，接过信来，抱住老邱吻了一下，然后一溜烟跑到屋里去了。老邱再将两个漂亮的小女孩抱在怀里，极其亲热。

老邱得意地向游客们说：“大家看看，我弟弟一家对我多好！”

杰克诧异地问：“是你弟弟？你难道还有两个爹，一黄一白？”

老邱也不恼，笑着说：“杰克你别怀疑我母亲的清白，他生下的五个孩子都是清一色龙的传人。这个汉斯，是我的干兄弟！”

店主拿来了钥匙，老邱让大家回房放东西，六点钟去餐厅。

这一顿晚餐真是与石头有关。那是这里有名的风味岩烧肉。老邱让大家分桌坐好，拿一张纸又问又记，搞清每个人是要羊肉、牛肉还是鹿肉，然后餐厅小姐就照单送来，大家看看面前是成块的生肉，正疑惑着，小姐又给每人端来一块书本大小的石头，示意大家将肉放上。原来这是块烧热了的石头，生肉一放上去便滋滋作响，冒出一股子香气。老邱做出示范，将肉翻来翻去，很快便烤熟了。大家切碎了喝酒，下饭，真是别有风味。

老邱和玛丽一直等到游客们都开始吃起来，他们才在孟老旁边的桌子上面对面坐下。刚把肉放到石头上，玛丽包里的电话响了。她接过来说：“阿福呀？你说什么？那个小妖精生了？真的？昨天晚上？你个笨蛋，我让你去干什么的呢？……”玛丽说着说着泪水横飞。最后她把电话一关捂着脸走出了餐厅，老邱急忙追了出去。

这一幕让近旁的几个游客面面相觑，看来玛丽遇上事儿了。

快吃完饭时，老邱回来了。他往自己的位子上一坐，喟然长叹，神色黯然。

冉丹问：“老邱，玛丽她怎么啦？”

老邱说：“她先生包的二奶生了孩子。”

冉丹问：“她先生的二奶？大陆的？”

老邱说：“对，在深圳。唉，玛丽太善良了。她早知道先生在那边包了二奶，可她觉得先生长期在大陆打理生意，也不容易，挺寂寞的，包一个就包一个去。”



詹女士说：“包一个就包一个，生了孩子就麻烦了。”

老邱说：“这不在说嘛！好多台商在大陆都包二奶，或者临时玩玩女人，这早不是什么秘密了。那些台商的夫人们也心知肚明，但惟一担心的就是二奶生下孩子，要抚养费，争继承权。所以这几年好多台商的老婆拉上老公去做绝育手术，掀起了一场所谓的‘阉夫运动’。可是玛丽的老公说，他身体不好，怕一刀下去身体就垮了。玛丽心软，就没拉他去，只是将一个弟弟安插到姐夫身边监视着他。可是这个阿福也真是笨蛋，人家怀胎十个月他一点儿也不知道，直到昨天晚上那个二奶把屁股一撅，生出了一个小丫头片子。”

听他说话的几个人都摇头轻叹。詹女士说：“也难怪玛丽哭，这事真是有点麻烦。”

蒲丰嘻嘻一笑：“其实，想开了也无所谓。她老公那么多家产，分给二奶母子一点点也行。另外，老邱，我说了你别生气呵，她玛丽不也有你这个‘情儿’吗？”

老邱面露片刻的尴尬，赶紧看着表说：“哟，时间到啦，快看企鹅去!”

众人向外走时，孟老对老邱说：“我和我老伴就不去了，我俩去陪陪玛丽。”

老邱向他拱拱手，感激地说道：“哎呀，真是太感谢你们啦!”

在去玛丽房间的路上，詹女士说：“你还是这老毛病，凡事不和我商量就决定了。我想去看企鹅也看不成了。”

孟老说：“世上的事情，就是应该由男人做主的。不然，上帝就会先造女人，然后再从她身上抽一根肋骨造男人了。”

詹女士将嘴一努，不再说话。

敲开玛丽的门，玛丽还是泪水满腮。她抬手示意老两口到沙发上坐下，依然坐在床边抽泣。

孟老说：“玛丽女士，神知道你在受苦受难，便让我们来看望你，劝慰你了。”

玛丽抹一把泪水说：“谢谢。”

孟老说：“玛丽女士，请你不必这么痛苦。人生的路很长很长，咱们不能只看眼前这一段，要把目光放远，看到路的终点。中国人有句老话：盖棺论定。意思是人到死时才能得到正确评价。可是咱们中国死时只有一个评价等在那里。他们不知道，人到那时不只是有人生评价，还有归宿。这归宿是什么呢，一是天堂，一是地狱。”

玛丽说：“这我知道。”

孟老兴奋起来：“你知道就好！知道就好！他看到这个房间的桌上也摆有《圣经》，便拿过来说：你看看这一段，我读给你听听！你听一听，想一想，你对世上的事情就都明白了，你对刚刚经历的事情也就不会再感到痛苦了……”

除却他们三位，其他人坐车出城，去了企鹅回归之处。

那是一个港口旁边的海岸。奥马鲁市在这里建起了一组建筑，进门后先是一个展览厅，大量的图片展示着新西兰小企鹅的尊容和习性。在展厅的一角，还有一台电视机，画面上有一只企鹅正在窝里孵蛋。老邱说，那是现场直播，摄像头安在一个巢穴里，一天二十四小时开着。

穿过大厅，便是一个临海的带盖顶的看台，一层层的木制台阶上已经坐了许多来自各国的游客。一位中年女人正拿着电喇叭，在用英语讲解看企鹅的注意事项：不要大声喧哗，不要拍照等等。根据讲解员的指点，大家看明白了：企鹅登陆点是离看台有五十米远的一个石坡，它们的巢穴则在石坡上面一块长满灌木而又被山崖护卫的草地上。

天色一点点暗下来，风也一阵比一阵冷。人们眼巴巴地看着浪花翻卷的岸边，希冀着企鹅赶快回来。

这时，岸边突然“哗啦”一响，人群中一阵骚动，都伸长了脖子去看。不料，那里是有东西爬上来，但不是企鹅，是一只灰不溜秋的海豹。那家伙笨拙地爬上岸来，竟向着人群这边来了。来到看台下面还不罢休，它还用它的两只鳍状前趾硬撑着爬上了几级台阶，吓得人们纷纷退避。

老邱说：“这是野生的海豹，经常出没在岸边，但爬到观众席上的还没见过。这家伙也忒大胆了！”

正说着，许多人一边低声叫着，一边向海里指去。只见起伏的海浪中，有一群黑乎乎的东西飞快地游过来，转眼间就到了岸边。它们在石头上站定，甩甩身上的水，机警地向周围看着。但对看台上的人群以及投向它们的灯光却视若无睹，看来它们已经习惯了被人观看。

过了一会儿，约有三十多只的这批企鹅便开始上坡，看那前白后黑的小小身躯，看那摇摇摆摆的步伐，真是可爱有趣。登上石坡，来到草地，它们又驻足观望一阵，接着便分散跑向了自家巢穴，很快地，与配偶和孩子相聚的欢叫声此起彼伏。

看完这一拨，海边又上来了一拨。而看台的最下面，有一位工作人员一直在数着它们，做着记录。老邱说："在这里筑巢的企鹅约有一百来只，管理者十分小心，唯恐它们减少。"

等到第二批归巢，老邱说："后面还有一两批，天太冷了，咱们回家吧?"众人纷纷点头。

回到旅馆，大家正好遇见孟詹二位从老邱和玛丽的房间中出来。孟老问他们："企鹅回家啦?"

好几个人齐声答："回家啦!"

孟老自豪地说："我们也让一颗受伤的心灵回了家!"



## 第六天

下半夜风雨大作。

这个旅馆是平房，且没有厦檐，雨点打得前窗后窗啪啪作响。游客们大都没有睡好，直到七点钟的叫醒电话响了之后才起。洗漱一番出门，见夜雨摧花，满地溅红，颇具凄美意味。而老邱正一手打伞，另一手抱了许多雨伞站在一株樱花树下，防备有人去餐厅时没有雨具。蒲丰、冉丹等人都没带，从老邱手中里接过伞时见他冻得嘴唇发青，都很感动。

等大家集合在餐厅门口，老邱向大家讲，他刚刚和宫雯雯通过话，杨老板经过一天一夜的救治，现在已经醒了过来，只是还不能说话。医生说，他可能要过一段时间才能恢复语言能力。众人听后，一边慨叹一边走进了餐厅。

吃的还是自助西餐，座位还是自由组合。孟詹老两口和玛丽一桌。看上去，玛丽脸色憔悴，神态木然，半天吃不下一口饭，与前几天判若两人。而孟老也顾不上吃，他前倾着身体，引用《圣经》一个劲地劝慰桌子对面的玛丽。玛丽抚膝端坐认真听着，不时将头点上一点。

戴纳、布莱尼和蒲丰、冉丹一桌。戴纳今天早晨特别高兴，对布莱尼一口一个“宝贝”叫着，给她拿饭夹菜，关爱有加。

等到吃过饭向外走，蒲丰向冉丹小声说：“你看看布莱尼，让戴纳弄得无精打采，都成个蔫茄子了！”

冉丹斜了他一眼：“嗬，很懂得怜香惜玉呀！”

蒲丰说：“别误会嘛。古人讲，一阴一阳谓之道。男人女人在一起，那叫阴阳调和，阴阳互补。”

冉丹鼓突着嘴搡他一把：“去你的，又没正经！”

全团人集合到车上临走时，那经理夫妇打着雨伞前来送行。老邱竟把自己的伞一扔，扑上去紧紧抱住了男经理。二人相互拍打着脊背，还都流了眼泪。二人分开后，那个女经理主动地抱住老邱，也是一番拍打一番流泪。游客们对这一幕十分惊讶。

老邱放开他们，一边擦眼抹泪，一边发动了车子。他一只手开车，另一只手向经理夫妇摆着，直到出了旅馆他还抽搭鼻子，接连用了几张纸巾揩擦。

聂先生问："老邱，你怎么这么难过？不要紧吧？"

老邱用一张新纸巾将眼泪擦干净，带着囔囔的鼻音说："各位见笑啦。有句唐诗说：无为在歧路，儿女共沾巾。我一个半大老头，和那两口子分别不该这么伤感。可是，我实在控制不了。"

詹女士说："看得出，你和这两口子交情很深。"

老邱说："是的，两年多的交情了。其实这也还不算是交情深，我哭，是因为再也不能给他们当信使了。"

詹女士问："当什么信使？"

老邱说："你们不知道，这两口子可浪漫啦。我跑南岛的两年间，每个星期都要给他们带一封信。谁给谁的？汉斯给凯琳的。每到周六这天，汉斯都会给我一封信，收信人是他的妻子凯琳，也就是那个女经理。这封信在我身上带一个星期，到了周六我再来到这里，当面交给凯琳，凯琳便跑到屋里去看。这时，汉斯就再给我一封，让我一周后再交给他的妻子。"

冉丹急忙问："那是什么信？还要这样麻麻烦烦转一大圈？"

老邱说："情书呗。他们就是这样，汉斯每个星期都要向凯琳倾吐自己的爱意，写成好几张纸，委托我当信使，远行2300公里之后再交给凯琳。他们说，这已经成为他们的一项重要的生活内容了。"

众人都叫起来："哇，好浪漫哦！"

老邱说："他们真是非常非常浪漫。你们不知道，他们的结合方式也很浪漫，而且是古典式的。凯琳是澳洲人，住堪培拉。她那么漂亮，少女时代肯定不乏追求者。可是她一概谢绝，像传说中那样，写了一张字条，装进漂流瓶，想用这种方式寻找自己的爱人。

想不到的是，仅仅过了三个月，她就收到了新西兰一位小伙子的来信。那小伙子就是汉斯，他当时还是一个普通的伐木工，这一天在海边工作，忽然就捡到了那个漂流瓶。”

戴纳说：“小伙子肯定是在西海岸伐木，因为那里与堪培拉只隔了一个塔斯曼海，捡到瓶子的概率高一些。”

老邱说：“对，他当时在西海岸好奇提卡一带，就是咱们第二天曾经走过的地方。海洋真是一个神奇的东西，它能传递好多东西，包括生命。咱们在这里的海岸边经常见过椰子树，按说在这个纬度，一般是没有这种树的，可是这里为什么有？那就是从外海漂来了椰子，在海滩上落地生根，最后长成的。”

又又性急地说：“老邱你别说椰子了，快说那漂流瓶！”



老邱说：“好的，再说漂流瓶。汉斯打开瓶子，看到里面有一张塑封的信纸，上面写着：你捡到这个瓶子时，我可能是少女，也可能成了老太太，但永远不变的是我等待奇迹的一颗心。下面则写了姑娘的地址。小伙子欣喜若狂，立即回了信，从此信来信往，半年后决定结婚。凯琳的父亲是堪培拉的一家五星级大酒店的主人，得知女儿要嫁给新西兰一个普通的伐木工，十分恼火，再三劝说无效，便威胁说如果他的独生女儿一意孤行，就别指望继承父亲的遗产了。即使这样，凯琳还是对汉斯一往情深，挣脱父母的阻拦来到了这里。二人成婚后，先是过着十分清贫的生活，后来凯琳说，我父亲经营大酒店，我耳闻目睹，也懂得一些管理之道，咱们去给人管理酒店吧。于是就在报上登了广告，时间不长还真是被聘用了。他们先在惠灵顿干过一段时间，三年前又来了这里。最让我佩服的是，二人已经成为夫妻了，孩子都生出两个了，凯琳还是浪漫天性不改，让丈夫每星期写一封信给她。汉斯也十分爱他的妻子，每周都写，乐此不疲。你们猜，那信封上写着什么？”

又又说：“当然写我亲爱的凯琳收啦！”

老邱摇摇头：“不，是这样写的：寄给我从漂流瓶中取出的小宝贝。”

众人又是一阵感叹。冉丹拍着蒲丰的肩膀说：“你呀，能赶上人家的一半浪漫就好啦！”

蒲丰说：“我怎么就不浪漫啦？我现在就给你写。”说罢，他真的从包里找出一个信封，背对着冉丹唰唰地写了起来。写完没直接递给冉丹，而是交给邻座的孟老，让他往后传。众人嘻嘻哈哈，挨个儿伸手给他传递信封。等最后布莱尼将它交给冉丹，冉丹拿过一看，信封上是这么一行字：寄给我用魔咒唤来的小精灵。

冉丹甜蜜地一笑，猛地吻了他一下。众人为他俩热烈鼓掌。

冉丹又问：“老邱，人家是够浪漫的，可你哭啥？”

老邱说：“我难过呀，因为这一次汉斯没再给我信。”

众人吃惊地问：“为什么？他们两口子闹矛盾啦？”

老邱说：“不是不是！是他们三天后就要离开奥马鲁，用不着我再给他们传信了。凯琳的父亲前些天来了电话，说他老了，精力不济，想让他们回去管理大酒店。他父亲已经彻底原谅了女儿，在电话里让女儿赶快带着女婿和外孙到他身边。”

杰克说：“哇，太好啦！那老头真伟大！”

众人也都让这故事的结局感动。冉丹说：“老邱要是早讲这个故事，我怎么说也要与那两口子合个影，回去向女友们显摆显摆！”

老邱摇摇头，无限伤感地说：“唉，下周我来奥马鲁的时候，就见不到他们了。不只是下周，很可能下半生也不会再见到了。”

前面有大巴驶来，他与那司机摆一下手致意，然后接着说：

“唉，也不必再伤感了。大家想想，人生其实就是一个旅程。你走哇走哇，总会遇到许多的人，许多的事，许多的景物。而这许许多多中的许许多多，过去就过去了，一生中很可能永远不会再次看到或者遇到。那么，你就动用你的记忆吧，记住那些美好的人，美好的事，把它们一直一直放在心里，直到你的生命结束，然后，让你的美好记忆化成云烟，升上天空，随风飘荡。这样，你的生命就得了升华，世界也因此变得更加美丽！对不对？”

听他说出这样的话，游客们唏嘘不已。

老邱不再说话，又让毛利女歌星 Haori 的情歌再次唱响。听着这缠绵悱恻的歌唱，戴纳搂着布莱尼眼圈儿红红，冉丹伏在蒲丰怀里泪流不止。又又竟然捂着嘴巴泪如泉涌，回过头去深深地看了杰克一眼。那杰克向她将嘴一努作出吻的意思，而后看着窗外向后飞移的山水久久地发呆。



雨还是一个劲地下着，车前窗的雨刷急急地刮着，也刮不完那直扑过来的雨水。

过了一会儿，雨小了，可是雾却在山中漫了出来，让能见度大大降低。老邱说：坏了，毛利酋长又作法了。众人不明白他说的话，老邱解释说：前面有个小镇叫作“枯肉”，是毛利语，意思是“很浓的雾”。过去，两个毛利部族曾经在这里打仗，有一方打败了，遭到敌人追杀，酋长就急忙祈祷，让神灵很快降下了一片大雾，使自己的部下得以隐藏。

小镇在浓雾中出现了。路牌上果然写着 Kurow。

蒲丰说：“坏啦，咱们今天肯定是看不到库克山了。”

老邱说：“真是难说。咱们在南岛转了六天，从库克山的北面到它的西面，一直因为位置不佳没有看上。今天到了它的南面，在

Twizel 的湖边看它是最佳位置。但今天真是够呛。”

孟老说：“大家不要担心，我们大家都来祈祷！上帝既然把他创造的奇迹安放在这里，就一定是叫人看的。心诚则灵，一定会实现心愿！”

然而，过了好半天，那雾还是不退。到了又一个小镇停车方便时，外面竟然又下起了小雨。蒲丰说：“完啦完啦，我们与库克山无缘相见啦！”

想不到的是，又走了半个小时，竟然雾消雨歇，空中的云层也渐渐变薄。再走一会儿，天竟然晴得不见一丝云彩。众人立即欢呼起来。

等到车上了一个高坡，到了 Twizel 湖边，一幅世间罕见的景观展现在人们面前：奶蓝色的湖水浩浩淼淼，一直延伸到远处。在湖面消失的地方，森林之上，蓝天之下，矗立着一片洁白的雪山。而最中间的那座，巍巍峨峨，险峻峥嵘，大有君临天下的气概。

老邱说：“那就是库克山，南阿尔卑斯山的主峰。”

众人连声惊叹，久久瞩望。

詹女士喃喃地说道：“这样的神迹，真让我有洗心革面的感觉。”

冉丹说：“弗罗多他们一直在寻找喷射着熊熊火焰、躁动不安的末日山，我们却找到了这么一座圣洁而安详的库克山！”

蒲丰说：“这山，是等在这里警醒我们的。”

许多人听了这话，都若有所思。

老邱说：“咱们团真地是运气好。这里气候变化多端，不是下雨就是阴天，我带团来这里，十有七八看不上库克山的真面目，而这次就看上了。”

众人又笑着说感谢主。

蒲丰问："这山叫库克山，当时库克船长是不是到过这里？"

老邱摇摇头："没有。这是来新西兰的西方人为了纪念库克而命名的。这山其实还有一个毛利名字，叫作 Aorangi，意思是直贯云霄的山。"

"真是直贯云霄！真是直贯云霄！"众人连声说。

冉丹看着湖水突然发问："哎，这湖水的颜色怎么跟别处不一样，蓝得这么可爱？"

老邱说："是不一样。因为这里湖泊上游的山岩里含有一种特殊的矿物质，随雪水溶入湖中，就现出了这种颜色。有人把这颜色叫作奶蓝，也有人叫乳白蓝。"

这时，游客们纷纷拍照。老邱却回到车里，拿来了一沓子信封。他说："为了防备游客们看不到库克山，我早准备了一些明信片在车上，上面有库克山的风光照，到时发给他们一张。今天你们都见到了，但我还要给你们，你们可以到前面的铁卡坡镇寄出去，让你们亲友分享这一美景。哦，对了，信封里还有你们各人的机票，大家收好哦。"

说着，他就一一分发信封。游客们接到手中看看，里面果然是机票和一张明信片。那明信片上的库克山，拍摄得极为精美。

再细看，这信封原来是老邱自己手工糊成的，上面写明游客的名字和登机时间。最下角还有一个小圆戳，里面是笑着的五官，像老邱的那张脸。

大家接过时都说谢谢。老邱做个鬼脸："不用谢，下午你们还要把信封还给我哦！里面装什么你们知道哦！"

大家便明白老邱这是在提醒大家要付小费，便说："明白明白！”

老邱羞笑着说：“其实，付不付小费完全靠大家自愿。你付，咱们是朋友；不付，咱们也是朋友。”

杰克妈小声咕哝着算起账来：按照旅行社的要求，一人一天给导游六块钱小费，一人就是三十六。三十六乘上二十人，那就是七百二。

杰克纠正她：“已经少了两个，杨老板和宫雯雯。”

杰克妈说：“对，他们的七十二块肯定没交！”

又上车继续前行。老邱介绍说，南阿尔卑斯山向东伸出的高原地带，叫作马更些地区。这里常年雨水稀少，地貌荒凉，但湖泊却出奇地多，都是冰河时期的产物。有些规模的是六个，它们之间有不小的落差，新西兰人就用这落差发电，还在引水渠中建了一些养鱼场。因为这里的水质特别清洁，养出的鱼一直享有盛名。咱们现在就到一家养鱼场玩一玩。

向车外看去，除了白皑皑的雪山和蓝莹莹的湖水，这里真是再没有多少好看的了。但老邱让大家注意，说路边的山坡上长着许多鲁冰花。

鲁冰花？众人提起了兴趣。

路边是有一种独杆儿草，尺把高，在风中轻轻摇曳。匡且说：“怎么只是一根秃杆儿呀，也没有花！”老邱说：“现在还不到开花的时候。这花开起来可漂亮了。台湾就有好多，它的寓意是母爱。不是有个电影叫《鲁冰花》吗，你们看过了没有？”

许多游客都说看过。

老邱说：“那是一个多么凄婉的故事。一曲“鲁冰花”唱哭了多少天下的妈妈，撕裂了多少年轻母亲的心。自然，也让多少渴望母爱的孩子，唱着这歌儿泣不成声，从心底呼唤他们生命中的妈妈！说真的，每次带团我走到这里，看到这里的鲁冰花，都非常非常想念我的妈妈，我那已经去世八年现在长眠在台湾的妈妈……”

这时，冉丹轻声唱了起来：

啊，啊，
天上的星星不说话，
地上的娃娃想妈妈，
天上的眼睛眨呀眨，
妈妈的心呀鲁冰花！
家乡的茶园开满花，
妈妈的心肝在天涯，
夜夜想起妈妈的话，
闪闪的泪花鲁冰花！
……

一些游客跟着她也唱了起来，唱得全车厢里泪花闪闪。玛丽虽然没唱，但她哭得最是厉害，虽用两手紧紧捂着脸，但也捂不住从指缝里流出的汹涌泪水。

养鱼场到了。原来这地方建了一方方的池子，将湖水引来注满。除了玛丽，别人都跟老邱下车走了过去。老邱与养鱼人接上头，然后让每个游客在入口处拿一袋鱼食。到里面，抓出一把撒进水中，那大群的鱼就都窜过来争抢，水花四溅，实在好玩。

老邱这时向大家介绍：“三文鱼味道极为鲜美，营养丰富，它对人体最有益处的是它含有大量不饱和脂肪酸，可预防心脏病、糖尿病及某些癌病。我每次来这里都会买上一点，回去做成生鱼片，和朋友们一起喝酒。”

聂先生问：“每次都买？不吃腻啦？”

老邱笑道：“这也是我为你们着想，和养鱼场达成的协议。原先带团到这里玩喂鱼，每人都要花两块钱买鱼食。我对他们说，你们这样不对，喂你们的鱼，怎么还要掏钱？这样吧，我每次都买你一点鱼，你不要钱了好不好？从那以后这里再不向我带的团要钱，但我每次都要买鱼。”

等游客们玩够了，他果然去买了两公斤。蒲丰问了问价格，是每公斤 20 元。他向冉丹说：“今天晚上就要回奥克兰表姐家了，咱买几斤做礼物吧？”冉丹说好。二人便买了五公斤，让养鱼人装在一个密封箱里带上。

老邱详细向他们介绍了三文鱼的吃法：准备芥茉沙拉酱 30 克，生菜适量，酱油少量，白葡萄酒少许，芝麻油少许。首先将鱼切成片状，再将沙拉酱中兑入白葡萄酒、酱油、芝麻油，然后在盘中摆放好做底的生菜，再将三文鱼摆上，倒上调料。当然，将生鱼片蘸着调料吃也可以。老邱说：“这么吃，味道可美了，尤其是入口时的柔和，真叫人回味无穷呐！”

冉丹说：“啊呀，我可不敢吃生鱼片。”老邱说：“那你煮熟了吃也不错。”

上车再前行二十分钟，便到了铁卡坡。老邱说：“这里只有四百名居民，主要从事旅游服务业。”

旅客们向车外看去，这里果然到处是旅馆、饭店、商铺、咖啡馆、酒吧等等。

先去看铁卡湖畔的边界犬雕像。在一个高台上，一只铜铸的狗昂首站立，神态专注而警觉。老邱介绍说，在西方人刚到这里开拓时，各家牧场边界一般没有围栏，多由这种狗来守护。它们在边界处有一小小狗屋，在那里尽职尽责。它们会将迷路羊带回，会将别家的羊赶走，另外还有一些狗能够在关键时刻帮助人类。不止一次有孩子掉进湖里，是这种狗把他救出；还有的主人病了，这狗在夜晚就伏在主人的身上为他们取暖。为了纪念边界犬当年做出的贡献，人们便建造了这么一座雕像。

这么一讲，游客们对狗肃然起敬，一个个上去留影。

等到狗狗和阿芳二人上去，让匡且给他们拍照时，又又笑着说："表哥表嫂，你们这照片我已经给想好了题目，叫作《狗、男、女》！"

众人哈哈大笑。狗狗和阿芳则去追打又又，又又咯咯笑着绕着雕像直转。

蒲丰把相机交给戴纳，拉着冉丹说："来，给我们也照一张《狗男女》！"

等到戴纳和布莱尼上去，戴纳笑着说："我们也是狗男女！"

照完相，老邱说再去看"好羊倌教堂"，就带大家走向了不远处的一所小教堂。孟老问："怎么叫好羊倌教堂呢？"老邱说："这是1935年在这里的一群牧羊人建的，他们说《圣经》上讲过好羊倌，他们也是一群好羊倌，于是就地取材，建了这座简陋的教堂。"

孟老说："对，对，《新约全书》上是讲过好羊倌，英语为The Good Shepherd。主基督在伯利恒出生时，那里有一群牧羊人，他们被主的荣光照耀，心中生出无限感动，就把这个喜讯四处传播。这些人就是好羊倌。"

老邱说："现在这教堂很出名，年轻人经常不远千里到这里举行婚礼。为什么呢？因为它全是石块砌成，寓意着婚姻像石头一样结实，一对夫妻在这里结过婚之后，海枯石烂不变心。”

到教堂门口看看，里面还真是有人在举行婚礼。狗狗看了片刻，突然和阿芳低声嘀咕几句，然后对聂先生和夫人说：“老爸老妈，我们也想在这里举行婚礼！”聂先生听了精神一振，便去问老太太，老太太说：“太好了太好了，我早等着这一天呢！”聂先生将手一拍：“说办就办！只是没有结婚礼服呀！”老邱说：“教堂里有，可以租用。于是，聂先生一家就和老邱轻轻走进去，与教堂管理者商量去了。”

游客们兴奋地等着。孟老说：“在教堂结婚，在主的面前让牧师主持婚礼，这是最最神圣的！我建议，小蒲小冉你们今天也在这里结了算啦！”

冉丹笑着摇头：“不，我还要进一步验证他到底爱不爱我。”

众人叫起来：“哇，还要验证呀？”

蒲丰说：“下一回，是不是想让我从飞机上跳下去？”

冉丹莞尔一笑：“那也是可能的。”

刚才举行的婚礼结束了，一群人喜笑颜开走了出来。老邱出现在门口向大家招手，让大家进去。

人们在教堂里站定，看到这教堂内部的装饰也十分简单，但有些地方别具匠心。譬如说，祭坛后面本来是应该装彩色有机玻璃的，这里却开了一扇大大的窗户，从里面正好望见铁卡坡湖和湖边的连绵雪山，恰如一幅绝妙图画。

一个白头发的老牧师缓慢庄重地走上讲台，在墙边的一位中年女人便用管风琴奏出了婚礼进行曲。这时，侧面的小屋里走出了身穿结婚礼服的狗狗和阿芳，也走出了聂先生和夫人。让众人感到惊讶的是，那聂先生两口子穿的也是结婚礼服，他夫人与儿媳一样，披一身洁白的婚纱。冉丹道：“哎，搞错了吧？”

牧师先给狗狗和阿芳主婚。其仪式和大家曾经见过的基本上一样。二人交换戒指时，因为没有准备新的，就把原先戴在中指上的退下，给对方戴到无名指上。

看着二人交换戒指，他们的祖母拍着手兴奋地说：“好哇好哇！等到明年抱上孙子，我就心满意足地走啦！”

这二人的仪式结束，牧师大声宣布：“下面为新郎的父母举行银婚典礼！”

原来如此。游客们热烈地鼓起掌来。

牧师让新郎新娘退到一边，一脸严肃地向聂先生发问：“你同你夫人已经共同生活了二十五年，你现在还爱她吗？”

聂先生看着夫人，认真地回答：“爱。”

牧师又用同样的话问聂夫人，聂夫人也说：“爱。”

牧师让他们交换礼物，二人也是将自己的戒指退下与对方换过。

聂先生站在那里开口说道：“女士们，先生们，1979 年 11 月 5 日，我和我夫人喜结良缘。二十五年过去，我们也到了银婚之年。本来，我们的纪念典礼是准备五天后回香港举行的，今天在这个著名的新西兰好羊倌教堂，我儿子和阿芳临时决定举行婚礼，我和夫人商量了一下，也决定将银婚纪念仪式在这里举行。感谢各位赏光，出席我们的典礼。”

说到这里，他转过身，郑重地向夫人鞠了一躬：“彩彩，感谢你这些年来对我的爱，对我事业的支持，还特别要感谢你将儿子养大成人。”

聂夫人眼泪涌了出来，哽咽着说：“路锦，我也感谢你。你是我一生的骄傲。”

聂先生搂过夫人，走下台来，向在前排坐着的老太太共同深鞠一躬。聂先生说：“妈，再次感谢您的养育之恩，祝你健康长寿！”

老太太此时已经老泪纵横，说不出话来，只是连连摆手。

众人让这场面感动得一塌糊涂。几位女性都是泪流满面。

聂先生又与夫人向老邱、玛丽和游客们鞠一躬：“谢谢各位一路对我们一家的关照。今天是大家分别的日子，祝各位旅途平安，阖家幸福！”

众人鼓掌表示感谢。

中午正好在一家华人开办的饭店吃饭。老邱特意让老板在饭厅里贴出了大红双喜，聂先生则给每个桌都上了酒和糖果，还加了好多菜，一顿饭吃得喜气洋洋。

孟老席间最为高兴。他弓着老腰，向聂先生老两口敬酒，再向小两口敬酒，自己也喝得满脸通红。回到桌上，蒲丰说：“今天你让香港一家在教堂举行婚礼，就算你带到主面前的人又多了十个。”孟老说：“对，又多了十个！又多了十个！加上宫雯雯和玛丽就是十二，我真是不虚此行！”

喝了一些酒，加上马更些地区景色荒凉，大家上了车都迷迷糊糊睡了过去。

一个急刹车，把大家惊醒了。大家一看，原来是前面的路上落了一群鸟。这些鸟见了车也不走，老邱把喇叭摁响，它们才“扑啦啦”去了树林里。

蒲丰说：“我想起来了，老邱你这是六天来第一次使用喇叭。”

老邱说：“新西兰这么安静，我随便摁喇叭怎么能好意思？我见那些呆鸟不走，是不得已而为之。”

冉丹说："我在北京开车，一天摁喇叭的次数顶你一辈子了！"

老邱说："不对吧，应该是半辈子。我在台湾开车也是老将手放在喇叭上面，不摁不行——呵，你们看，坎特伯雷平原到了。"

窗外，果然是平展展绿油油的牧场。

又又说："咳，六天的行程眼看地要结束了，《魔戒》拍摄点看了没有几个！"

杰克说："我看过资料，洛汗国的首都，埃多拉斯城好像就搭建在这里。"

老邱说："对，在这1号公路的左侧，大约还有80多公里的样子。我曾经在一个星期天开车去过。那里有座海拔611米的矮山，叫作周日山，背影是许多高耸的雪山，周围没有一树一木，只有一种金褐色的草满山遍野。《魔戒》摄制组费尽千辛万苦，硬是在那片人迹罕至的荒原上搭建起了宏伟的埃多拉斯古城。"

又又大叫："对了，阿拉贡就是在那里遇到了阿雯的！我们去看看好不好？"

老邱说："要去，我们今天就回不去基督城，赶不上飞机了。其实去了之后什么也看不到，电影一拍完，整座城马上就拆掉了，没留下一砖一木。"

蒲丰说："新西兰人就是不会做生意，要在中国，早留下发展旅游业了，像无锡三国城那样子。"

老邱说："这就是新西兰人与咱们思维不同的地方。人们就是想让这片国土一直保留它纯粹的样子。"

1号公路平平坦坦，车子飞快地掠过牧场和一群群的牛、羊、马、鹿向前行进。老邱戴上麦克风，充满感情地说道："呵，谢谢各位！在你们的全力配合之下，我们六天的行程就要结束了。虽然有位朋友突发疾病，留在了但尼丁，但我们相信他会康复起来，会尽快回到中国。而你们各位，今天下午六点二十分就要登上飞机，回到北岛奥克兰，然后各自回家。在这六天里，我老邱照顾不周，还请你们多多包涵！”

说到这里，他抬高手示意了一下。

杰克妈说：“你回去，也得好好休息一下了。”

老邱说：“我只能在明天休息一天，睡个懒觉，洗洗衣服，去商店买买东西，有空的话再看看电影录像。但一天过后，我的工作又开始了。刚才接到电话，下周的团已经组好，有十八位新的朋友又将和我在南岛游览一圈。我的工作就是这样，周而复始，每周都有新的朋友，每周都会发生新的故事。”

冉丹说：“再接了新的团，你就会把我们忘掉了。”

老邱笑一笑：“不会不会！”说着他从驾驶台上拿起一个厚厚的夹子，“你们看，这是每个团的游客名单，我经常翻看翻看。在这个时候，一个个可爱的面孔，一件件有趣的故事，都全涌现在我的记忆中，让我好幸福好幸福！我常常想，我老邱是个小人物，小得在这世界上可有可无，可是，我曾经和这么多的人，其中还有许多许多堪称精英人物，一起走过南岛的路，看过南岛的景。我就说，老邱哇老邱，你活得并不平庸，你真地应该知足！所以，我好感激好感激你们！谢谢啦！”

他举手做一下示意，接着放起了台湾女歌星欧阳菲菲的一首《感恩的心》：

我来自偶然像一颗尘土，
有谁看出我的脆弱？

我来自何方我情归何处？
谁在下一刻呼唤我？

感恩的心，感谢有你！
伴我一生让我有勇气作我自己。
感恩的心，感谢命运，
花开花落我一样会珍惜！

听着这饱含深情与伤感的歌曲，看着前面越来越近的基督城，游客们全都悄然动容。

进城后，又陷入一片花的海洋。只是六天过去，许多花已经凋谢，但也有更多的花灿然绽开，争妍斗艳。

老邱看看表说：“现在差五分是四点，我们离去机场的时间还有一个小时。我带你们再去教堂大广场，找一找那位善于演讲的术士怎样？”

游客们说：“好哇！”

很快，大家看到了那座教堂高高的尖顶。车子拐了几个弯儿，驶过几条街道，广场到了。还没停稳车子，老邱便说：“恭喜各位好运气，能够在离开基督城的时候再听一听术士的演说。你们看，他正在那里呢！”

大家跑下车来，向广场上瞧瞧，果然看见教堂台阶下有一个老者和一位中年男人正竖梯子。游客们兴奋地往那里跑去。

那是一位白发白须的白种老人，穿一件长长的白袍。他鼻子特别高，眼睛特别大，脸上的一道道皱纹像用刀深深刻上去的一样。

蒲丰低声叫了起来：“呀，这人真像巫师甘道夫！”

有一个黑黑胖胖纹身纹面的毛利人在帮助他。他们树起的梯子很简单，就像装修工刷油漆用的那种。把两边劈开，放稳了，老术士便踩上第二道横木，像个塑像一样威严地立在那里，看着面前的越来越多的人群。

人们一部分在教堂台阶上坐下，另一些就站在那里等候他开讲。

等到人群安静下来，术士用略带新西兰口音的英语说话了："女士们，先生们，下午好！我们已经有两个月没在这里见面了。在此我向你们深表歉意，同时也向你们表示最热烈的祝贺！

"祝贺什么？祝贺你们今天将得知一个关于人间净土的消息，能够重建在我们这个世界上还有一块净土的信心！有人说了，新西兰不就是一块净土吗？不。它曾经是，但现在不是了，远远不是了。我们的环境正受到越来越严重的破坏，我们的社会正一天比一天变得糟糕！环境问题，种族问题，社会安全问题，人们的精神纯度问题，每一个方面的问题都很严重。这一切，我都可以拿出大量的翔实的材料，让你们触目惊心，让许多固执的脑袋深深地低下去！

"从去年开始，一个更加严重的问题又出现了。这就是一位可恶的家伙通过一部叫作《魔戒》的电影对新西兰的污损。这家伙出生在新西兰，后来又投靠了好莱坞。不用说大家也知道他的名字，他就是彼得·杰克逊！"

人群中发出了一片惊叫。有人愤怒地指着他问："老家伙，你凭什么说杰克逊污损了新西兰？他是新西兰的光荣和骄傲！"

术士挥舞着手说："不！不！他不是新西兰的骄傲，他是新西兰的耻辱！他用他那部又臭又长的片子欺骗了世界上多少善良而纯真的人，让他们认为新西兰就是英国作家托尔金描写的中土世界，在这里充满了黑暗和邪恶，魔王在这里称霸，魔军在这里咆哮！"

有听众大声说："魔军最后不是被打败了吗？正义的阳光不是又重新洒遍中土了吗？"

术士说："不！彼得·杰克逊即使安排了这样的结局，也对新西兰造成了恶劣影响而且难以消除。他们会想到，在新西兰这块土地上，正义的确立竟然要经过血雨腥风，善良的人们很可能会面对死而复出的魔王！另外，在这部电影的蛊惑下，许多旅行社打出'魔戒之旅'的旗号，骗取游客们的钱财与信任，也让世界上形形色色的人士纷至沓来，更让我们这块小小的国土混乱不堪！"

老邱挥舞着胳膊反驳了："你胡说八道！旅行社怎么骗取游客的钱财与信任了？现在就让我带的游客跟你说话。"他拉着蒲丰说，"你跟给他说，旅行社到底骗没骗你们！"

蒲丰用英语结结巴巴地说："术士先生，我以一个旅客的身份向你声明，我们没有受骗，我们来新西兰感受到的是美丽和纯洁！"

对，是美丽和纯洁！一些游客随声附和。

但也有一些听众不乐意了。一位白人老太太指着老邱说："你们搞旅游的就是一群骗子！骗子！你们不该把那么多的人，不三不四的人，都往我们这块纯洁的土地上领！我们本来生活得非常安静，是他们把我们的生活给扰乱了！"

但也有白人反驳她的说法，与她吵了起来。场面一时混乱不堪。

这时那个毛利人突然跳到术士旁边，吹起了一支大螺号。那充满远古神秘气息的呜呜声立即让场面安静下来。

术士接着说："刚才出现的混乱，恰恰证明了我的论点：新西兰已经不是净土。我们必须离开这儿，去寻找真正的世外桃源！"

有人问："到哪里找？南极倒是洁净，可它不适合人类居住呀！"

术士微微一笑：“请大家不要发愁。我已经为你们找到了一处。”

听众们都很惊愕，纷纷问：“在哪里？在哪里？”

术士说：“我现在就告诉你们。我这两个月为什么没在这里露过面？是因为我正在做这件事情。”

他向那位毛利人一指：“先向大家介绍一下，这是我的朋友、库克船长之后最伟大的航海家伊布先生！是他划着独木舟，和我一道战胜了南太平洋的狂风巨浪，经过两个月的寻找，终于找到了一块新大陆。这块大陆之所以新，是因为那一处海底刚刚有火山喷发，造成海洋地壳变动，有几处露出了水面，形成了面积达七十多平方公里的岛屿。”

听众都把眼睛瞪大，问那岛屿在哪里。

术士说：“我现在只能告诉你们大概的位置，是在东经120°～140°之间，南纬30°～50°之间。”

有人叫了起来：“你骗人的吧？我们不信！”

术士说：“怕你们不信，我特地绘制了地图。等一等，现在你们先不要看。我现在要告诉你们的是，那儿是真真正正的人间净土，再经过大自然十年左右的滋养，就可以向那儿移民。请你们相信我，请你们赶快做出决定，跟我到那儿去吧！”

这时，那个毛利人抱起了一沓子羊皮绘制的地图，走到了听众中间。有人伸手去拿，他说一张要付一百块钱。许多人哄笑着散去，也有一些人围着那人买。

冉丹说：“咱们也买一张，看看他到底画了啥玩意儿。”

蒲丰便挤上去掏钱买了一张。走到旁边看看，见上面果然画了三个岛子，成品字形排列。但这张地图上只有比例尺，没有经纬度。

蒲丰说："骗人的，这绝对是骗人的。"

冉丹说："不过，他讲的一番话，还真是发人深省。"

二人抬头再想看看那位术士，却见梯子空空地竖在那里，人已经找不到了。

老邱这时喊道："走啦走啦，四海团的朋友们快上车走啦！"

然而，人们却听到了戴纳焦急的喊声："布莱尼！布莱尼！"

大家一看，布莱尼真是不见了。

"杰克！杰克！杰克怎么也不见啦？"杰克妈也面色蜡黄地喊了起来。

听了这话，戴纳更是急得团团转，她看一眼大教堂，想到那里面找一找，但她跑进去，又跑出来，一无所获。

全团人向着广场的各个角落喊叫："布莱尼！杰克！杰克！布莱尼！"但哪里也没发出回声。

聂先生说："打手机呀！快打手机！"

一句话提醒了戴纳，她便急忙掏出手机来打。但她拨过话后听了片刻，眼泪一下子涌了出来："她关机了，她真得要离开我了！"

杰克妈没有手机，便让老邱打杰克的。还没报出号码，又又满面沮丧地说："我已经打过了，也是关机。"

蒲丰说："嗨，这俩人玩私奔呀？"

孟老说："他们的机票呢？"

戴纳说："布莱尼的在我手里。"

杰克妈说："杰克的机票在我手里，本来这种东西都是他保管的，可是上午老邱发下来，杰克却叫我揣在身上。"

詹女士说："明白了，他俩是早有预谋。可他们会去哪里呢？"

又又说："他们肯定是去周日山了，不然就是库克山。"

狗狗说："我猜，他们是去找大篷车队去了。你们记没记着，在但尼丁的时候，布莱尼跑去找吉普塞人，我估计是要了电话号码。"

众人纷纷点头："有可能，有可能。"

杰克妈一屁股坐下哭了起来："老天爷，这可怎么办呢？"

戴纳擦一把脑门上的汗说："我和你找他们去！"

杰克妈看看她，爬起身说："是得去找。我不懂老外的话，全靠你带着我呵！"

老邱说："依我看，你们找到了也没有结果。我看出来了，这两个孩子就是想随心所欲地生活，你没有办法改变他们。"

杰克妈说："不，那是我的儿子，我不找回来怎么办？我怎么回去跟他爸交代？"

戴纳说："我也一定要找到布莱尼。我相信，布莱尼与杰克是不会相处太久的。"

老邱只好说："那你们就留下来找吧。不过，你们现在要和大家一起去机场，赶在登机前把那两张机票退掉。时间不早了，大家赶快走吧！"

一团人离开广场，乘车向机场奔去。

这时，蒲丰叹口气说："唉，即使最贤明的人，也无法为世上的人一一安排去处。"

冉丹说："这话是谁说的来？"

蒲丰微微一笑："甘道夫。"

## 第七天

像来新西兰的时候一样，回程时冉丹又拿到了一张 A 座登机牌。这是她和机场办票小姐好说歹说才换过来的，原来她和蒲丰的座位都在中间。冉丹说：坐飞机不靠舷窗看风景，那是吃了大亏。

起飞时间是傍晚，波音 747－400 型异常宽大，中间有两条通道，每排十人，是三加四加三的格局。蒲丰看了一眼机舱中间说："冉丹，你真英明，如果咱们不换票，就只能坐在那里看电影。"

机舱中间有一前一后两堵墙，墙上都有块大屏幕，此时上面正播放飞机航向示意图。过一会儿，它就会放映电影供旅客观看。

等飞机爬升到万米高空，稳定下来，B 座上的蒲丰靠在冉丹身上向窗外看一眼，说："你看外面都是云海，你坐上了 A 座也不起作用。"

冉丹说："我不相信这云海能一直铺展到中国。"

然而，一直等到吃过飞机上提供的晚餐，借着外面最后一缕晚霞的光辉看看，那云海也还是无边无际。

冉丹说："倒霉，跟来的时候一样。"

十天前那趟行程是在白天，本来他们想好好从高空看一看太平洋的，结果一路除了云海还是云海。尤其是到了赤道附近，那更是云蒸霞蔚，连飞机本身都陷入一片迷蒙之中。无奈，他们只好睡一会儿觉看一会儿电影，尽管那电影平庸得让人啥都记不住。

不料，这次放的电影竟然是《魔戒》，英文版的。冉丹和蒲丰都把空姐发的耳机戴上，将插头插入座位扶手上的播音孔，开始看了起来。但此时，他们已经没有了头几次看这电影时的激动，心境十分平和。

屏幕上，小矮人山姆又说：“我想到古老传说中的英雄，他们本来可以不冒险，但他们选择了冒险，于是就有了故事。”

蒲丰说：“其实，人生中选择不冒险，也会有许多故事发生。”

冉丹点点头：“算你对，就酱紫（网虫用语：就这样子）。”

“叮咚”一声，电影停止了播放，取而代之的是一幅航行状态示意图。图像显示，飞机正在飞越巴布亚新几内亚附近的赤道。

二人急忙挤在一起向窗外看去。呀，万万没想到，此时云海早已消失，一切都变得爽爽朗朗。他们看到了黛蓝而洁净的天空，看见了缀于其上的颗颗星斗。再看近处，飞机的左翼带着轻微的颤动在眼前清清晰晰，甚至连上面的一排排铆钉都能分辨得出。再看近前，机翼的根部竟有着机身投射的一段阴影。

蒲丰说：“我明白了，这是个有月之夜，九月二十的有月之夜。”

冉丹说：“是吗？”她站起身，到飞机右边的一个空白座位上看看，果然，那个亏缺了一些的月亮正高挂苍穹。

她回到座位，和蒲丰靠在一起无比兴奋地看着窗外。那淡淡的月光充溢在天海之间，月光里还漂浮着几朵极小极小的白云，轻轻柔柔，呈半透明状态。再下面，一望无际的太平洋铺展着，黑蓝而宁静。偶尔点缀其间的，是形状各异的黑黝黝的海岛，还有海岛周围让浪花与沙滩镶出的一圈银边儿。再仔细去看海面，因为水深不同而形成的颜色不同也能够分辨出：淡青，深黑，由浅入深，从淡到浓，一弧一弧的，一道一道的，恰似中国画的“墨分五彩”。

冉丹喃喃地说道：“何等的柔丽清婉。”

蒲丰则说："何等的让人心醉神迷！"

蒲丰沉默了一会儿，小声说道："冉丹。"

冉丹回头看着他说："叫我干吗？"

蒲丰带着几份羞容问道："你爱我吗？"

冉丹说："爱呀。"

蒲丰问："怎么证明？"

冉丹嫣然一笑："无须证明。"

蒲丰将眼睛一闭，紧紧抱住了那个温香而酥软的身体。

飞机平平稳稳，继续在太平洋上前行。